KB131972

지속가능한
반백수 생활을
위하여

지속가능한 반백수 생활을 위하여

신예희 지음

차례

[지속가능한, 재능]

[지속가능한, 돈]

[지속가능한, 자립]

[지속가능한, 나]

프롤로그

20년차 프리랜서의 독립생활기

프리랜서로 꽤 오래 일해왔습니다. 그러고 보니 20년입니다. 그렇다고 20년이라는 숫자에 큰 의미를 두는 건 아닙니다. 그저, 문득 손가락을 꼽아 보다 열 손가락 두 바퀴 꽉 채우는 걸 보며 좀 놀랐습니다. 와, 어느새, 벌써?

그동안 사이사이 별렀습니다. **조만간 가야지, 언젠가는, 꼭, 하며 '셀프 안식년'의 긴 여행을 꿈꾸었습니다.** 막연하게 꿈만 꾸다간 영영 손에 넣지 못하겠구나 싶어, 노트북을 열고 계획을 세웠습니다. 레이아웃을 쓱쓱 그리고 세부 사항을 살금살금 채우며 구체화 시켰습니다. 그랬더니 오, 잘하면 되겠는데 싶어졌습니다. 온전히 저를 위한 안식년을 갖는 것 말이죠.

프리랜서는 일하는 대로 돈을 벌 수 있지만, 잠시 숨 좀 돌릴까 하는 순간 수입이 뚝 끊깁니다. 그러니 쉬는 것보다 일하는 게 차라리 더 마음 편하다고 생각했는데, 내가 지금 1년이나 쉬어도 될까 걱정했는데, 일단 저지르니 어떻게든 되더라고요.

그렇게 장기 여행을 떠났습니다. 태국 치앙마이에서 시작해 포르투갈의 포르투, 스페인의 마드리드를 거쳐 터키 이스탄불로 이동했습니다. 여행하듯 살았고, 살듯이 여행했습니다. 도시마다 한 달 반에서 두 달가량 머물렀습니다.

어느 도시나, 처음 한 달은 마냥 좋았습니다. 킁킁, 공기도 다르고 뭐든 다 신선하고 새로운 느낌. 그러다 한 달을 꽉 채울 때쯤엔 슬슬 아쉬운 점들이 보였습니다. 눈에서 콩깍지가 떨어지는 순간이랄까요. 이 도시에서 더 머물고 싶다, 혹은 슬슬 다른 곳으로 떠나고 싶다는 것이 확실해졌습니다. 일과 일 사이, 어렵게 시간을 내어 짧은 여행을 할 때는 알기 어려웠던 것들입니다.

여행지에서는 혼자 입을 꾹 다물고, 책을 읽고 글을 쓰고 그림을 그리고, 무엇보다 생각, 생각, 생각을 했습니다. 정말이지 별별 생각을 다 했습니다. 적지 않은 나이인데 이런 경험은 처음이었습니다. 내가 이렇게까지 혼자였던 적이 있었나, 이렇게까지 시간이 넘쳤던 적이 있었나, 이렇게까지 책에 깊이 빠진 적이 있었나, 이렇게까지 줄곧 생각을 했던 적이 있었나….

마흔 중반, 저는 저에게 필요한 시간을 만들었고, 누렸습니다. **'반백살이 되기 전에 반백수가 되어보기'.**

조급하게만 달려온 20년의 시간 끝에 다다른 결론은, 일만 하느라 인생을 허비하고 싶지 않다는 것이었습니다. 저는 분명 일을 좋아하며 더 잘하고 싶은 욕심이 있지만 그게 제 전부가 아니길 바랍니다. 원하는 만큼 휴식하고 필요한 만큼 일하는 것. 이상적이지만, 비현실적으로 들리기도 합니다. 누군가에겐 배부른 소리나 뜬구름 잡는 소리로 들릴 수도 있겠죠.

하지만 다들 이렇게 산다고 나도 이렇게 산다는 건, 내 인생을 남의 손에 맡긴다는 말이나 다름없습니다. **그런 의미에서 '지속가능한 반백수 생활'을 하겠다는 다짐은, '끌려 가는 삶'이 아니라 '끌고 가는 삶'을 살겠다는 선언입니다.** 나에게 맞는 삶의 형태를 내 손으로 빚고, 균형점을 찾아 지속가능하게 만들 것입니다. 물론 여차하면 언제든 고칠 수 있도록 유연성도 잃지 않아야 할 것이구요.

이 책은 지난 20년간 프리랜서로 다양한 일을 하면서, 그리고 긴 여행을 하는 동안 천천히 써 모은 글을 엮은 것입니다. 하고 싶은 말이 있는 사람에게 그 말을 할 공간이, 기회가 주어진다는 건 무척 기쁘고 감사한 일입니다. 오늘도 맛있는 것 잘 챙겨 먹고, 즐겁게 살겠습니다.

지속가능한
태도

1

강남 사모님 팔자에 대하여

심심한데 요가 매트나 하나 장만해볼까? 휴대폰을 켜고 검색하니 오, 생각보다 종류가 다양하다. 소재나 컬러도 그렇고 무엇보다 두께 차이가 꽤 난다.

몇 가지 제품을 클릭하다 무려 1.6센티미터 두께의 매트를 사서 거실 한가운데 쫙 깔았다. 기다란 폼롤러까지 한 세트라 무슨 요가 센터라도 온 것 같지만, 실은 워낙 폭신하니 언제든 벌렁 눕기 좋아 보여 산 것이다.

원래 운동 안 하는 사람이 운동기구 열심히 사고, 청소 싫어하는 사람이 청소도구 수집하는 법이다. 이것만 있으면 정말 이거라면, 운동이든 청소든 열심히 할 것 같은 간절한 마음으로 돈을 쓰는 것이죠.

여하튼 이 요가 매트라는 물건은 특히 일이고 뭐고, 아무것도 하기 싫은 날 아주 쓸 만하다. 한 손엔 TV 리모컨, 한 손엔 휴대폰을 쥐고 누우면 천하무적이다. 오늘도 그렇다. 목에 칼이 들어와도 절대 컴퓨터 앞엔 앉고 싶지 않은 날이다.

도톰한 요가 매트 위에 벌렁 누워 좌삼삼 우삼삼 데굴데굴 구르며 처절하게 늘어져 쉰다. 가능한 오랫동안 일어나지 않기 위해 미리 화장실까지 다녀왔다. 보셨죠, 제가 이렇게 치밀한 사람입니다. 간만에 무급휴가를(프리랜서란 맘만 먹으면 1년에 365일의 무급휴가를 쓸 수 있다) 즐기기 위해선 이 정도는 해줘야죠.

그렇게 세상 제일 편한 자세로 홈쇼핑 채널을 돌리다 문득, **야… 모르는 사람 눈엔 내가 사모님 팔자로 보이겠구나, 라는 생각이 든다.** 그러고 보니 20년쯤 전에 마지막으로 들었던 사주풀이가 꽤 용했구나 싶기도 하고.

당시 부모님께선, 자식 셋의 생년월일시를 들고 일 년에 한 번꼴로 용하다는 역술인을 찾아 이런저런 이야길 잔뜩 들어오시곤 했다. 그때나 지금이나 딱히 사주라든가 점 보는 것에 관심이 없지만 그래도 "야야, 글쎄 네가 이렇단다"라는 이야기엔 귀가 쫑긋거린다. 아니, 그 사람이 저에 대해 뭘 어떻게 알아요? 그런 걸 어떻게 믿어? 그치만 뭐, 궁금은 하네.

나 (무심한 듯) 그래서, 내 팔자가 어떻대?

어머니 어머 얘! 너 노났단다!

아버지 야, 아주 그냥~ 강남 사모님 팔자라는데?

얘기인즉슨 이 댁 둘째 따님(바로 접니다)께선 **다른 사람들이 열심히 일하는 시간에 한가하게 미용실도 다니고, 백화점도 다니게 될 거란 겁니다.** 제 사주에 그런 게 보인다나요. 정말? 고거 되게 달달한 얘긴데? 하지만 뭐, 복채 내는 사람 듣기 좋으라고 하는 소리 아니겠어?

그런데 꽤 오랜 시간이 흐른 어느 날, 헤어롤을 잔뜩 만 채로 미용실 의자에 앉아 언제쯤 끝나려나 하며 멍하니 거울 속 모습을 바라보다 문득 20년 전의 사주풀이가 떠올랐다.

아, 그렇구나! 지금 나는 남들 일하는 평일 대낮에 파마를 하고 있구나! **(내 돈으로)** 머리도 새로 했겠다, 집에 그냥 들어가긴 아쉬우니 이따가 이마트에 들러 고등어라도 한 마리 사야겠구나! **(내 돈으로)**

나는 붐비는 주말 대신 평일 낮에 유유히 볼일을 보고, 성수기 휴가철 대신 한가한 비수기를 노려 여행을 다닌다. 프리랜서라서 누릴 수 있는 즐거움이다. 20년 전 그분의 사주풀이는, 살짝 핀트가 나가긴 했지만 이제 보니 나름 맞는 구석이 있었다. 강남 사모님 팔자가 되진 않았지만, 그런 호칭은 애초에 바란 적도 없다. 사장님과 사모님이라는 호칭은 모두 일종의 높임말처럼 사용된다. 비슷한 의미 같지만 실은 서로 무척 다르다. 국어사전을 참고하면 다음과 같다.

사장社長님 회사의 책임자, 회사 업무의 최고 집행자로서 회사 대표의 권한을 지닌다.

사모師母님 스승 또는 윗사람 혹은 남의 부인을 높여 이르는 말.

즉 사모가 없어도 사장은 혼자서 충분히 사장일 수 있지만, 사장이 없으면 사모는 애초에 존재할 수 없다. 사모는 사장에게 종속된 자로, 사장이 계속 사장이어야 사모 역시 계속 사모 대접을 받을 수 있는 것이다. 슉슉슉… 어디서 혈압 올라가는 소리가 들리지 않나요…. 그래서 나는 사모님 소리를 들을 때마다 곧바로 이야기한다.

"저는 사모가 아니라 사장입니다."

내 주머니에 들어온 돈과 내 주머니에서 나갈 돈은 모두 내가 번 것이다. 이 사실은 나에게 무척 중요하고 의미 있다. 그런 만큼 정색하고, 각 잡고 말할 필요도 분명히 있다.

마흔 넘어 운전을 시작하며, 자동차를 사기 위해 집 근처의 차량 전시장을 방문했다. 마침 남자친구도 쉬는 날이라 내가 미리 점찍어둔 차를 함께 요리조리 살펴보는데, 영업사원(추정 연령 50대 남성)은 오로지 남자친구만 바라보며 친절하게 설명을 해주었다. 누가 보면 한눈에 반한 줄 알겠어요.

자동차의 내부와 외부를 모두 살펴본 후 견적을 내기 위해 영업사원의 책상 앞에 앉자, 그는 그때부터 상체를 아예 남자친구 쪽으로 홱 틀어 설명을 이어나갔다. 골반 틀어지면 건강에 좋지 않은데… 아, 이게 아닌가…. 그리고 그때까지 꾹 참고 있던 나는 드디어 끼어들었다.

나 이 차, 제가 탈 건데요. 저한테 설명을 해주셔야죠.

영업사원 아 네, 사모님. 그래도 사장님이 잘 아셔야 사모님 가르쳐주실 수 있으니까요.

나 저는 사모가 아니라 사장인데요? 할부금 제가 다 내는 건데요?

그분은 꿈쩍하지 않았지만 그래도 어쨌든 자동차 구매 계약을 했고, 일주일쯤 지나 드디어 인수하게 되었다. 근처에 사시는 아버지도 새 차 구경 좀 하자며 놀러 오셔서 영업사원과 인사를 나누셨다.

그리고 그 순간부터 우리의 소신 있고 뚝심 있는 영업사원은 오로지 아버지만 바라보며 설명을 시작했다. 사장님, 사이드 브레이크는 여깄고요, 트렁크는 이렇습니다. 한순간에 나는 다시 제삼자가 되었다. 와, 또 시작이냐! 그렇지만 더 말해봤자 통하지 않겠지.

어서 차량 인수를 마치고 작별 인사나 하기를 바라며 입술을 꾹 다물고 턱에 힘을 준 채 참고 있는데, 내가 다양한 장소에서 이런 일을 여러 차례 겪은 걸 아시는 아버지가 한마디 하셨다.

아버지 이 친구가 돈 낼 거니까 이쪽 보고 설명을 하시죠.
영업사원 아 네, 그렇죠. 사모님 차죠. 그래도 차는 남자 분이….
나 사모 아니라 사장입니다, 제가요.

그 고객 성질 있더라, 그 고객 까다롭더라, 그 고객 유난하더라…. 뭐라고 생각해도 좋습니다. 내가 바로 사장입니다!

2

프리랜서가 적성에 맞을지 궁금한 사람들을 위하여

20년가량 혼자 일하다 보니 종종 프리랜서 형식으로 일하는 것에 관한 질문을 받는다. 첫 5~6년간은 이런 일이 거의 없었는데, 주변에서 아마도 "재가 지금은 저래도 정신 차리고 취직하겠지"라고 생각했기 때문일 것이다.

이것은 '비혼'의 성인을 보는 시각과도 매우 흡사하다. 재가 지금은 저래도 정신 차리고 결혼하겠지 하는. 그래도 뭐, 시간이 흘러 흘러 10년 차쯤 되면서부터 분위기가 좀 달라지긴 했다. 슬슬 정식 직업을 가진 사람이라고 인정해주는 듯했다. 애초에 이게 남의 인정이 필요한 문제인가 싶긴 하지만.

어쨌든, 많은 사람이 나의 일에 관해 물어본다. 대학 후배, 친구 동생, 부모님 친구 자녀의 육촌의 사돈의 팔촌 등등. 유난히 자주 되풀이되는 질문은 요 두 가지다.

1. 프리랜서가 되려면 어떻게 해야 하나요?
2. 제 성격이 이러이러해서 프리랜서가 되고 싶은데, 괜찮을까요?

1번 질문에 대한 답변은 질문자의 전문 분야 및 경력 등에 따라 너어어어무나 다양하게 나올 수 있는 관계로 대뜸 답을 주기가 매우 어렵다. "자취를 시작하려면 어떻게 해야 하나요?" 같은 질문과도 비슷한 점이 있는데, 거주 지역을 정한 사람과 정하지 못한 사람, 이미 집을 구한 사람과 아직 구하지 못한 사람, 살림살이를 꽤 갖춘 사람과 다이소부터 한 바퀴 돌아야 하는 사람, 출퇴근하는 사람과 재택근무 하는 사람 등등 각자의 상황이 다르기 때문이다. 그리고 당연히 나는 내가 직접 겪어본 일에 대해서만 대답할 수 있다.

그러니 일단 상대방의 이야기를 열심히 듣고 듣고 듣다가 내 얘기를 할 틈이 있으면 하고, 다시 듣고 듣고 듣는다. 애초에 내가 이래라저래라 할 일도 아니고, 자기 상황과 마음이 어떤지는 누구보다 당사자가 가장 잘 알 테니까 말이죠.

이야기를 하고 하고 또 하다 보면 스스로 정리되는 부분이 있을 것이다. 짧지 않은 시간 동안 어떻게든 살림을 꾸려나가고 있는 사람을 보면 마음의 위안도 될 거라 믿는다. 저 같은 사람도 어찌 어찌 잘 먹고 잘살고 있으니, 함께 파이팅합시다.

문제는 2번 질문인데, 지금까지 “저는 아주 외향적이고 활동적이고 사교성도 대박이에요”라며 이런 질문을 하는 사람은 거의, 아니 단 한 명도 없었다.

어쩜 그렇게들 짠 것처럼 한목소리로 자신은 내성적이라며, 단체생활을 할 자신이 없다며, 될 수 있으면 사람을 만나지 않고 혼자 일하고 싶다고들 한다. 저기 잠깐만요, 프리랜서로 일하려면 영업도 실무도 돈 달라는 소리까지 혼자 다 해야 하는데요? 묻고 싶다. 당신은 1인 자영업자가 되고 싶은 겁니까, 아니면 예술가가 되고 싶은 겁니까.

형형한 눈빛의 장인이 미간에 주름을 팍 잡고 가마에서 나온 도자기를 살펴본다. 구석구석 요리조리 돌려 보다 “이건 아니야!”라며 손에 든 망치로 냅다 후려쳐 쨍그랑 깨트린다. 영화나 드라마, 소설에 종종 등장하는 익숙한 장면이다.

쨍그랑 소리는 경쾌하지만 내 마음은 갑자기 무거워진다. 우와, 저거 언제 처음부터 다시 작업해서 마감일에 맞춰? 손해배상 이야기라도 나오면 어쩐대? 작업실 운영비는 또 어디서 나오고? 제자가 몇 명 있던데 그럼 고정비용은…?

그러니까, 쨍그랑 마인드를 유지하고 싶다면 마감 일정이 대단히 여유롭거나 아니면 마감이란 것 자체가 아예 없어야 할 것이다(사무실도 이왕이면 자가). 내 성에 찰 때까지, 내 눈과 내 마음에 들 때까지 자신을 갈고닦고 때로는 과감히 깨트려야만 하겠지. 아마도 예술가에겐 그런 자세가 필요할 것이다.

하지만 거래처, 그러니까 **남을 위해 일하는 프리랜서에게 '쨍그랑'은 좀체 허용되지 않는다.** 과감하고 속 시원히 깨트리는 대신, 거친 표면이나 모난 귀퉁이를 사포로 살살 갈아내거나 구멍 난 곳에 흙덩어리를 슬쩍 채워서 메꿔야 한다. 일단 약속한 날짜에 뭔가를 보여주긴 해야 하기 때문이다. 그다음 욕을 잔뜩 먹고 쨍그랑 소리를 내며 자기가 깨지더라도.

대학 후배에게서 이메일을 한 통 받았다. 평소 연락하던 사이가 아니라 조금 놀랐는데, 그동안 디자인 회사에서 수년간 일했지만 조직생활이 영 맞지 않는다고 했다. 독립해서 일하고 싶은데 인맥도 요령도 부족하다며 도와달라는 거다. 야, 나도 그 마음 알아!

만나서 이런저런 이야기를 나누고, 포트폴리오도 함께 들여다보았다. 요즘 일정은 어떤지, 언제부터 일을 할 수 있는지 확인한 후 당시 진행하던 일의 한 부분을 맡겼다. 여기까진 참 좋았는데요….

마감 당일 아침, 이 작자가 "누나, 죄송합니다"라는 문자 메시지만 딸랑 보내고선 휴대폰을 꺼놓은 채 잠적했지 뭡니까.

급한 불이 활활 타오르니 일단 정신없이 소화기를 휘둘렀다. 담당자에게 연락해 사과하고, 일정 조정이 가능한지 묻고, 또 사과하고, 일을 마무리하고, 또 사과했다. 죽이 되든 밥이 되든 마무리를 하긴 했다며 숨을 돌릴 무렵 여차 저차 후배와 연락이 닿았다. 뭐하는 거냐고 화를 내니 후배 왈,

후배 작업한 게 마음에 들지 않아 자존심이 상해서 못 보여드리겠더라고요

나 여보쇼, 그럼 혼자 예술을 해야지!

이게 벌써 10년도 더 된 이야기입니다. 지금은 어느 하늘 아래서 어떻게 살아가고 있는가 후배여….

물론 자존심 문제만은 아니었을 것이다. 돈이 급했을지도 모르고, 일이 고팠을지도 모른다. 그래서 일단 제가 할게요, 라고 외쳤지만 제대로 수습하지 못한 것이겠지. 그러고는 변명한다. 제가 이런 걸 처음 해봐서 그렇습니다.

하지만 프리랜서는 용병이다. 내부 인력으로만 일을 진행하는 게 비효율적이라고 판단했기 때문에 외부 인력을 고용하는 것이다. 일의 내용과 범위, 일정을 확인한 후 내가 할 수 있을지를 가늠해야 한다. 일단 계약을 한 후엔 "제가 이런 걸 처음

해봐서" 소리를 할 수는 없다.

프리랜서는 조직의 신입사원으로 입사한 것이 아니다. 뭐든 열심히 배우겠다는 마음으로 능력 밖의 일을 덥석 물면 곤란하다는 말이다. 이번 달 카드값을 생각하면 아쉽지만요.

3

프리하지 않은 프리랜서에 대하여

내가 사는 아파트는 2,700세대가 넘는 대규모 단지다. 2,700이라니, 거창한 숫자다. 집 안에 틀어 박혀 컴퓨터 앞에 앉아 있을 때는 실감 나지 않지만, 음식물 쓰레기와 재활용 쓰레기를 들고 나가 분리수거를 한 다음 주변을 휙 둘러보면 새삼 놀랍다. 맞네, 맞아. 단지가 넓기도 넓고, 아파트 건물은 높기도 높다. 바로 앞에 초등학교와 중학교가 있어 동네 분위기는 단연 가족적이다.

나는 종종 이 단지에 나 같은 1인 가구가 과연 몇이나 될까 상상한다. 어쩌면 나 혼자일지도 모른다. 평일 낮, 유니클로 실내복을 입고 나가 분리수거를 하는 나. 이래 봬도 '1인 기업 사장'이지만, 동네 사람들 눈엔 어떻게 보일지 알 수 없다. 뭐 하는 분이세요, 라는 질문을 받으면 어떻게 대답해야 할까?

'자기소개'는 언제나 어려운데 '직업소개'는 조금 더 복잡하다. 대학교를 졸업한 이래 지난 20여 년간 별별 일을 해왔다. PC통신에서 인터넷으로 판이 바뀌던 시기라 많은 것이 새로웠고, 덕분에 다양한 일을 만날 수 있었다. 여러 온라인 매체에 만화를 연재했고, 신문과 잡지 같은 오프라인 매체에도 발을 들였다. 여행과 음식에 대한 책을 몇 권 썼고, 같은 주제로 칼럼을 연재했다. 번역서도 출간했다. 때론 학습서 삽화를 그렸고, 사진 일로 국내외 출장을 다니기도 했다.

특정 분야의 전문 학원에 출강하며 수업을 진행했고, 도서관과 백화점 문화센터, 기업체 강연을 했다. 텔레비전과 라디오 방송도 경험했는데, 꽤 오랫동안 고정 출연을 하기도 했다. 생방송과 녹화(녹음) 방송을 두루 겪으며 내가 거북목이라는 것과 다른 사람들보다 혀가 짧다, 아니 짧다는 걸 알게 되었다. 최근엔 유튜브 채널을 개설해 여행과 음식 이야기를 하고 있다. 그리고 앞으로 또 어떤 일을 하게 될지, 지금은 알 수 없다.

그러니 처음 만난 사람에게 "어떤 일 하세요?"라는 질문을 받으면 아주 잠시지만 머뭇거리게 된다. 저, 저는 말이죠…. 때론 상대와 상황을 봐가며 대답하기도 한다. 부모님의 주변 분들께는 방송 출연이라든가 신문 연재 이야기가 참 잘 먹힌다. 현재 진행 중인 일이 아니더라도, 과거의 경력을 말씀드리는 것만으로도 왠지 신뢰받는 기분이다. 70대 이상 어르신들께 공중파 텔레비전과 일간지의 위력이란 대단한 것이다. 어린이집에 다니는 조카 친구들에겐 "이모가요~ 만화를 그려요"라고 하면 열광적인 반응이 돌아온다. 얘들아, 그렇다고 다짜고짜 뽀로로를 그려내라고 하면 이모가 힘들단다.

물론 이런 경우는 좀 드문 편이고 보통은 "프리랜서로 이런 저런 일을 하고 있어요"라고 답한다. 만화면 만화, 책이면 책, 그때그때 주력하는 일을 설명하는 것이다. 그런데 이때, **꽤 많은 사람이 일의 '내용'보다 프리랜서라는 '근무 형식'에 더 주목한다는 것을 느낀다.** 이게 뭔 소리냐면…

나 아, 저는 프리랜

상대방 (싹둑) 와 멋있다~ 좋겠다~

이런 일이 무척 자주 생긴다는 이야기입니다. 어떤 분야의 프리랜서로 일한다는 것인지 아직 말도 꺼내지 않았는데 왜 그러시죠…? 뭐, 그렇다고 기분이 상할 일은 전혀 아니다. 그저 '프리랜서'라는 단어가 여전히 생소하고 독특하게 느껴진다는 뜻이겠지. **뭐니 뭐니 해도 '프리free'라는 부분, 그게 매력포인트일 것이다.** "집에서 노브라로 일해요"라고 대답하는 것보다 훨씬 있어 보이기도 하고.

물론 기분이 확 나빠지는 경우도 있다. 오래전 소개로 만난 어떤 남성과의 대화를 떠올리면 지금도 입가에 아련히 쌍욕을 머금게 된다. 대략 이런 식이었는데…

소개남 회사는 어디 다니신다고요?

나 아, 저는 출퇴근이 아니라 프리랜

소개남 (싹둑) 팔자 좋으시네, 사회생활을 모르시겠어~ 조직이요, 그렇게 쉽지가 않아요~

주선자의 얼굴을 떠올리며 카페 테이블을 마음속으로만 열두 번 엎었던 과거의 나여… 잘 참았다….

프리랜서라는 단어는 때론 상상 속의 유니콘처럼 느껴진다. 실체가 없는, 뭔가 막연한 자유의 냄새를 폴폴 풍기는 그 무엇이다. 이런 근사한 말을 감히 미천한 내가 갖다 써도 되는 걸까?

대학교를 갓 졸업했을 무렵엔 자기소개를 하는 게 그렇게 어려울 수가 없었다. **내 입으로 프리랜서라는 소리를 하려니 낯간지럽고 민망하고 쑥스러웠다.** 뭘 하든 우왕좌왕 허둥지둥인 초보 주제에 프리랜서는 무슨 프리랜서, 아직 한참 부족하구만.

그런데 잠깐, 대체 뭐가 부족하다는 거지? 역시 돈일까? 벌이가 시원찮기도 하고, 매달 꼬박꼬박 들어오는 고정 수입도 없어서? 아니면 아직 어려서? 혹은 폼이 나지 않아서? 친구들은 근사하게 정장을 차려입고 회사로 출근하는데, 나는 후줄근한 후드티에 무릎 툭 튀어나온 추리닝 바지 차림으로 집에서 일하니까? 점심때면 그들은 목에 출입증 걸고 우아하게 거리를 활보하는데, 난 부엌에서 라면 물이나 올리고 있어서?

딱 집어서 이것 때문이다, 라고 얘기하긴 어렵다. 그저 온 사방을 향해 송구하고 부끄러울 뿐. 그 때문에 돈벌이를 시작하고도 1~2년 동안은 근황과 직업 얘기가 나올 때마다 "그냥 뭐, 아르바이트하고 있어요"라고 얼버무렸다. **나는 아직 준비 중인, 미완의 상태라고 변명하며 몸을 숨긴 것이다.** 언젠가 내가 근사해지면 완벽해지면 그땐 당당하게 나서야지.

그렇게 하루 벌어 하루 먹는다는 자세로 지내던 어느 날, 거래처 담당자의 전화를 받았다. 그동안은 소개를 받아 두루뭉술하게 일했지만, 앞으로도 계속 함께하려면 정식으로 내부에 보고해야 한다며 이력서와 명함을 요청했다.

예? 명함요? 그러고 보니 어이구야, 난 아직 그런 것도 없었네? 통화를 마치자마자 앉은 자리에서 정신없이 명함을 만들고, 제일 빨리 해준다는 인쇄 업체를 검색했다. 파일 전송 완료! 빨리, 빨리요!

몇 시간 후, 오토바이를 타고 달려온 퀵서비스 기사에게 자그마한 꾸러미를 건네받았다. 포장을 풀고 플라스틱 통에 담긴 명함을 꺼냈는데… 거참, 요 손바닥에 쏙 들어가는 작은 종이 한 장이 어쩜 그렇게나 묵직하게 느껴지던지.

20년이 지난 지금까지 그때 그 명함을 사용하고 있다. 전화번호만 두어 차례 바뀌었을 뿐이다. 첫 마음을 소중하게 간직하기 위해서…라고 하면 왠지 좀 멋있어 보이는데, 실은 겸사겸사 귀찮아서기도 하고 뭐 그렇습니다.

4

아무 승자도 없는 불행 배틀에 대하여

"How are you?"라는 질문을 받으면 "Fine, thank you. And you?"라는 대답이 자동으로 튀어나온다. 교과서 같은 대답 대신 좀 더 있어 보이는 말로 근사하게 대꾸하고 싶지만, 그런 생각을 하기도 전에 입이 먼저 움직인다. 어릴 적부터 세뇌라도 당하듯 이 문장을 달달 외워서 그런 모양이다.

마찬가지로 "요즘 일은 좀 어때요?"라는 물음엔 "아우, 죽겠어요. 힘들어요" 소리가 반사적으로 나온다. 겸손이든 아니든, 왠지 그래야 할 것 같다. 자영업자를 위한 근황 토크 매뉴얼이라는 게 있다면 이런 식의 인사말을 주고받는 요령이 아마 제1장에 적혀 있을 것이다. 질투를 유발해 좋을 것이 없으니 몸을 사려야 한다고.

어느 날 문득 이 부정적인 대답이 싫어졌다. 정말 힘들다면 모를까, 일이 잘될 땐 잘된다고 솔직하게 대답해야지 마음먹었다. 그리고 기회가 왔을 때 실행했는데, 대략 이런 대화가 오갔다.

상대방 그래, 요즘 일은 잘돼요?

나 네. 잘하고 있어요.

상대방 응?? 아~ 그래요? 어우, 잘나가나봐? (미묘한 표정)

순간 괜한 소리를 했나 싶어 후회가 쫙 밀려오는 동시에 억울하다는 생각이 들었다. 아니, 나보고 어쩌라고. 내가 뭘 잘못한 겁니까. 좋은 일이 생겨도, 하는 일이 잘 풀려도 전혀 안 그런 척 앓는 소리를 해야 하는가. 그건 겸손이 아니라 의뭉스러운 거짓말 아닌가…라고 생각하며 황급히 "아휴, 아니에요. 죽겠어요 아주"라고 급히 수습하긴 했지만, 헤어질 때까지 몇 번이고 "요즘 잘나가는 분" 소리를 들어야 했다. 아, 쫌!

모두들 '불행 배틀'에 뛰어든다. 누가 더 힘든지 경쟁한다. 불행의 트로피라니, 전혀 차지하고 싶지 않은데도 그렇다. 친구들과 만나면 다들 우리 회사가 얼마나 갑갑한 조직이고 내 상사는 얼마나 한심한 작자인지, 내 동료는 얼마나 이기적이며 부하직원은 또 얼마나 싸가지가 없는지 신세 한탄을 한다. 세상 힘든 업무는 콕 집어 나에게만 주어진다며 분통을 터트린다.

한 명의 이야기가 끝나기 무섭게 맞은편에서 더 암울한 이야기를 시작한다. 야, 넌 그래도 나보단 낫지. 나는 말야, 이게 사는 게 아니야. 그 와중에 혼자 별 얘기 없이 입을 다물고 있자니 눈치가 보인다. 그리고 금세 하소연을 빙자한 공격이 훅훅 들어온다.

– 넌 그래도 회사 안 다니니까 편하지? 혼자 일하니 좋지?

– 네가 무슨 걱정이 있어? 정년이 있니, 뭐가 있니?

– 신랑도 없고 시댁도 없고 애도 없고,
너처럼 세상 편한 애가 어딨니?

그중에서도 가장 자주 듣는 말은 역시 "넌 좋아하는 일 하면서 돈도 벌잖아"라는 것이다. 이게 말이야, 소야 싶어 대꾸하지 않으면 '거봐, 역시 그렇지'라는 눈빛이 돌아온다. 불편하다.

그게 싫다면 나도 어서 뭔가를 꺼내야 한다. 별거 아닌 얘기라도 어떻게든 쥐어짜고 부풀려, 나도 너희들 못지않게 죽겠다는 어필을 해야 한다. 나도 이만큼 불행하니 동료로 받아들여달라는 제스처다.

좋아하는 일로 돈을 번다는 건, 입에 착 붙는 맛있는 걸 잔뜩 먹었는데 희한하게 배도 안 나오고 살도 안 찌는 상태와도 비슷하다. 뒷동산에 우담바라가 만발할 때나 일어나는 일. 보통은 눈앞에 있는 걸 묵묵히 먹고, 덤으로 살도 찐다.

토끼 같은 대출원금과 여우 같은 대출이자, 고양이 같은 카드값과 햄스터 같은 사무실 유지비가 나만 빤히 쳐다보고 있는데 굶을 수 있나요. 뭐라도 먹고, 무슨 일이든 해야죠.

불행 배틀은 '비교'로 이어지기 쉽다. 보통은, 자기 입으로 신세 한탄을 내뱉고는 곧, 비록 말은 그렇게 했지만 실은 그렇지 않다는 티도 열심히 낸다. 알지? 나 무지 행복하다는 거! (찡긋) 돌아가며 티를 내고 나면 모임이 마무리된다.

아마 각자의 집으로 돌아가선 '그래도 걔보단 내가 낫네, 걔는 어떻게 그러고 살까'라며 안도할 것이다. 생각만으로도 지치네요. 불행 배틀, 그만하고 싶습니다.

5

일이 안 돼 자아가 쭈그러지는 순간에 대하여

누가 뭐래도 나는 나의 길을 간다! 라고 당당하게 외치면서도, 실은 그렇지 못한 부분이 많다. 내 인생 내 거라고, 하고 싶은 거 하면서 살겠다고 호기롭게 말하면서도 **속으론 꽤나 남의 눈치를 본다.** 사랑받고 싶어서, 미움받기 싫어서, 잘하고 있다 인정받고 싶어서 그렇다.

연차가 쌓이고 경력이 두툼해지는 사이, 눈도 한껏 높아졌다. 어디서 좋다는 건 잔뜩 봐가지고, 이젠 뭐가 멋지고 근사한 것인지 좀 알게 되었다. 하지만 내가 그런 걸 만들 수 있다는 얘기는 아니다.

문제는 바로 여기서 시작된다. 내 안에 뭔가 괜찮은 게 있긴 한데 손이 따라주질 않는다. 와, 미치고 팔짝 뛰겠네! 아예 아무것도 모르면 무작정 뛰어들기라도 하겠지만, 뭘 좀 알고 나서부턴 용기가 혹혹 줄어든다.

시작도 하기 전에 "이건 안 되겠는데? 답이 안 나오는데?"라는 생각부터 든다. 지금까지 잘한다는 소리를 들으면서 일했는데, 내가 그래도 나름 '작가님'인데, 요거 하나 제대로 못하면 뭔 망신이야. 얼마나 쪽팔리겠어. 두렵고 겁난다. 새로운 시도 따위 그냥 하지 말까?

제대로 하고 싶은 욕심은 있는데, 완벽하게 해낼 자신이 없으니 불안하다. 불안은 영혼을 냠냠 잠식한다. 천 리 길도 한 걸음부터고 시작이 반이라는데, 그놈의 첫발이란 게 좀처럼 떨어지질 않는다. 나 원래 이러지 않았는데, 왜 이럴까?

내가 하는 일이 내 마음에 들어야 즐겁고 신이 날 텐데 지금은 성에 차지도, 즐겁지도 않다. 하지만 마감을 피해 도망갈 수도 없다. 일단 뭐가 되었든 하고, 심판의 날이 오면 경건하게 작업물을 넘긴다. 그리고 계속 불안해하고, 계속 민망해한다.

아, 이번 일 진짜 별로야. 쪽팔려 죽겠어. 나를 뭘로 볼까? 담당자의 고막에 대고 침을 튀기며 열심히 변명하고 싶다. 사실 제가 다른 일은 진짜 잘하거든요? 이 일만 좀 헤매는 거거든요?

중학교 2학년 때 잠시 수학 과외를 받았었다. 한심한 성적에 부모님께서 부랴부랴 취한 조치인데, 애초에 학교 수업도 알아들어먹질 못하니 과외 수업도 다를 리 없었다. 선생님 앞에만 서면 나는 사정없이 작아졌고, 그게 부끄러워 어떻게든 도망칠 궁리를 했다.

저에게 수학이란 참으로 벅찬 학문이니 선생님께서 좀 도와주지 않으시렵니까의 자세로 함께 차근차근 기초부터 공부했으면 좋았겠지만, 중학생이잖아요. 그런 마음보단 쪽팔림이 훨씬 컸다. 수학은 나와 맞지 않는다며, 그치만 영어는 잘한다며 바보가 아니라는 변명만 열심히 했더랬는데….

뭐, 아주 오래전 이야기고 이제 나는 어른이 되었다. 하지만 문제는, 여전히 틈만 나면 내 안의 중학생이 다시 톡 튀어나온다는 것이다. 일이 잘 풀리지 않으면 담당자와 머리를 맞대고 함께 상의해야 할 텐데, 일이 되게끔 만들어야 할 텐데, 그저 방어하기에 급급하다. 불안함을 숨기려는 것이다. 하지만 그 불안감과 열등감은 숨기려 할수록 오히려 더 뚜렷이 드러난다.

이 일을 당장 어떻게 해야 하지? 지금이라도 못하겠다고 할까? 그치만 이 시점에서 그런 소릴 어떻게 해? 욕을 바가지로 먹을 텐데? 이런 생각이 착착 쌓이기 시작하면 담당자와 연락을 주고받는 게 굉장히 부담스러워진다. 잔뜩 숨을 죽인 채 연락하지 않고 있다가, 휴대폰에 담당자의 이름이 둥실 떠오르면 화들짝 놀라 한숨을 오백 번쯤 쉬고 나서(내 폐활량은 꽤 괜찮다) 죽지 못해 전화를 받는다. 아, 예… 안녕하세요….

그러다 감정이 묘하게 변한다. '연락이 부담스럽다'에서 '연락이 싫다'로, '연락이 싫다'에서 '그 사람이 싫다'로 바뀐다. 그리고 이 과정에서 내가 나에게 정당성을 무척 열심히 부여해준 덕에, 요만큼의 죄책감도 없이 담당자를 맘 편히 미워하게 된다. 나는 죄가 없어, 그 사람이 나빠. 아, 또 전화 왔어. 진짜 짜증나!

여러분, 나이를 먹으면 우아하고 차분해지며 인생을 너그러이 관조하게 된다는 소리는 신화에 가깝습니다. 대학 가면 살 빠진다는 소리와 동급이죠. 저를 보세요. 관조는 개뿔….

이 찌질하기 짝이 없는 감정을 어떻게 눈 크게 뜨고 받아들이며, 어떻게 다독이고 관리하는지가 관건이다. 한 사람의 수준은 그런 데서 드러난다. 좋은 방향으로 변하고 성장할 수 있을지, 가능성도 드러난다.

일은 일일 뿐이다. 그 안에 나를 너무 담아버리면 깨질 때마다 눈물 나고, 까일 때마다 상처받는다. **'내'가 그렇게 별로냐며 징징거리게 된다, 내 '일'이 아니라.**

나는 문득, 이게 참으로 민망하고 부끄러운 짓이라는 걸 깨달았다. 아니, 처음부터 알고 있었다. 수학 과외를 받던 중학생 시절보다 더 오래전에. 단지 인정하기 싫어서 귀를 막고 쨍알거리고만 있었을 뿐. 왜냐, 내 탓보다 남 탓이 오천만 배쯤 편해서 그렇다.

창작자란 뭔가를, 뭐가 되었든 간에 짠 하고 만들어내야 한다. 일단 짠 하고 난 후엔 조마조마하다. 내가 만든 것에 완전한 확신을 갖고 싶지만 좀체 그렇게 되지 않는다. 구석구석까지 불안함이 잔뜩 배어 있으니 타인의 인정은 물론, 응원과 격려까지 바라게 되는 것이다. 불안하게 외롭게 작업한 시간을 감정적으로 보상받고 싶어서겠지.

말하자면, 내 멋에 겨운 글을 블로그나 SNS에 써놓고선 목을 쭉 빼고 댓글이 달리기를 기다리는 것과도 비슷하다. 자 어서들 관심 좀 줘! 그리고 이왕이면 호의적인 댓글만 가득하길 바란다. 유치하다. 거울을 보며 너 대체 몇 살이냐 묻고 싶을 정도다(마흔 중반인데요).

그것밖에 안 되는 인간인지라, 일에 대한 비판과 지적은 종종 따끔따끔을 넘어 쿡쿡 쑤시는 고통으로 다가온다. 일을 의뢰한 곳에서 피드백하는 건 당연한 일인데도 이 모양이다. 혼자 입 꾹 다물고 일하는 사이, 경주마처럼 잔뜩 좁아진 시야를

넓힐 기회인데도 이 모양이다. 귀 기울여 듣고 유효한 조언으로 받아들여야 마땅한데도 이 모양이다.

문제는 이거다. 일에 대한 평가와 비판을 곧 나에 대한 공격으로 받아들인다는 것. 그래서 이야기가 채 끝나기도 전에 잔뜩 방어부터 한다. 생산적인 논의 대신 울컥 화끈 민망해지고 만다. 시간이 부족해서요, 이런 작업은 처음이라서요, 저도 한다고 한 건데요라며 변명부터 시작한다. 다시 한번 거울 앞에서 묻는다. 너 대체 몇 살이냐.

뺄 건 빼고 더할 건 더한다. 고칠 게 있으면 고치면 된다. 아무래도 아니다 싶으면 일을 그만두는 방법도 있다. 하지만 그 대신 '앗, 이 사람 방금 정색했어. 인상 썼어. 나를 싫어하나 봐!'라고 생각한다. 때론 카톡을 주고받다가도 동공이 흔들린다. 이모티콘을 쓰지 않았어, 화가 났나 봐. 문장 끝에 마침표를 찍었어, 열 받았나 봐. 문장이 너무 짧아, 역시 날 싫어해. 그래서 내가 한 작업도 싫은가 봐. 아아… 이쯤 되면 망상인데요….

이럴 때 나는 글을 쓴다. 워드 프로그램의 새 문서 파일을 열고, 허공에 하소연하듯 생각나는 대로 아무렇게나 쓴다. 와, 나 미치겠네. 이거 어떡해? 잘할 수 있을까 하고. 처음엔 두서없지만 조금씩 정리가 된다. 이건 고, 저건 스톱이라며 마음을 정할 수 있게 된다.

줌파 라히리Jhumpa Lahiri는 『이 작은 책은 언제나 나보다 크다In Altre Parole』라는 책에서 이렇게 썼다.

'나를 자극한 것, 날 혼란에 빠뜨리고 불안하게 하는 것, 간단히 말해 나를 반응하게 만드는 모든 것을 이해하고 싶을 때 그걸 말로 표현해야 한다. 글쓰기는 삶을 흡수하고 정리하는 내 유일한 방법이다.'

그래, 정말로 그렇다. 마음을 다잡고 일을 마무리 지어야지. 담당자와 더 많은 이야기를 나눠야지. 욕먹을 게 있다면 먹고… 그래 봤자 욕이 배 뚫고 들어오진 않는걸.

6

프로페셔널을 꿈꾸는 아마추어의 몸부림에 대하여

"당신은 프로페셔널이에요" 하면 칭찬으로 들린다. 반대로 "아마추어에요"라는 건 비난처럼 느껴진다. 보통은 그렇다. 내가 나에 대해 이렇게 겸손하게 말하면 몰라도, 남이 나를 이렇게 표현하면, 이놈 자식이? 하며 울컥한다. **대체 '프로'가 뭐길래 그럴까?**

구글에서 '프로의 조건'이라든가 '프로와 아마의 차이' 등의 키워드로 검색하면 놀랄 만큼 많은 결과가 쏟아져나온다. 자기계발서 광고도 많고, 다양한 분야에 종사하는 사람들의 인터뷰 기사도 많다. 그만큼 다들 궁금하다는 얘기겠지.

일단은, 자신의 장점을 제대로 마케팅해 제값을 받고 팔 수 있는 사람이 프로라고 생각한다. 하지만 그렇게만 따진다면 특정 분야의 기술을 보유했는지의 여부와 오고 가는 돈, 두 가지만 놓고 이야기하는 것이 된다.

전문 기술과 돈은 무척 중요한 요소지만 그게 다는 아닌 게, 일은 보통 처음부터 끝까지 온전히 혼자서 다 할 수 없기 때문이다. 조직에 속해 일하든, 프리랜서로 일하든 인간관계는 중요하다. 그러니 나 자신을 위해서라도 좀 더 괜찮은 인간이 되어야 더 나은 프로가 될 확률이 높아진다. 어떤 자세를 갖추어야 할지, 나만의 이상적인 리스트를 뽑아보겠다.

〈내가 갖춰야 할 자세〉

1. 주어진 일을 일정에 맞게 진행하고 마감한다.
2. 나 자신을 업데이트하고 업그레이드한다.
3. 내가 잘하고 있는지 남에게 확인을 구하지 않는다.
4. 일과 나를 지나치게 동일시하지 않는다.

〈남을 대하는 자세〉

1. 타인에겐 관대하고, 자신에겐 엄격하다.
2. 싫은 인간이더라도 일로 얽힌 사이라면 예의를 지킨다.
3. 싸울 경우, 너 죽고 나 죽자 대신 둘 다 살기 위해 싸운다.
4. 비판과 비난을 구분해서 듣고, 구분해서 한다.
5. 변명은 될 수 있으면 짧게 한다.

여기까지 쓰느라 힘들었다. 머리를 데굴데굴 굴리며 생각했는데, 쓰는 내내 뜨끔했다. 나는 내가 프로라고 굳게 믿으며 일했는데, 정작 이 리스트를 제대로 지키지 못해서다. 어쩌면 내가 이렇게 하지 못해서, 그래서 스스로 화가 나서, 더 씩씩거리고 정색하며 작성했는지도 모르겠다.

싫은 인간에겐 웃는 얼굴을 도저히 보여주지 못하겠고, 싸울 땐 너 죽고 나 죽자며 달려든다. 나에겐 관대하고 남에겐 엄격하게 땍땍거린다. 지금 내가 잘하고 있는지 불안해 누구에게든 확인받고 싶다. 그나마 마감을 지킨다는 항목 정도에만 자신 있게 저요! 하고 손을 들 수 있다(그래서 맨 위에 썼다). 부끄럽습니다.

지난 20년간 일하며 만난 훌륭한 프로페셔널들을 떠올린다. 나의 다양한 시기에 크고 작은 영향을 준 사람들. 모든 면에서 완벽하지 않고, 분명 단점과 약점이 있는 사람들이지만 그럼에도 불구하고 만날 때마다 무언가를 배운다. 나도 누군가에게 어떤 영향을 줄 수 있는 사람일지 생각해본다. 가능하다면 긍정적인 영향이었으면 좋겠다. 재처럼은 살지 말자라는 반면교사가 된다면 마음이 좀 아플 것 같다. 그렇다고 뭐, 내가 어떻게 해줄 수는 없는 일이지만….

7

뼛속에 새겨진 '을'의 자세에 대하여

처음 책 출간 제의를 받았을 때, 그 놀랍고 낯선 기회 앞에서 나는 완전히 납작 엎드렸다. 첫 번째잖아요, 첫 번째.

출판계라는 동네가 대체 어떻게 돌아가는지, 그곳에선 어떤 사람들이 어떤 방식으로 일하는지, 대체 한 권의 책은 어떤 과정을 거쳐 톡 하고 튀어나오는지 하나도 몰랐다. 200자 종이 원고지에 써야 하는지, 워드 프로그램을 써야 하는지도 몰랐다. 읽기만 했지, 그 세계를 엿보는 것은 처음이었다. 처음부터 끝까지, 이쪽 구석에서 저쪽 구석까지 몽땅 새로운 세계.

편집과 인쇄에 쓰이는 용어도 생소했다. 전문가들의 입에서 나오는 건 대부분 일본어였는데, 내 귀에는 그저 '바께쓰'나 '쓰레빠'처럼 들렸다. 대화에 동참하기는커녕 알아듣는 것부터 난관이었다.

모르면 물어보면 될걸, 그땐 왠지 주눅이 잔뜩 들어선 그저 고개를 끄덕거리며 속으로 열심히 고민했다. '도비라에 들어갈 글이 필요하다고? 도비라? 그게 뭐지?' (도비라란, 각 챕터의 시작 페이지입니다.)

편집자 앞에만 서면 나는 왜 작아지는가. 자꾸 기가 죽어 저자의 의견을 묻는데도 입이 잘 떨어지지 않았다(내가 '저자'라니!). 인세는 책 가격의 몇 퍼센트로 하려는데, 어떻습니까라는 질문에도 그냥 끄덕끄덕, 알아서 주십쇼. 표지 디자인이며 내지의 레이아웃 디자인 샘플을 보여주어도 끄덕끄덕, 다 예뻐요.

심지어 책 제목을 정하는 중대한 순간마저도 감히 의견을 낼 엄두가 나지 않았다. 예, 예, 잘 부탁드립니다라는 말만 수없이 반복했다. 나는 초짜고 이분들은 전문가야, 괜한 소리를 했다가 일을 방해하게 될 수도 있어.

그 결과, 분명히 내 이름이 쓰여 있지만 좀처럼 내 것 같지 않은 책이 나왔다. 이름 대신 사용한 닉네임도 편집자가 지은 거라 좀처럼 입에 붙지 않았다. 내가 좋아하고 자주 쓰는 말투가 지워졌다. 2006년의 일이다.

당시의 담당 편집자가 고압적이었다거나 불편하게 굴어서가 아니다. 나는 감사하게도, 좋은 분들을 만나 함께 일했고 많이 배웠다. 단지 내가 처음부터 을의 자세로 이 일에 접근했던 게 문제였다. 출판 계약서엔 저자가 갑, 출판사가 을이라고 명시되어 있지만, 그때 나는 머리부터 발끝까지, 피부부터 뼛속까지 속속들이 을이었다.

학교를 졸업하고 프리랜서로 일을 시작하면서부터 사실상 갑의 위치였던 적이 거의 없다. 지시하고 요구하는 일은 어색하다. 내가 감히, 어떻게요.

두 번째, 세 번째 책을 쓸 때까지도 나는 별로 달라진 게 없었다. 제2, 제3의 기회가 주어졌다는 건 내가 일을 제대로 했다는 의미인데도 말이다. **좀 더 뚜렷하게 내 목소리와 내 색깔을 낼 때가 온 것이지만 여전히 머뭇거리며 소심하게 굴었다.**

글을 수정해야 한다면 왜 그래야 하는지 묻지 않고 냉큼 써왔고, 사진과 그림이 필요하다면 그 역시 냉큼 찍고 그렸다. 편집자의 지휘에 그저 예, 예, 하며 따랐다.

편집자는 그래서 편했을까? 알 수 없다. 하지만 저자가 좀 더 적극적으로 일에 덤벼들길 바랐을 거란 생각도 든다. 다른 누구도 아닌 저자인데, 내 의견이 궁금했을 텐데, 나는 너무 입을 꾹 다물고만 있었다.

출판 전문가 앞에서 초짜 저자가 고집을 부린다고 생각하면 어쩌지? 책이 한 권이라도 더 팔려서 더 많은 사람이 읽었으면 좋겠는데, 괜히 내가 나섰다가 잘 안 되면 어쩌지? 온갖 걱정에 입이 떨어지지 않았다. 지나간 작업은 항상 아쉽지만, 특히 책에 대해서는 아쉬움이 몇 배로 크다.

물론 그런 자세의 좋은 점도 있다. 일이 빨리빨리 진행된다는 것이다. **프리랜서에게, 을에게, 계약서에 적힌 '마감일'은 무척 중요하다.** 등대 불빛에 의지해 어두운 밤바다를 항해하듯, 그 날짜 하나 바라보며 꿋꿋하게 일한다. 그 날짜에 맞추어 일과 일상의 스케줄을 조정한다.

출판 계약서의 날짜도 마찬가지다. 이때쯤 1차로 원고를 다 끝내고, 그다음엔 요 때까지 수정을 하는 거야. 추가 원고가 필요하면 이날까지 다 써야지. 이렇게 계획을 세운 다음 그대로 착착 실행한다.

최종 마감일 하루 전날엔 모든 작업을 마무리해 파일과 폴더를 깔끔히 정리해두고, 운명의 그날이 오면 원고와 사진, 그림 파일 등을 압축해 담당 편집자에게 보낸다. 오전 10시 반 정도가 적당하다. 9시는 너무 이르고, 11시는 곧 점심시간이라 맥이 끊길 수 있다. 그러니까 10시 반, "점심식사 맛있게 하셔요"라는 인사를 곁들여서. 그리고 나도 맛있는 걸 사 먹으러 간다.

지금까지 책을 쓸 때마다 항상 이렇게 했다. 뭐, 나만 그러는 건 아니겠지? 세상 모든 작가가 다 이렇게 일하지 않겠어? 그런데 꼭 그렇지는 않다는 걸 한참 나중에 알았다.

"정말로 계약서 날짜에 맞춰서 원고 주시는 저자는 처음 봐요"라는 말도 들었다. 칭찬일 거라고 믿으면서도 마음 한구석으론, 이번에도 나는 마감에 목숨 거는 을답게 굴었구나 생각했다. 아이고, 이놈의 을 인생.

프리랜서가 이렇습니다, 여러분. 언제나 을로 사는 것이죠. 아니지, 을이면 양반이다. 병이나 정일 때가 훨씬 더 많다. 아주 드물게 갑의 위치가 될 때도 있는데, 천 년에 한 번씩 온다는 이 귀하고 소중한 기회를 제대로 살려 갑질을 해볼까도 싶지만, 아마 그랬다가는 난 분명히 체할 것이고 잠도 제대로 못 잘 것이다. 갑질도 해본 사람이나 하는 것이다.

그리고 일을 하며 만나는 갑 중에 '진짜 갑'은 별로 없다. 어차피 다들 중간에 낀 존재들인데, 그 중간이 약간 위냐 아래냐 하는 것뿐. 때로는 저 사람이 나를 열받게 만들고, 때로는 내가 저 사람을 골치 아프게 만든다. 의도한 것이 아닌데도 그렇다. 일이라는 건 그렇게 돌고 돈다.

시간이 흘렀고 경력도 쌓였다. 그사이 나는 어느새 6권의 책을 쓴 저자가 되었고, 좋은 기회를 얻어 3권의 책을 번역했다. 요즘은 좀 달라졌다. 살짝 더 단단해졌고, 살짝 더 견고해졌다. 마감을 지키고 예의도 지키는 대신 의견을 당당하게, 적극적으로 내려고 노력한다. 여전히 그때마다 심장이 벌렁거리지만 그래야 후회가 덜하다는 걸 안다. 뭐니 뭐니 해도 내 작품, 내 것이니까. 갑이든 을이든 병이든 정이든, 우리가 원하는 건 이 일이 제대로 되게 만드는 것이니까요.

8

상대하기 싫은 사람을 상대하지 않는 법에 대하여

세상에는 사람을 쉽게 오라 가라 할 수 있는 타입의 인간이 있다. 자신의 권력을 확인하고 싶어서다. 보통은 아쉬운 쪽이네, 하고 찾아가게 된다. 그것을 알기에 그래 너는 얼마나 아쉽니 하며 사람을 떠보는 것이다. 이런 인간은 이메일이나 문자 메시지보다 전화 통화를 선호한다. 자세한 설명과 첨부파일이 필요 없기 때문이다.

밑도 끝도 없이 "일단 오세요, 한번 오세요"라고 자신의 근무처로 불러놓은 후 "아, 어떤 분인지 한번 만나고 싶었어요"로 끝인 경우가 꽤 있다. 심지어 이렇게 안면을 텄으니 앞으로 너 하는 거 봐서 일을 줄 수도 있다는 소리를 하는 사람도 있다.

권력을 이용한 갑질이다. 어디서 아주 그냥 못된 것만 쏙쏙 골라서 배운 모양이다. 홈그라운드 편한 거 누가 모르냐, 나도 내 집이 편하다. 네가 와라, 개새끼야. 속으로만 욕한다. 내 시간은 네 시간과 똑같이 소중하다. 속으로만 외친다.

제대로 된 첫 연락은 충분한 자기(회사) 소개와 해당 프로젝트에 대한 설명으로 시작된다. 미팅 일정을 의논할 땐 상대방의 근무처 위치를 묻는다. 거리가 많이 멀다 싶으면 중간 어딘가에서 만날 것을 제의하기도 한다. 평일에 시간을 내야 할 사람에 대한 기본적인 예의다. 그 정도의 제스처만 해줘도 기꺼이 찾아간다. 내가 관심 있는 분야라면 더욱 그런데, 어떤 회사이며 어떤 공간인지, 분위기는 어떤지 눈으로 직접 보는 것도 앞으로의 일에 상당히 중요한 역할을 하기 때문이다.

하지만 밑도 끝도 없이 다짜고짜 사람을 오라 가라 한다면 얘기가 다르다. 당연한 소리지만, 이럴 땐 무슨 일로 미팅을 원하는 것인지 설명을 요청한다.

이때 대답을 좀 애매하다 싶게 하는 경우가 있는데, 그럼 머릿속에서 경고등이 삐요삐요 소리를 내며 돌아간다. 쌔하다. 그동안의 숱한 경험으로 어느 정도의 통찰력이 생겨, 내가 나를 보호하기 위해 제동을 하는 것이다.

초장부터 아니다 싶은 사람은 끝까지 아니다. 보통 그렇다. 한참 일을 하는 도중에 갑자기 말을 바꾸고, 마감 날짜가 엄연히 존재하지만 미리 내놓으라며 사람을 쫀다. 일을 마무리한 후엔 결제까지 하세월이다. 감정 소모, 피곤하다. 돈주머니를 쥐고 있으니 내 위에 있다고 생각하는 모양이다. 한술 더 떠 '갑'이라는 이유로 자신에게 발언권이 무한정 있다고 믿는다.

이런 사람들은 내가 묻지 않은 것을 굳이 설명해준다. 심지어 내가 더 잘 알지 싶은 내 전문분야를 가르치려 든다. 나를 위해서가 아니라, 그저 방청객이 필요한 것이다. 그들은 인식하지 못할지도 모르지만, 이것은 분명히 권력의 문제다. 세상 모두에게 통하진 않는, 그래서 사람을 봐가면서 휘두르는 권력. 그 순간 내가 자신보다 만만하다 파악한 것이다.

그렇다고 내가 갑이 되고 싶은 마음은 없다. '을질'을 당하기 싫은 것만큼 누구에게도 '갑질'을 하고 싶지 않다. 내가 원하는 것은 서로 약속한 일을, 약속한 날짜에 맞추어 진행하고, 약속한 만큼의 돈을 받는 것이다. 만족스러운 결과물을 얻었다면 다음번 일도 함께할 수 있을 것이다.

개인 대 개인이든, 소규모 사업장 대 개인이든, 대규모 사업장 대 개인이든 크게 다르지 않다. 당신(회사)과 내가 소통을 통해 협업하고, 좋은 결과를 위해 각 과정을 정성스레 밟는다.

뭐 좋다. 언제나 이렇게 되어준다면 참으로 아름다운 풍경이겠지만 우리 집 빈 화분에 우담바라가 피어날 때나 가능하겠다. 세상에는 말 같지 않은 소리를 하는 사람이 참으로 많다.

동시통역사인 우리 언니에겐 **"영어 잘하시잖아요. 요 문장만 영작해주시면 안 돼요?"**라는 부탁이 끊이지 않는다. 미대 나온 여자답게 나는 **"그림 하나만 그려줘. 너 이런 거 후딱 하잖아"** 소리를 잊을 만하면 듣는다. 어차피 맨날 컴퓨터 앞에서 일하면서, 잠깐 짬 내서 이거 하나 못해주냐며 섭섭해한다.

그럴 때면 위아래 입술에 오바로크를 곱게 쳐주고 싶어진다. 대부분 그전까진 생전 서로 연락하지 않던 사람들이다. 친한 사이, 좋은 관계의 사람들은 그런 요청을 하지 않는다. 애초에 서로 선을 지키기 때문에 친하고 좋은 것이다.

더구나 일로 만난 사이인데 이런 소리를 공식적으로 할 때는 어떤 반응을 보여야 할지 당황스럽다. 일은 해주되 돈은 바라지 말라니, 1차론 힘이 빠지고 2차론 불쾌하다. 내가 쉽게쉽게 일하는 것처럼 보인다면, 쑴풍쑴풍 잘도 알을 낳는 것 같다면 그 속의 복잡하고 소모적인, 길고 긴 과정을 보지 못한 것이다. 내가 명태냐, 명란젓을 줄줄 낳게.

싫다는 소리를 하는 건 어렵다. 많이 어렵다. 친구 사이가 불편해질까봐 궁시렁대면서도 해주고, 일 관계가 어그러질까봐

호호 웃으며 어쩔 수 없이 해준다. 프리랜서 창작자가 가장 자주 듣는 말의 리스트를 쭉 뽑아보면 분명 "이번엔 예산이 부족하니 한 번만 싸게 해주세요. 다음번엔 진짜 잘해드릴게요"가 빠지지 않을 것이다.

하지만 이것은 높은 확률로 거짓말이다. 말로만 다음을 기약하는 것이다. 지금 공짜를 원하는 사람은 다음에도 공짜를 원한다. 예산이 부족하다기보다는 창작물에 대가를 지급하는 걸 우선순위의 한참 아래에 둔 것일 뿐.

나는 때로, 나이를 먹어서 기쁘다는 생각을 한다. 언제부턴가 이런 어이없는 경우를 당하는 횟수가 꽤 줄었는데, 이건 분명 내 나이 덕분에 얻은 능력이라고 믿는다. 말 같지 않은 소리에 대꾸하지 않는 능력, 웃기지 않은 소리에 웃지 않는 능력, 상대하기 싫은 사람을 상대하지 않는 능력.

'능력'이라고 썼지만, 그보다는 '굳은살'에 가깝다. 나이를 먹으면서 어렵게 얻은 굳은살. 이것은 프리랜서로 혼자 일해온 20대, 그리고 30대에 부당한 일을 일상적으로 겪었다는 반증이기도 하다.

"제가 뭐랬다고 그렇게 화를 내세요"라며 예민한 사람, 이상한 사람으로 모는 경우도 있다. 여보세요, 나의 분노에는 이유가 있는데 그게 바로 네놈입니다. 화를 내는 건 전혀 즐겁지 않다. 심장은 벌렁거리고 잔뜩 겁이 난다.

하지만 조용조용, 싸우지 않고 평화롭게 사는 게 무조건 답은 아니다. **오히려, 아름답게 살기 위해선 열심히 싸워야 한다.** 그것도 아주 매우 열심히.

9

거절에 대한 면역력을 키우기 위하여

패션 잡지에는 그 달의 신상품을 잔뜩 모아서 보여주는 코너가 있다. 보통 몇 페이지에 걸쳐 옷과 가방, 신발과 액세서리, 때론 조명기구나 가구 같은 것들을 소개한다. 나는 요런 페이지들을 읽으며 노는 걸 좋아한다. 브랜드명과 가격 등 설명을 읽지 않은 상태에서 물건 생김새만 보고 제일 내 맘에 드는 건 이거다, 하며 콕 찍는 것. 최대한 빨리 5초 내로 고르는데, 하다 보면 실루엣과 컬러와 소재 등 내가 뭘 좋아하는지 꽤 세세하게 알게 된다.

그리고 나이를 먹을수록 내가 콕 찍은 물건이 개중 가장 비싼 경우가 많다는 것도 알게 되었다. 아이고, 눈만 높아졌다. 하긴 나름 20년 차 창작자다. 이 정도 일했으니 뭐가 좋은 건지, 혹은 적어도 비싼 건지 알아보는 눈이 생긴 게 당연하다.

문제는, 내가 그런 걸 만들 줄 아느냐인데… 어머나 갑자기 눈물이 나네….

아무것도 모를 땐 에잇 하고 덥석 끌어안거나, 에라 모르겠다 하며 첨벙 뛰어들 수 있다. 용기가 있어서라기보다는 애초에 뭐가 뭔지 모르니 일단 해보는 것이다. 기회가 언제 또 올지 모르는데 망설일 짬이 어디 있어. 일단 덤벼야지!

그런데 어느새 아는 것이, 아니 아는 것만 많아지니 좀체 들이댈 엄두가 나지 않는다. 지금껏 들어온 소소한 칭찬에도 목을 매게 된다. 오 잘하는데, 괜찮은데! 라는 소리를 계속 듣고 싶다. 마음이 약해지고, 부끄러움이 자라난다.

이 달달한 칭찬을 더 듣지 못하게 되면 어쩌지? 상상만 해도 두렵다. 겁난다. **창작자의 자기복제는 그래서 시작되는지도 모른다. 괜한 짓 않고, 하던 거나 계속하겠다는 마음.** 우물 인테리어를 잘해놓았으니 그냥 이 안에서만 개굴개굴 지내겠다는 마음.

하지만 내 우물 속이 그다지 쾌적하지 않다면 어떻게든 밖으로 나가야 한다. 또 새로운 궁리를 해야 한다. 그런데 힘겹게 첫 삽을 뜬 작업물이 내 마음에 들지 않을 땐, 지금 이게 제대로 되고 있는지 확신이 생기지 않을 땐, 참 힘들어진다.

그 와중에 어디서 또 좋은 건 실컷 봐서 눈은 한껏 높다면, 어휴 최악이죠. 바로 이거야, 내가 딱 이런 걸 하고 싶은 거야! 라며 침은 꼴딱꼴딱 넘어가지만 당장 내 손에선 그런 게 나와 주지 않는다. 미치고 팔짝 뛰겠다.

그래도 뭐 어쩌겠습니까. 나는 나의 살림을 꾸려야 하며 매달 카드값과 대출원금, 이자를 칼같이 내야 한다. 맛있는 것도 꼬박꼬박 챙겨 먹어야 사람 사는 기분이 든다. 눈 딱 감고 일단 일하자.

변비 5일 차의 마음으로 어렵게 일을 마감해 보내고 나면 속이 후련해야 할 텐데 그러기도 쉽지 않다. **내 마음에 들지 않는 일은, 보통은 상대방 마음에도 들지 않는다.** 곧 수정 요청이 날아온다. 때론 다른 작가를 찾겠다는 통보를 받는다. 힘이 쭉 빠진다.

깨질 때마다 내적 눈물을 흘리고, 잘릴 때마다 상처받는다. 일은 일일 뿐이라지만 말처럼 쉽지 않다. 내가 그렇게 별로예요? 나 이제 끝이야? 징징징.

진정하자. 이것은 나라는 인간이 거절당한 것도, 나라는 인간을 수정하라는 요청도 아니다. 직접 만든 작업물에 애정을 품는 거야 자연스러운 일이지만, 그게 곧 나 자체는 아니라는 걸 잊지 말자.

우리는 거절에 취약하다. 거절당하는 게 무서워서 말하지 않아도 내 마음을 알아주길 바란다. 거절하는 게 무서워서 명료한 답을 하지 못하고 어물거린다. 이게 어려운 이유는 그와 관련된 교육을 제대로 받지 못해서다. 원하는 걸 요구하면 욕심 많고 이기적인 아이라는 비난을 받아서고, 꾹 참고 삼키면 눈치 빠르고 영리한, 쓸모 있는 아이라는 칭찬을 들어서다.

칭찬은 우리를 행복하게 만들기도 하지만 거기에 목마르게도 만든다. 내가 언제 쓸모없어질지 모른다며 불안해지게 된다. 내 부모님은, 선생님은, 어른들은 내가 쓸모 있기 때문에 나를 사랑한다고 생각하게 된다.

우리는 완벽할 수 없으며 그럴 필요도 없다. 언제까지나 실수와 실패를 반복할 것이다. 그때마다 더는 사랑받지 못할 거라 생각한다면 너무 슬프잖아요.

기껏 열심히 작업한 걸 수정하기란 달갑지 않다. 힘들다! 죽이 되든 밥이 되든 억지로 마무리한 것이든, 야 오늘 일 좀 되는데? 하며 만족스럽게 정리해서 보낸 것이든, 마찬가지다.

후자의 경우는 좀 더 힘든데, 내 손으로 만들어낸 기승전결이라는 자부심이 있어서다. 글이든 그림이든 뭐든, 짜임새와 흐름을 고려해 결말까지 직접 지었는데, 그걸 수정하라고? 머리 위에 천둥번개가 우르릉 쾅쾅 치는 느낌이다.

일부만 살짝 고치는 걸로 될 때도 있지만 아예 구조를 바꿔야 하는 상황도 생긴다. 작업물에 지나치게 큰 의미를 부여해버리면("이건 내가 낳은 자식이라구요!") 자칫 시야가 좁아질 수 있다. 수정을 하나의 기회라고 생각하는 쪽이 여러모로 생산적이다. 다른 눈으로, 다른 방향에서 내 작업물을 새로이 볼 기회. 어라, 이렇게 할 수도 있구나 하며 한 가지 더 배울 기회.

그렇게 산을 넘고, 숨을 돌리며 성취감을 만끽한다. 그거 봐라, 내가 하면 또 하는 사람이야. 쉽진 않았지만 해냈어. 이런 경험이 쌓여 연륜이 된다.

그리고 일이 끝나면 퇴근을 해야 한다. 단순히 사무실에서 나와 집으로 돌아가는 게 퇴근이 아니다. 온 마음으로 '일의 스위치'를 꺼야 하는데, 근무 시간과 장소가 유연한 프리랜서에겐 이게 특히 중요하다.

자, 오늘의 일은 여기까지야. 내일 출근해서 또 일하자. 이렇게 자연스레 퇴근해야 한다. 방에서 거실로, 의자에서 소파로, 카페에서 거리로, 어디로든 마음 편한 곳으로 퇴근. 그래야 마음속에 미움이 차곡차곡 쌓이는 걸 경계할 수 있다.

원망하고 미워하기란 참 쉽다. 나 자신을 미워하고, 거래처를 미워한다. 담당자를 미워하고, 이 업계와 사회와 국가와 전 지구를… 아악 다 미워! 어때요, 참 쉽죠? 하지만 대체 이게 무슨 의미가 있습니까.

그저 나와 이번 일이 잘 맞지 않았을 뿐인데, 내 마음에 괜한 상처만 내는 짓이다. 뿐만 아니라 크고 작은 수정을 요구하거나 때론 나를 해고하기도 하는 업무 담당자 역시 그저 인간이다. 상사와 나 사이에 낀 가엾은 인간. 한국 기업문화의 특성상, 담당자라는 월급쟁이 개인에게 뭐 그리 대단한 결정권이 주어지지 않는다. 그는 그럴싸한 결과물을 얼른 상사에게 보여줘야 하는 사람이다.

매일같이 새로운 변수도 생긴다. 내가 보낸 작업물을 확인하기 직전에 상사에게 왕창 깨져서 잔뜩 소심해진 상태일 수도 있고, 업무에 치일 대로 치인 상태일 수도 있다. 별을 노래하는 마음으로 모든 죽어가는 담당자를 사랑하자는 게 아니라, 그럴 수도 있지 하고 한 번쯤 생각해보자는 얘기다.

어쨌든 내 쪽에서나 그쪽에서나 원하는 건 한 가지다. 이 일이 잘되게 만드는 것. 중간에 삐거덕거리더라도 그러려니 하며 스르륵 넘기는 자세도 필요하다.

결국 이번 일은 내 것이 아닐 수도 있다. 그렇더라도 욕은 속으로만 짧고 강하게 하고 표정을 잘 관리하자. 사람 일은 모른다.

가게에서 입어봤을 땐 긴가 민가 싶던 바지인데 집에 와서도 자꾸 생각나 다음 날 다시 가서 입어보니 이야, 찰떡같이 잘 어울려 냉큼 지르는 일도 있는 것이다. 혹은 그 제품을 당장 사진 않더라도 괜찮은 옷가게, 괜찮은 브랜드라는 건 두고두고 머릿속에 남게 된다. 다음 기회가 생길 확률이 높아진다.

그러니 우리는 꾸준히 일하며, 내가 여기서 여전히 활동하고 있다는 걸 계속 보여줘야 한다. 능력을 어필해야 한다. **빈말처럼 흩어지기 쉬운 "다음 기회에 뵈어요"를 현실로 만들기 위해서.**

한편, 내 쪽에서 일을 거절할 수도 있다. 외주 창작자 입장에서 쉬운 결정은 아니지만 일을 하다 보면 이건 아니다 싶을 때가 있기 마련. 애초에 상대방 머릿속에 기승전결이 다 있는 상태일 때, 그리고 내가 그걸 정확히 구현해주길 바라는 경우에 주로 그렇다.

얼마 전 8개월 가까이 붙잡은 채 스무 번가량의 수정 작업을 거치다 그만둔 일도 그랬는데, 담당자는 그 분야의 성공 사례를 몇 번이고 거듭 설명하며 이 일도 그렇게 되어야 한다고 주장했다. 딱 그런 걸 원한다면 그 작가에게 일을 의뢰하는 게 효율적이라고 생각하는데, 어쨌든 그는 내가 뭘 보내든 간에 빨간펜을 손에 들고서 줄을 쫙쫙 그을 준비를 한 상태라 매번 숙제 검사받는 기분으로 메일을 보냈다. 그러고는 오늘은 얼마나 정답에 근접했을까, 바짝 긴장해선 판결을 기다렸다.

최대한 빨리 일을 그만두었으면 좋으련만, 거절당하는 일이 어려운 만큼 거절하는 것 역시 익숙하지 않았다. **거절에도 경험이 필요하다.** 나에게 그 경험이 부족하다는 걸 그제야 실감했다.

어렵사리 일을 그만두고 나니 무척 홀가분했다. 원래도 잘 자지만, 평소보다 잠도 더 잘 잤다. 욕 좀 먹겠구나 생각했지만, 욕이 배 뚫고 들어오지 않는다는 것도 안다.

그리고 나는 곧 또 다른 일을 시작했다. 상대방도 다른 일을 할 것이다. 일이란, 오고 간다.

지속가능한
휴식

10

장기 여행을 떠나는 반백수의 변명에 대하여

2018년 1월, 생일을 며칠 앞두고 태국 치앙마이로 떠났다. 짧은 여행 대신 해외 여러 지역에서 단기 체류를 해보고 싶다는 마음으로 우선 6주간의 실험을 시작한 것인데, 떠나기 전 주변 사람들에게 제일 많이 한 말은 이거다.

> "에… 나는 20년을 꼬박 일했으며, 되게 고생했고 엄청나게 수고했으며, 치앙마이에 가서도 무작정 노는 게 아니라 뭔가 콘텐츠를 만들 것이며, 당연히 노트북이니 뭐니 잔뜩 챙겨가서 일을 할 것이며 어쩌고저쩌고…."

남들은 아무 말도 하지 않았는데 나 혼자 구구절절이다. 결국 이게 무슨 뜻이냐면 '나 치앙마이 가서 좀 놀아야겠다'라는 말이 입에서 떨어지지 않았다는 얘기다. **놀러 가는 거 아냐, 정말이야라는 변명.**

아니, 내가 좀 놀겠다는데 그게 무슨 잘못입니까. 누구 멱살 잡고 돈 달라 한 적도 없고 말이죠. 그런데 곰곰 생각해보니 이 변명은 남에게 한 것 같지만 실은 나 자신에게 한 것이다. 정체불명의 죄책감 때문에 쭈뼛쭈뼛 우물쭈물 내뱉는 변명.

어디 거창하게 먼 곳으로 긴 여행을 가는 게 아니어도 그렇다. 평일 낮에 일 대신 다른 걸 하려고 할 때마다 괜히 남의 눈치, 나의 눈치를 보며 변명한다. 대체 뭐가 그리 송구한지, 재미나게 놀면서도 재밌다는 티를 내면 욕먹을까 싶어 자체 검열하며 찌그러진다.

프리랜서로서, 1인 기업의 사장(겸 총무 겸 청소 담당)으로서 내 시간을 직접 조율해 사용하는 건 당연한 일이고, 바쁜 업무 사이 적절히 휴식을 취하는 건 꼭 필요한데도 그렇다. 왜 이리 눈치를 보는 거야?

치앙마이에 도착해 예약해둔 숙소에다 짐을 풀고, 집 안 구석구석을 살피며 점검한다. 어디 뭐 부족한 건 없는지 하나둘 메모해 근처 쇼핑몰로 장을 보러 가서는, 화장솜과 면봉, 욕실 슬리퍼, 생수와 탄산수 등 사소하지만 필요한 것들을 잔뜩 사와 숙소 최적화 작업을 한다. 아 맞다, 치실도 사야지.

한동안 이곳이 내 집이구나 하며 착착 정리를 마치고 나면 마음이 싹 편해지고 기분도 확 좋아져야 하는데, 에엥? 오히려 불안함과 우울감이 사정없이 밀려든다. **이제부터 어떡하지? 뭘 해야 하지?** 귀에서 심장 고동 소리가 쿵쿵 울린다.

아니, 어쩌긴 뭘 어쩌고 하긴 또 뭘 합니까. 그냥 즐기면 되잖아요. 태국씩이나 왔는데, 치앙마이씩이나 왔는데. 남들은 못 가서 안달인데.

하지만 남 일이라면 나도 그렇게 이야기하련만, 정작 스스로에겐 그 말을 해주질 못한다. **여기까지 왔는데 그냥 갈 수 없어. 뭔가를 해야 해.** 재미난 콘텐츠를 뽑아야 해. 글을 쓰든 그림을 그리든, 이 단기 체류의 가성비를 높여야 한다구!

그렇게 생각하니 6주가 갑자기 짧게 느껴진다. 헉, 남은 날짜가 겨우 이것뿐이야? 큰일 났어, 째깍째깍! 자고 나면 하루가 또 줄어드네! 째깍째깍! 당장 내일은 뭐 하지? 째깍째깍!

…라는 이야기를 친구에게 카톡 메시지로 전하며 한숨을 푹푹 쉬니 친구가 말했다.

"네 인생에서 그 6주쯤 마음대로 쓴다고 큰일 나지 않아."

그 말에, 응? 하며 눈이 떠졌다. 저, 정말? 계산하기 편하게 한 달이라고 치자. 길기도 짧기도 한 시간이다. 어디 보자, 1년이 12개월이니 우리가 80세까지 산다고 치면 총 960개월. 한 달이 960개나 있는 셈이다. 꽤 많은데? 이 중에서 하나쯤은 내 마음대로 써도 되겠는데? 주 단위로 계산해볼까? 1년은 52주, 80세까지 산다면 4,160주. 대단한 숫자다.

그런데도 우리는 그중 하나쯤 쏙 뽑아서 마음대로 자유롭게 쓸 엄두를 쉽게 내지 못한다. 놀면서도 계속 그다음을 생각하고 걱정한다. 휴가 이후를 생각하느라 벌써 화가 나 있고(출근하기 싫어어!) 벌써 겁이 나 있다(카드값 어떡하지?). 대체 우리, 왜 이런 겁니까.

그래, 놀자 놀아. 드디어 마음을 굳혔지만 계속 안달복달이다. **어떻게 놀아야 제대로 놀았다는 소리를 들을 수 있을까 하며 남의 평가에 여전히 연연한다.** 더 알차게 시간을 보내야 해. 치앙마이 구석구석 샅샅이 훑으며 숨어 있는 곳을 다 가봐야 해. 그리고 리뷰도 남겨야 하고, 블로그와 SNS에도 사진을 오조 오억 장 올려야 해… 라며 마음이 바쁘다. 아, 정말 너무 바쁘다.

그동안 우리에겐 시간이 별로 없었다. 여행 중에도 항상 빡빡했다. 그래서 제한된 시간 내에 어떻게든 여기도 가고 저기도 가야 했고, 이것도 먹고 저것도 먹어야 했다. 인증샷도 물론 찍어야지.

패키지여행은 으레 "고객님들, 내일은 새벽 6시에 로비에서 뵐게요"라는 인사로 시작한다. 새벽부터 밤까지 달려야 알찬 여행을 하는 것 같다. 자유여행도 다르지 않은데, 인터넷을 박박 뒤져 정보를 닥닥 긁어서 유명한 장소와 맛집 리스트를 쭉 뽑아야 한다. 그리고 게임 퀘스트를 달성하듯 하나씩 지워간다. 시간 없어, 계속 달려! 달리는 건 익숙하다. 어릴 적부터 채찍을 맞으며 달렸다. 학교에서도 달렸고, 사회에서도 달렸다. 그래야 쓸모 있는 사람이라는 남의 인정을 받으니까.

그동안 여행작가로 활동하며 2~3주 사이의 여행을 주로 다녔다. 모두 알찬 여행이었다고 자신 있게 말하겠다. 열심히 준비했고, 열심히 돌아다녔고, 돌아와선 또 엄청나게 열심히 정리해서 여행 경비 본전 뽑겠다는 각오로 콘텐츠를 뽑아냈다. 내가 생각해도 일을 참 잘했단 말이지(코를 쓱 비빈다).

하지만 그게 진짜 여행이었냐고, 휴가였냐고, 휴식이었냐고 묻는다면… 그 질문에는 자신 있게 대답할 수 없다. 나의 여행은 빡셌어요, 이 한마디뿐이다. 그래. 지금 내가 넘치는 시간을 앞에 두고서 어쩔 줄 몰라 하는 건 어쩌면 너무 낯설어서야. 아니, 이런 시간이 아예 처음이어서야.

치앙마이에서 나는 인생 최초의 여행을, 휴가를, 휴식을 즐기기로 했다. 막을 올렸고, 시동을 걸었다.

11

'디지털 노마드' 일일 체험에 대하여

대학 졸업 후 아주 잠깐 회사에 다닌 걸 빼고는 꼬박 20년을 혼자 일했다. 부모님 집의 내 방에서 일하다 불규칙적이긴 해도 수입이 꽤 늘자 오피스텔을 구해 출퇴근하기 시작했다.

그리고 지금은 독립해 집 겸 사무실, 사무실 겸 집에서 세상 제일 편한 복장으로 자유롭게 일하는데, 워낙 오랫동안 그런 식으로 지내다 보니 어느새 나 편한 대로 착각하게 되었다. '응? 다들 이렇게 일하지 않아? 다들 등 뒤에 텔레비전이나 좋아하는 음악 틀어놓고서 노브라로 일하는 거 아냐?'라는 식. 저기요, 아니거든요.

치앙마이에서 셀프 안식년의 문을 과감히 열어제꼈지만 처음 일주일간은 뭘 해야 할지, 뭘 하지 말아야 할지 감을 잡지 못하고 침대에 누워 숨만 뻐끔뻐끔 쉬었다. 휴대폰 게임 최고 점수도 기록했다. 허리가 아프고 눈알이 뻐근했다. 야, 이건 아니지. 뭐가 되었든 간에 해야겠어. 노트북과 마우스를 싸들고 '코워킹 스페이스'라는 곳에 찾아가기로 했다. 가서 일기라도 써야지.

코워킹 스페이스coworking space**, 번역하면 협업 공간.** 치앙마이에 오기 전 대체 '디지털 노마드'라는 사람들은 어떻게 노마드(유목민) 상태로 일을 하는 걸까 검색해봤더니, 다들 코워킹 스페이스 이야기를 했다. 그래? 그럼 나도 가야지.

평소 PC방에도 갈 일이 없으니(마지막으로 가본 게 25년쯤 전, 급하게 이력서를 출력하기 위해서였죠) 코워킹 스페이스 같은 곳은 난생처음이다. 일일 이용료를 내고 일하거나 일주일, 한 달, 반 년 등 다양한 기간의 회원권을 구매해 편한 시간에 와서 일할 수 있는데, 커다란 책상을 여럿이 나누어 쓰거나 돈을 좀 더 내고 나만의 책상을 사용할 수도 있다.

사무용 책상, 그리고 그보다 더 중요한 사무용 의자를 갖추고 있어 카페에서 일하는 것보다 훨씬 나아 보인다(등받이에 머리를 파묻고 잘 수도 있다). 오, 시간 단위로 대여할 수 있는 회의실까지… 좋은데?

그런데 막상 자리 잡고 앉아서 일하려니, **다른 사람과 함께 공간을 쓰는 상황이 나에게 무척 낯설다는 걸 알게 되었다.**

대화를 나누며 사교 활동을 하는 것도 아니고, 각자 자기 일을 하는 건데도 뭔가 참 불편하다. 그래, 나는 이런 경험이 너무 부족하다.

당장 어느 자리에 앉을까 하는 것부터 문제다. 완벽한 내 자리, 딱 맞는 내 자리를 찾고 싶은데 여긴 에어컨 소리가 시끄럽고, 저 자리는 춥다. 또 저쪽 자리는 햇볕 때문에 눈이 부신다. 안 되겠네.

괜찮아 보이는 구석 자리에 앉아 보니 이번엔 맞은편 사람과 자꾸 눈이 마주쳐 어색하다. 너한테 관심 있는 거 아니거든요, 귀엽게 생기긴 했지만. 그나마 제일 낫다 싶어 겨우 마음 붙인 자리는 다음 날 와보니 이미 다른 사람이 차지했다.

그뿐인가요, 다들 어찌나 열심히 일하는지 너무 조용해서 부담스럽다. 옆자리에선 커다란 헤드폰을 쓰고 온라인 게임을 프로그래밍하느라 정신없고, 뒷자리는 가상 화폐인지 주식 투자인지로 잔뜩 예민해 보인다.

의자 끄는 소리가 크게 날까봐 일어나는 것도 조심스럽다. 그렇다고 해서 누군가 떠들기라도 하면 그건 또 시끄러워서 싫다. 역시 난 혼자 일하는 게 편해. 내 집이 그립네. 에이, 오늘도 일 못하겠어. 투덜투덜, 핑계는 끝이 없다.

하지만 만약 내가 회사원이라면 어떨까? 아마도 마음에 쏙 드는 자리를 직접 고르기는 어려울 것이다. 보통은 정해진 곳에 앉아 회사에서 지급한 장비를 사용해 일하게 되겠지. 적절한 복장을 갖추고 정시에 출근해야 하는 것도 물론이다.

그런 환경에서 오랫동안 일하던 사람이 치앙마이의 코워킹 스페이스를 경험한다면 나와는 정반대의 반응을 보일지도 모른다. 세상에, 너무 자유롭잖아! 그렇게 생각하니 좀 부끄럽다. 나는 나에게 딱 맞는 완벽한 세팅을 공용 공간에서 하려고 들었다.

어느 정도 선에서 타협하고 적응하려고 노력해야 하는데, 그런 것 없이 꿍얼꿍얼 불평이 앞섰다. 프리랜서로 오랫동안 혼자 일하며 그런 부분에 대한 훈련을 받지도, 스스로 하지도 못했다. 모르는 사이, 나는 나를 고립시켰다.

회사원이든 공무원이든, 조직에 소속되어 일하는 친구들은 한 명도 빠짐없이 인간관계가 가장 힘들다고 이야기한다. "일만 하면 좋겠어, 딱 일만. 싫은 사람 매일 봐야 하고, 말 같지도 않은 소리 들어야 하는 게 너무 싫어." 어휴, 정말 그렇겠다. 얘기를 듣는 것만으로도 내 속이 답답해진다.

프리랜서 역시 다양한 인간관계를 맺고 잘 꾸려야 하지만, 얼굴을 마주할 일은 아주 잠깐이다. 그것도 서로 체면을 차리며 점잖게, 최대한 좋은 얼굴로 미팅한 다음 이메일이나 메신저를 이용해 대화한다(전화 통화는 점점 줄어드는 추세다). 얼굴 안 보는 게 어딥니까. 그것만으로도 마음이 편합니다.

하지만 인간관계의 다양한 면을 상대적으로 적게 겪는 만큼, 그에 대한 면역력이 부족하다. 에휴, 사람 다 그렇지라며 적당히 흘려보낼 작은 일에도 두 번 다시 보지 않을 기세로 펄펄 뛰며 화를 내기도 한다. 그러려니 하는 것도 자꾸 연습해야 늘 텐데 말이죠.

트러블에만 취약한가, 즐거운 만남에도 서툴다. 오래간만에 모임에 나가선 잔뜩 흥분한 채 혼자 말을 쏟아낸다. 어이구, 이게 얼마만의 대화냐며 허둥지둥, 내가 무슨 말을 하는지도 모르고 폭주한다.

그리고 집에 오는 내내, 오늘 너무 말을 많이 했다며 내적으로 머리를 쥐어뜯는다. '왜 그런 얘길 했지?'와 '깜빡했다, 이 얘기도 할 걸!'의 무한 반복이다. 다음에 만나면 그러지 말아야지, 내 얘기만 하지 말고 상대방 얘기도 잘 들어야지 다짐하지만 같은 실수를 반복하고 절망한다. 아아, 몇 살이냐 대체….

역시 사람들 사이에 좀 섞여야 한다며 큰맘 먹고 운동 강좌라든가, 동호회 모임에도 참여해본다. 그런데 이것도 점점 쉽지 않은 게, 나이를 먹을수록 위치가 애매해진다. 어느 자리에 가든지 제일 연장자가 되는 건 영 달갑지 않다. 나이 많은 게 서러워서가 아니라, 혹시 내가 다른 사람들을 불편하게 만드는 건 아닌지 신경 쓰여서다. 나만 재미있는 농담을 하며 혼자 웃기는 싫고, 눈치 없이 아무 데나 끼고 싶지도 않다. 하이고, 쉽지 않네.

여하튼 나는 매일 무언가를 배운다. 내가 나를 고립시켰다는 걸 배웠고, 거기에서 벗어나기 위해 노력한다. 배움엔 끝이 없다. 매번 내 부족함을, 모자람을, 어긋남을 실감하고 얼굴이 화끈거린다. 더 괜찮고 유능한 프리랜서가 되고 싶다. 그리고 더 좋은 사람이 되고 싶습니다.

12

일부러라도 쉬어야 하는 이유에 대하여

문득 손이 근질거릴 때가 있다. 뭐가 되었든 그림을 그리고 싶고, 어떤 글이라도 쓰고 싶다. '영감'이 온 것이다. 기승전결을 갖춘 구체적인 형태가 아닌 가느다란 실마리거나, 평평한 표면 위에 살짝 튀어나온 작은 흔적 같을 때가 많다.

작고 연약해 하찮아 보일 수 있지만 그게 그렇게 귀하다. 발견하자마자 아이구 오셨어요, 놓치지 않을 거예요 하고 확 당겨본다. 재수 좋으면 거기서 뭐가 나오기도 한다. 한번 쑥 당겨서 큼직하고 거창한 월척을 잡는 일은 무척 드무니, 보통은 그 실마리와 흔적에서부터 시작해 떠오르는 대로 이리저리 메모하거나 손 가는 대로 일단 뭐든 그려본다.

나는 주로 카카오톡을 이용해 나에게 메시지를 보내어 기록한다. 가방에 넣고 다니는 작은 스케치북과 펜도 잘 써먹는다. 모두 유용하고 고마운 도구다. 이런 것이 없었다면 얼마나 많은 영감을 그대로 흘려보내고 말았을까?

스케치북을 펼치고 붓펜을 꺼낸다. 처음부터 바티칸 시스티나 성당의 천장화 같은 걸 슥슥 그릴 수는 없으니, 일단 백지에 점이라도 찍고 선이라도 그어본다. 백지를 두려워하면 안 된다. 백지는 나든 혹은 누구든, 어서 무엇이든지 그려주길 기다리고 있을 것이다. 이왕이면 그게 내가 되어야지.

열심히 쓰고 그렸지만, 때론 어째 죽도 밥도 아닌 상태에서 더 나아가지 못할 때도 있다. 뭐 어떻습니까. 죽도 맛있고 밥도 맛있지만, 중간 단계도 나름 괜찮습니다. 김가루 좀 뿌리고 참기름도 살짝 둘러서 매콤 달달하게 무친 꼬들꼬들한 오이지를 곁들여 한입 먹으면…라고 쓰다 보니 내가 지금 배가 많이 고픈 모양이다. 하여튼 일단 뭐가 되었든 간에 자유롭게 휘갈겨 보자는 이야기입니다.

그런데 만약, 그 귀하다는 영감이 온 순간에 내가 그 손을 잡지 못한다면? 너무 바빠서 영감의 부름을 받아들일 짬이 없다면? 마치 공짜 아이스크림을 나눠주는 행사장에 왔지만 한 손엔 가방을, 다른 손엔 장바구니를, 옆구리엔 책을 잔뜩 끼고 있어 아이스크림을 포기해야 하는 상황과 같다.

아이스크림이야 다음에 또 먹으면 되지만 영감은 영영 다음을 기약할 수 없을지도 모른다. 누구도 알 수 없다. 그래서 우리에겐 여유가, 여백이 필요하다. 더 길고 더 잦은 휴식을 누려야 한다.

다양한 장소를 찾아 좋은 것을 보고 맛있는 음식을 먹는다. 나에게 휴식이란 이런 것이다. 의무와 부담을 내려놓고, 자연스레 오감을 동원해 눈앞의 새로운 즐거움을 받아들인다.

한껏 느끼고 즐기는 사이, 어느 순간 손이 근질거리며 뭔가 하고 싶어질 것이다. 몸을 충분히 불려놓으면 때가 술술 밀리듯이, 창작의 영감이 둥실둥실 떠오를 것이다. 그동안 퍼다 쓰기만 하느라 어느새 바닥이 드러났던 내 속이 다시 찰랑거리며 넉넉히 흐르기 시작할 것이다. 마음의 기초체력이 탄탄히 쌓여 그다음 단계로 넘어갈 수 있을 것이다.

…라고 생각하니 설렌다. 좋다. 휴식이 그렇게 중요한 것이니, 오늘은 쉬겠노라 선언한다. 나는 열심히 일했고, 자체 월차를 쓸 자격이 있다. 내가 사장이니 내 마음이다(물론 부하직원은 없습니다).

맛있는 것도 먹어본 사람이 더 잘 먹고, 노는 것도 놀아본 사람이 더 잘 논다. 오랫동안 일, 일, 일만 하느라 제대로 휴식을 취해본 경험이 없어 요령도 부족하다. 그래도 의식적으로 자체 반차와 월차를 주기적으로 사용하며 익숙해지려 노력했다.

하지만 그걸로는 부족했다. 더 긴 휴식이 필요했고, 텅 빈 속을 제대로 꽉꽉 채우고 싶었다. 나의 아버지처럼 실컷 책을 읽고도 싶었다. 열흘에 한 번꼴로 부모님 집에 놀러 가는데, 그때마다 아버지는 세상에서 제일 편한 자세로 거실 소파에 길게 누워 책을 읽고 있다. 최근엔 더 크고 더 편해 보이는 새 소파로 바뀌었다.

아버지는 도서관의 대출 한도까지 책을 빌려와 소파에 누워 꿀떡꿀떡 삼키듯이 그걸 다 읽고, 다시 새로운 책을 빌려온다. "어이구, 좋으시겠어요!"라고 웃으니 "부럽냐? 너도 해"라고 남 얘기하듯 말씀하신다. 아니 이 아저씨가… 너무하시네….

나도 책을 실컷 읽고 싶었다. 내가 제일 좋아하는 걸 실컷 하고 싶었다. 그런 시간을 한껏 누리고 싶었다. 오랫동안 참으로 많은 여행을 참으로 바쁘게 다녔으니, 이젠 느긋한 체류를 경험하고 싶었다. 그래, 내가 원하는 게 뭔지 나왔네. 좋아, 해보는 거야. 근데 언제? 그야 모든 게 다 준비되었을 때 떠나야겠지? 계획을 들으신 아버지가 의견을 내놓았다.

"일이 한참 잘될 때는 섣불리 가지 말고, 어느 순간 기세가 꺾인다는 느낌이 들 때 가라."

오, 뭔가 그럴듯하다. 그런데 문제는, 남의 상승세와 하락세는 눈에 잘 보이지만 정작 내가 나를 파악하는 건 참 어렵다는 것이다.

지금인가? 에이, 아직은 아니지? 지금인가? 설마, 벌써? 망설이고 또 망설였고, 미루고 또 미뤘다. 그런데 그 후 1년, 2년, 3년쯤 지난 어느 날 문득 이런 생각이 들었다. 가장 적절한 시기, 최상의 때 같은 건 영영 오지 않겠구나. 그렇다면 답이 나왔네. 내가 가고 싶을 때 가야지.

그렇게 지금 나는 여러 나라, 여러 도시를 돌며 체류 중이다. 준비 과정은 말처럼 매끄럽고 쉽지만은 않았지만 어쨌든 해냈다. 어느 날은(바로 오늘 같은 날) 노트북 앞에 앉아 글을 쓰고, 어느 날은 이래도 되나 싶게 침대에서 휴대폰을 들여다보며 처절하게 뒹군다. 어느 날은 미술관에서 그림을 보고, 어느 날은 그림을 그린다.

돈이 썩어나고 시간이 흘러넘쳐서가 아니다. 어차피 모든 것을 다 가질 수는 없다. 뒤로할 것은 뒤로하고 떠났다. 나만의 우선순위를 생각해 그에 따라 결정한 것이다.

나는 그동안 너무 바빴고, 당연히 그래야 한다고 믿었다. 공부도 일도 쉼 없이 달렸고, 나 즐겁자고 시작한 취미마저 경쟁심으로 불타올라 참으로 열심히 했다. 여행도 극기 훈련하듯 짧은 시간에 최대한 많은 곳을 찾아다니며, 사진을 수천 장씩 찍고 온갖 음식을 와구와구 먹었다. 그래야 제대로 한 것 같았다.

몸과 마음에 배인 습관은 하루아침에 사라지지 않는다. 휴식하면서도 같은 짓을 하는 것이다. 자, 이만큼 쉬었으니 효과가 있겠지? 얼마나 빨리, 얼마나 대단한 효과가 날까?

이거야 원, 휴식에서마저 '가성비'를 찾으려 든다니 슬프다. 40년 넘게 그렇게 살았으니 거기서 벗어나는 데도 꽤 오랜 시간이 걸릴 것이다. 긴 휴식의 사이사이, 괜히 불안해지고 불편해지는 마음을 살살 달래본다.

13

익숙한 패턴을 깨는 연습에 대하여

첫 해외여행은 서툴렀다. 지금도 사소하거나 아찔한 실수를 잊을 만하면 저지르고 있지만, 그땐 정말 대단했다.

여권을 책상 위에 고이 놓아두고 당당하게 공항으로 향했으니 뭐… 더 말할 것도 없죠. 막 출근하려던 아버지가 내 급한 전화에 한숨을 푹푹 쉬며 김포공항(인천공항이 생기기 전의 이야기입니다)까지 가져다주지 않았다면, 첫 비행기고 첫 기내식이고 몽땅 날아가버렸을 것이다. 감사합니다 아버지… 이 글 다 쓰고서 전화 드릴게요….

지금은 적어도 그때보단 좀 낫다. 여행 횟수가 늘어나고 경험이 쌓이면서 패턴이 생겼다. 패턴은 일을 쉽게 만든다. 계절에 적합한 여행지를 고르고, 눈높이와 주머니 사정 사이의 적당한 선에서 항공권을 사고 숙소를 고른다. 하루에 얼마나 돈을 쓰게 될지를 가늠해 대략의 경비를 계산하면 제일 중요한 준비는 끝난 셈이다.

짐을 꾸릴 때는 우선순위에 따라 필요한 것, 없어도 그만인 것을 나눈다. 여행지에 도착한 후에도 나름의 효율적인 패턴에 따라 움직이는데, 첫날이나 둘째 날엔 워킹 투어에 참여해 동네 분위기를 파악한다. 그리고 전통 시장에 가서 식재료를 구경하고, 그 지역의 제철 재료와 주로 쓰는 향신료는 뭔지 알아본다. 음식을 좋아하니, 가능하다면 쿠킹 클래스에도 참여한다.

쇼핑은 여행 초반엔 잠시 몸을 사렸다가 일정이 절반쯤 지나갈 무렵 상큼한 기분으로 한 차례 하고, 막판에 숙제하듯 싹 몰아서 한 번 더 하는 식이다.

이런 패턴이 몸에 배니, 어느 나라 어느 도시에 가든 별로 당황하지 않는다. 나에게 맞게 효율적으로 착착 움직이며 알찬 시간을 보낸다. 좋다. 편하다. 하지만 언제부턴가, 재미도 흥미도 뚝뚝 떨어지기 시작했다.

어딜 가든 당황하지 않는다는 건, 어딜 가든 설레고 흥분되지 않는다는 뜻이기도 하다. 나는 미지의 장소가 선물하는 당황스러운 짜릿함 대신 편안함과 안전함, 익숙함을 선택한 것이다. 나이를 먹은 만큼 현명해진 걸까? 아냐, 재미없는 인간이 돼버린 거야.

셀프 안식년을 부르짖으며 태국의 치앙마이로 훅 떠날 땐, 일부러 아무것도 미리 준비하지 않았다. 거기에 뭐가 있고 뭐가 유명한지, 뭘 꼭 먹어봐야 하는지 말 그대로 요만큼도 모른 채 무작정 와버렸다. 오랫동안 애써 쌓은 패턴을 내 손으로 툭 쳐서 와르르 무너뜨렸다. 막막하고 당황스러웠다.

이래도 되나? 날씨가 좋고 바람도 선선하지만, 그렇다고 이렇게 나무 그늘에 앉아 있어도 되나? 카페에서 책이나 읽고 있어도 되나? 목적지를 정하지 않고 그냥 걸어도 되나? 여행이란 알차야 하는 건데, 돈 들여 왔으니 최대한 가성비를 높여야 하는 거 아닌가? 나 지금 시간 낭비, 돈 낭비하는 거 아닌가?

시간이 만병통치약은 아니지만, 그래도 요럴 땐 꽤 잘 듣는다. 하루 이틀 사흘 나흘이 지나니 조금씩 마음이 차분해졌다. 그래, 이건 여행 온 게 아니라 살아보는 거야. 난 이 동네에 월셋집을 구해 이사 온 거야.

천천히, 주변엔 뭐가 있는지 알아보기 시작했다. 쓰레기는 어디에 버려야 하며 분리수거는 어떻게 해야 하는지, 세탁소는 어디에 있고 편의점과 마트는 어느 지점이 제일 쏠쏠한지, 근처에 서점은 있는지 하나씩 하나씩. 우리 몫까지 재미있게 지내라는 친구들의 응원도 큰 도움이 되었다.

기존의 패턴을 내려놓았지만, 그렇다고 해서 아예 없앤 것이 아니라 새로운 패턴을 만들기로 했다. 새로운 여행과 생활의 패턴. 기존의 것에서 낡은 부분을 잘라내고 수정해 새로운 형태를 디자인하는 것이다. 치앙마이에서 한 코 두 코 뜨기 시작해 포르투에서도, 마드리드에서도, 이스탄불에서도 꾸준히 떠나간다.

어느 도시에 가든, 처음 며칠간은 역시 당황스럽긴 마찬가지다. 와, 여기가 어디지? 어쩌다 여기까지 온 거지? 그때마다 치앙마이의 경험이 나를 토닥여준다.

이거 해봤잖아. 겪어봤잖아. 당황스럽고 외롭지만, 이런 감정도 다 지나간다는 거 알잖아. 이럴 때 뭘 하면 기분이 한결 나아지는지도 알잖아(단것을 먹겠다는 뜻입니다).

이럴 땐 배경음악도 꽤 중요한데, 느리고 구슬픈 음악은 듣는 사람의 마음마저 그렇게 만들기 쉽다(여기에 PMS가 겹치면 아주 바닥을 친다). 포르투에서 지낸 지도 어느새 한 달쯤 되었을 무렵, 언제나처럼 카페에 앉아 입 꾹 다물고 혼자 책을 읽고 있는데, 열린 문 앞에 첼로 연주자 3인조가 자리를 잡더니 제프 버클리의 〈Hallelujah〉를 연주하기 시작했다.

이 노래는 실로 묵직한 힘이 있다. 순식간에 마음이 스산해지고, 겸허해지며, 인생 뭐 있나 라는 생각이 들게 만든다.

나는 왜 포르투까지 왔을까, 대체 여기서 혼자 뭘 하는 걸까, 외롭다… 앞 테이블도 옆 테이블도 다들 즐거워 보이는데, 나는 외롭다.

첼로 3인조는 어느새 다음 곡을 연주하기 시작했다. 비발디의 〈사계〉 중 겨울. 찌잉 하는 첼로 소리에 화창한 초여름이지만 내 마음만은 겨울이 된 기분이야…라고 생각하며 한없이 축축 처지려는데, 카페 주인이 벌떡 일어나 문을 닫고 와선 루이스 폰시의 〈Despacito〉를 스피커가 터질 듯한 볼륨으로 틀어제꼈지 뭡니까. 갑자기 기분이 확 좋아지면서 벌떡 일어나 엉덩이를 마구 흔들고 싶어지더만요. 사장님 여기 맥주 주세요.

제프 버클리도, 비발디도 잘못이 없다(물론 첼로 3인조도 마찬가지다). 그저 내가 음악의 영향을 잔뜩 받아 나도 모르게 자기 연민에 푹 빠진 것이다. 짜르르하고 싸르르한 감정에 취하는 것도 과하면 곤란하다.

이럴 땐 음악이든 뭐든 바꿔서 분위기를 환기하고, 맛있는 걸 먹으며, 내가 나를 응원하고 일으켜 세워야 한다는 걸 배웠다. 이것 역시 새로이 습득한 패턴의 일부다. 자 또 시작이군, 지난번에도 겪은 그 혼란과 외로움과 울컥한 기분이 잊지도 않고 또 왔군, 하며 스스로 토닥토닥해준다. 불안하고 어두운 감정은 마치 PMS 같다. 때가 되면 오고, 때가 되면 간다. 가능한 한 곱게 잘 보내주어야 한다.

나는 종종 허공을 향해 소리 내어 말한다. "어이구 그려요, 슬슬 외로울 때가 되었지요, 요맘때쯤 한번 울컥할 때가 되었어~ 그래도 괜찮아, 어떻게든 되겠지, 오늘도 살살 잘 지내보자고~"라고 흥얼거리며 넋두리하듯, 남 얘기하듯 중얼거린다(반드시 혼자 있을 때 합니다). 그럼 어느새 흐흐 웃게 된다.

여행 중일 때든, 바쁘게 일할 때든, 번아웃 상태에서 회복 중일 때든, 우리는 언제 어디서나 마음을 살살 다독여 다스려야 한다. 잊지도 않고 또 오는 스트레스를 잘 구슬려가며 삶을 꾸려나가야 한다.

이게 가능해지려면 결국 마음의 기초체력과 유연성이 그만큼 받쳐줘야 한다. 하루 중 즐거운 일은 생각보다 적고, 그나마도 아주 짧게 후다닥 지나간다. 그 외엔 종일 무덤덤하거나 멍하거나 불안하거나 울적하다. **한마디로, 잠깐 즐겁고 내내 칙칙하다.**

특히 일이 잘 안 풀릴 땐 더한데, 잘나갈 땐 인생 참 짧게 느껴지지만 못 나갈 땐 하루가 더럽게 길다. 이 길고 칙칙한 시간을 잘 보내기 위해 마음의 기초체력을 키워야 한다.

한편, 두려움과 불안함은 결코 나쁜 것이 아니다. 두렵기 때문에 처음 보는 사람과 섹스할 엄두가 나지 않고, 탐나는 물건을 몽땅 사지 못하고, 해 질 무렵 낯선 골목 입구에서 망설이다 돌아 나오곤 한다. 한때는 그런 내가 답답하다고, 놀 줄 모른다고 생각했지만, 돌아보니 꼭 그렇지도 않다. 두려움이라는 감정 덕분에 나는 성병에 걸리거나, 파산하거나, 살해당하거나, 국제 미아가 되지 않았다.

두려움은 생존을 위한 필수적인 본능이다. 그러니 이 감정의 사용 방법을 익히고, 사이좋게 공존해야 한다. 두려움이 내 발목을 꽉 잡고 컨트롤하게 맡겨버리는 대신, 자동차의 브레이크 페달 역할을 하게 만들어야 한다.

운전 중에 항상 발을 올려놓아야 할 곳은 엑셀이 아니라 브레이크 페달이다. **바람을 가르며 달리는 중에도 언제든 브레이크를 밟을 준비가 되어 있어야 한다.** 그 덕분에 우리는 안심하고 앞으로 나아가는 것이다.

내 안의 경고등이 삐요삐요 울릴 때면 귀 기울여 들어본다. 단순히 낯설다는 이유로 머뭇거리는 것인지, 아니면 여기선 물러서는 것이 현명할지 생각한다. 두려움의 도움을 받아 새로운 것, 미지의 것을 나에게 맞는 속도로 찾아간다.

14
내키지 않을 땐 억지로 하지 않는 자세에 대하여

집이 곧 일터인 재택근무자가 빠지기 쉬운 함정이 있다. 퇴근을 잊는 것이다. 처음엔 뭐가 문제인지 잘 와닿지 않는다. 한 공간에서 자고 일어나, 일하다 뻗어서 다시 잠들었다 깨어나는 게 얼마나 편해. 종일 잠옷 차림이어도 되고, 출퇴근도 필요 없고.

그런데 서서히 사람이 바뀐다. 나갈 일도 없는데 이는 닦아서 뭐하고, 머리는 감아서 뭐하겠냐며 자신을 방치하기 시작한다. 편하다고만 생각했는데 내 몸뚱이가 싫어지고, 어느새 이게 사는 건가라는 생각이 밀려든다. 번아웃의 전조다. 슬슬 '퇴근 의식'을 거행할 때다.

퇴근이란, 하던 일에서 손을 떼고 일터를 떠나는 것이다. 동네 공원이든, 가까운 스타벅스든 어디든 나가야 한다. 하지만 일감을 챙겨 나간다면 그건 외근이지 퇴근이 아니다. 왠지 마음이 불편하다며 노트북을 꾸역꾸역 가방에 집어넣는 건 결코 잘하는 짓이 아니다(어차피 전원도 켜지 않을 텐데!). 퇴근하는 것에, 노는 것에 대체 무슨 죄책감이 있길래 그런 걸까?

세상에는 '번아웃 증후군'이라는 것이 있다지만, 내가 바로 그거요 소리를 하는 건 민망하고 쑥스럽다. 번아웃burnout은 '탈진'을 뜻한다. 말하자면 이 한 몸 다 바쳐 하얗게 불태웠다는 얘기일 텐데, 에이 나는 뭐 그 정도로 일을 열심히 한 건 아니라며 한걸음 물러나게 된다. 당장 온몸이 부서질 듯 삭신이 아리고 쑤시는 것도 아니고, 숟가락 들 힘이 없는 것도 아닌데 무슨 번아웃이야. 적어도 나보단 훨씬 더 열정적으로 일하는 사람에게나 쓸 수 있는 거창한 표현 아닐까?

하지만 실은, 자기도 모르는 사이 이미 번아웃되어버렸는지도 모른다. 내 휴대폰은 배터리가 15퍼센트가 남았을 때 경고 알람을 울린다(저는 갤럭시를 씁니다). 각자의 배터리 용량은 다르고, 자기 손톱 밑의 가시가 제일 아프다.

세상에서 제일 중요한 내가 행복하지 않은데, 잔뜩 지쳐버렸는데, 누구와 비교할 필요가 없다. 당장 내 가시부터 빼야 그다음 일도 할 수 있다. 몸과 마음이 모두 축났다는 걸 인정하고, 자신을 추스를 시간이다.

요런조런 취미를 가져보는 게 도움 된다지만, 취미에도 상당한 에너지가 필요하다. 야, 요거 재밌네 하며 앞뒤 가리지 않고 덤빌 열정, 그리고 죽을 쑤더라도 기죽지 않고 아하하하 웃을 수 있는 굳은 멘탈이 필요하다. 춤이든 그림이든 사진이든 운동이든, 일단 즐거워야 취미가 된다. 과정을 겪으며 배우고, 과정을 통해 즐긴다. 잘하느냐 못하느냐는 그다음 문제다.

번아웃 상태에서 섣불리 다양한 취미에 도전하려다 되려 주눅이 들어 역효과가 나기도 한다. 요가 센터에서 내가 제일 뚱뚱하고 뻣뻣한 것 같아 쪽팔리고, 프랑스어를 배울까 싶다가도 써먹을 일 없을 것 같아 헛짓하는 것 같다.

뭘 하든 누군가가 나를 바라보며 평가하는 것 같아 마음이 괴로워진다. 재미있자고 시작한 취미로 인해 상처받는다. 살아오면서 우리는 끊임없이 비교당했고 평가당했다. 그로 인해 취미마저 온전히 취미로 즐기기가 어렵다.

나는 한때 '땅고(탱고)'를 추었다. 나에게 이런 면이 있었던가 신기해할 정도로 엄청나게 집중했고, 한 번의 춤에 영혼을 아낌없이 실었다. 영원히 춤을 추고 싶었다. 그런데 1년, 2년, 시간이 흐르면서 처음의 집중력이 훅훅 떨어지기 시작했다. 남의 시선을 신경 쓰게 된 것이다.

배 나와 보이면 안 되는데, 등 굽어 보이면 안 되는데. 앗, 방금 스텝이 꼬인 걸 다들 봤을까? 봤겠지? 아, 쪽팔려!

춤추는 동안 마음을 주어야 할 사람은 파트너 한 명뿐인데 오히려 그를 쏙 뺀 채 다른 모든 사람을 잔뜩 의식하는 것이다. 매 춤이 시험처럼 느껴졌고, 열정은 어느새 짜게 식었다. 취미를 만들고 유지하기란 절대 쉽지 않다는 걸 아프게 배웠다.

번아웃 이야기로 돌아가자. 뭔가를 할 에너지가 당장 없다면 억지로 하지 않는다. **아무것도 하지 않는 것 역시 하나의 선택이다.** 열심히 일하는 것만큼 멍때리며 노는 것도 무척 중요하다. 모두 바쁘게 일하고 공부하며 달리는데 나만 혼자 뺀뺀 놀자니 왠지 송구하기도 하다. 내 시간을 내가 원하는 대로 쓰는 것인데도 정체불명의 죄책감을 느낀다. 하지만 창작자는 입에서 더 못 놀겠다 소리가 나올 때까지 뺀뺀 놀 필요가 있다. 속에 고여 있는 것을 열심히 퍼다 썼으니, 잠시 쉬면서 다시 채워야 하는 것이다.

인풋이 없는데 아웃풋이 끝없이 나와줄 리 없다. 속이 비어버리니 마음이 점점 건조해져 바삭거린다. 번아웃의 시기엔 내가 정말 좋아하는 게 뭐였는지, 나를 들뜨게 하는 게 뭐였는지 서서히 잊어버린다. 이런 기분이 들 때면 무조건 드러눕는다. 거실 요가 매트 위에 누워 뒹굴거리다 일어나고 싶은 마음이 들면 살금살금 몸을 일으킨다. 조금 나아지면 책을 읽고, 커피를 마신다. 인터넷 즐겨찾기를 세 바퀴쯤 뱅뱅 돌기도 한다.

슬슬 밖에 나갈 마음이 들면 산책을 한다. 내 마음에 1일 1팩을 하는 것이다. 게을러빠져 보이겠지만, 창작자라는 간지러운 타이틀이 요럴 땐 방패가 되어준다. 제가 창작을 하는 사람이라 사색의 시간이 필요하네요, 호호호…. 창작자가 아니라면? 무슨 상관입니까. 뺀뺀 노는 건 누구에게나 필요하다.

놀고 놀고 더 놀아도 된다. 청소하기 싫으면 하지 않는다. 방바닥에 머리카락 좀 떨어져 있다고 해서, 꼬불거리는 짧은 털이 좀 굴러다닌다고 해서(조금 전에 벅벅 긁었다) 세상이 무너지지 않는다. 씻기 싫으면 씻지 않는다. 냄새 좀 난다고 사람이 죽진 않는다. 음식은 시켜 먹으면 되고, 치우는 건 나중으로 미룬다. 사람이 살다 보면 쓰레기가 생기는 건 당연하다.

그렇게 머리와 마음을 비우다 보면 어느 순간 때가 온다. 자, 슬슬 인간의 형상을 갖춰볼까라는 생각이 자연스럽게 드는데, 방전된 몸에 충전이 꽤 되었다는 신호니 응차 하고 엉덩이를 일으켜 몸을 씻든 집을 치우든 하면 된다. 아직 일어나고 싶지 않다면, 때가 되지 않은 것이니 다시 편히 누워도 된다.

우리는 더 놀아야 한다. 그럴 자격이 있다.

15

때려죽여도 일이 안 되는 날에 대하여

자취인이 종종 하는 착각 중 하나는, 간만에 샐러드를 먹고선 왠지 몸에 엄청나게 좋은 일을 했다고 믿는 거라고 한다. 들을 때마다 웃게 되는(동시에 찔리는) 농담이다. 한 번으로 그렇게 될 리가 있나요. 마찬가지로, 오늘도 즐겁고 건강하게 일해보자는 건전한 다짐도 한두 번 정도론 어림없다. 멘탈이 언제나 좋을 수 없는 일이다. 사람의 마음이란 참으로 나약해서, 금세 바보처럼 이리저리 흔들린다.

어느 날은 내 작품이 쓰레기 같다. 야 이거, 분리수거도 안 될 텐데 어디다 갖다 버리지? 어제까지만 해도 꽤 괜찮아 보이던 게 하루아침에 쓰레기 신세가 되었다. 누구에게도 보여줄 용기가 나지 않는다. 분명히 돌 맞을 거야. 아프겠지. 피도 나겠지. 무엇보다 엄청 쪽팔리겠지!

해야 할 일이 있는데, 마감 날짜는 다가오는데, 지금 안 하면 안 되는데 하며 손톱을 물어뜯지만 죽어도 하긴 싫다. 그래서 손을 놓고 있지만, 머릿속에선 경고등이 삐요삐요 울린다. 해야 해, 하기 싫어, 무한 반복이다.

작업 환경을 바꿔볼까? 노트북이든 뭐든 싸들고 카페로 도피성 외유를 떠나보기도 하지만, 그래 봤자 결국 하지 않을 거란 걸 너무 잘 안다. 분명 휴대폰만 몇 시간이고 들여다보다 말 거다.

이런 생각을 할 시간에 뭐가 되었든 일단 시작하라고 나 자신을 준엄히 꾸짖어도 보지만, 그래도 역시 안 한다. 미치겠네. 놀아도 노는 것 같지 않고, 맛있는 걸 먹어도 무슨 맛인지 모르겠다(물론 끝까지 다 먹는다). 단테가 『신곡』에서 무려 33곡에 걸쳐 지루하게 묘사한 연옥이라는 게, 혹시 마감을 앞두고 일하기 싫어 낑낑거리다 만들어낸 게 아닐까?

그 와중에 샘은 또 엄청나게 많다. 남들은 어쩌면 저렇게들 술술 일을 하는지 부럽고, 결과물도 어쩜 하나같이 반짝반짝 빛나는지 부럽다. 아니, 샘난다. 그 음침한 마음을 원동력 삼아 내 일을 와구와구 하면 좋겠지만 질투심만 폭발한다. 그저 게으르게 누워 샘만 내는 것이다.

야, 내가 지금은 체력이 떨어져서 잠깐 누워 있는 거지만, 일어나기만 하면 너네들 다 죽었어! 라고 생각하며 계속 누워 있습니다. … 편하네요.

대체 나는 왜 이 모양일까? 이유야 아주 많다. 월요일 아침이라서 그렇다. 친구를 만났는데 고것이 내 속을 박박 긁어서 그렇다. PMS라서, 화장이 들떠서, 날씨가 좋아서, 날씨가 좋지 않아서, 해가 떠서, 해가 져서 그렇다. 일이 안 될 때는 마치 온 세계가, 온 우주가 나를 방해하고 비웃는 것 같다. 다들 소파에 편히 앉아 팝콘을 와작와작 씹어 먹으며 내 실패를 구경하는 것 같다. 자의식이 점점 커져 폭발할 지경에 이른다.

어쩌겠습니까, 아무리 그렇다 해도 매 순간 나를 다독이고 예뻐해주며 입에 맛있는 걸 넣어줄 사람은 나뿐이다. 구질구질해진 기분을 살살 달래어 저 멀리 보내줄 사람도 나뿐이다. **내 짜장면, 누가 대신 비벼주지 않는다.**

물론 단순히 다독이는 정도로 쉽게 분위기가 바뀌지는 않는다. 일이 안 되는 날, 사정없이 흔들리는 나의 멘탈을 잡는 건 만만치 않다. 나에게 맞는 속도로 내 삶을 살겠다고 다짐하지만, 가끔은 여전히 두렵고 남들 눈이 신경 쓰인다. 다들 저기 한참 앞에서 시원스레 달리고들 있는데, 내 속도는 너무 느린 것 같고 보잘것없는 것 같아 점점 작아진다.

어떤 날은 말 그대로, 죽지 못해 마감을 한다. 내 상태가 얼마나 엉망이든, 마감은 사정을 봐주지 않는다. 끙끙거리며 억지로 작업을 마무리해 보내긴 했지만, 내 마음에 들 리가 없다. 최초의 독자인 나를, 작가인 내가 만족시키지 못했다.

그러면 신기하게도 꼭 티가 난다. 내 마음에 들지 않는 건 누구도 설득하기 어렵다. 타깃 분석이니, 맞춤형 작업이니 하는 것보다 우선한다. 하지만 이미 마감은 끝났고 어쩔 수 없다. 힘들고 울적하지만, 이런 기분은 오늘 하루로 딱 끝내버리겠다고 다짐하며 다시 한번 멘탈을 잡을 뿐이다. 다른 창작자 여러분들은 어떤가요, 저처럼 연옥에서 괴로워하고 있진 않습니까.

이쯤에서 연옥 동창생들에게, 물건이 좋아 권하는 게 있다. 자신에 대해 글을 써보는 것인데 '일기'라기보다는 '자기소개서'에 가까운 것이다. 남에게 보여줄 일 없는, 내가 나에게 제출하는 자기소개서. 워드 프로그램의 새 문서 파일을 하나 열고 글을 써 나간다.

어떤 교육을 얼마나 오래, 얼마나 깊이 받았는지, 일과 관계 있든 없든 나 스스로 좋아서 공부한 것이 있는지, 취미는 무엇인지 쓴다. 지금 하는 일은 언제부터 어떻게 해왔는지, 경력은 얼마나 되었고, 그동안 어떤 크고 작은 성과를 올렸는지 쓴다.

그중에서 특히 뿌듯한 건 무엇인지도 쓴다. 내가 잘하는 것과 유난히 약한 부분을 쓴다. 그리고 지금 나를 괴롭히는 고민에 관해 쓰고, 어디에서 턱 하고 막혔는지도 써본다.

매끄러운 문장을 만들 필요가 없다. 의식의 흐름대로, 막히면 '어… 흐음…'라고 쓰고, 아닌가 싶으면 '아닌가?'라고 쓴다. 욕이 나오면 냅다 욕을 쓴다. 나 말고는 아무도 이 글을 읽지 않을 것이다. 솔직하게 쓰고, 독자가 되어 다시 한번 읽은 다음 가뿐하게 삭제해버린다. 뒤도 돌아보지 않고 휴지통 비우기, 끝!

속이 좀 시원하기도 하고, 꼬이고 뭉쳐 있던 실마리가 살짝 풀린 듯한 기분도 든다. 세상 모든 짐을 짊어진 것 같았는데 글로 써보니 막상 별거 아니구나 싶을 때도 있다.

그리고 이게 특히 중요한데, 그렇게 써보고 나면 나를 괴롭히던 일들의 우선순위가 정리된다. 여러 개의 목소리가 귓가에서 동시에 떠들면 커다란 소음으로밖에 들리지 않지만, 하나씩 나눠 들어보면 목소리의 경중을 구분할 수 있기 때문이다. 얼른 무엇부터 해치워야 숨통이 좀 트일는지 알게 된다. 어떻습니까, 한번 써보시죠.

16

아이디어를 부르는 '양파 썰기'에 대하여

그분이 오신다, 느낌이 온다, 오오… 왔다 왔어, 오셨어어!!!

그림이든 글이든 혹은 어떤 일이든, 아이디어가 이런 식으로 확 뭐에 씌듯 내려와주는 일은 거의 없다. 생각해보니 그렇게 와준다고 해도 좀 무서울 것 같다. 보통은, 뭐가 되었든 간에 손을 꼼질꼼질 움직이고 끄적대다 이런저런 아이디어를 얻곤 한다.

그렇다고 해서 근사하고 멋들어진 스케치를 휘휘 한다든가 노트북 앞에서 인상을 쓰며 키보드를 두들기기만 하는 건 아니고, 실은 그보다는 오히려 전혀 상관없어 보이는 딴짓을 할 때가 더 많다.

한때는 '양파 썰기'가 꽤 잘 먹혔다. 빨간 망자루에 가득 든 양파의 겉껍질을 착착 벗기고 깨끗하게 씻은 다음, 도마 위에 올려놓고 몇 킬로그램씩 썰어댔다. 눈이 따갑고 시려 눈물이 줄줄 나지만, 양파 만지던 손으로 선불리 비빌 수도 없다. 그 와중에 양파 속껍질은 왜 또 이렇게 미끄러운지 혼이 쏙 빠진다.

하지만 눈물 덕분인지 기분만큼은 묘하게 개운해진다. **어정쩡하던 칼질에 슬슬 일정한 리듬이 달라붙을 때쯤엔 그럴싸한 아이디어가 떠오르기도 한다.** 채 썬 양파는 비닐봉지 몇 개에 나누어 담아 냉동실에 넣어두곤, 필요할 때마다 한두 주먹씩 꺼내 쓴다. 한번 꽁꽁 얼었다 녹은 양파는 조직이 파괴되어, 불에 올려 익히면 금세 후들후들 흐물흐물 야들야들하게 풀어진다. 양파 수프를 만들기에 딱이라, 이 시기엔 그걸 참 자주 만들어 먹었다.

냉동실에 양파 봉지가 너무 많이 쌓였다 싶을 땐 슬슬 대파로 옮겨간다. 눈은 덜 맵지만 미끄러운 진액 같은 게 잔뜩 배어 나와 서툰 칼질이 더욱 아슬아슬해진다. 비트박스라도 하듯 차가차가작작 탁탁탁 소리를 내며 대파를 몇 단이고 하염없이 썰다 보면, 여기가 순댓국집 주방인지 설렁탕집 뒷마당인지 헷갈린다. 작업을 마친 후엔 양손으로 파 조각들을 삭삭 그러모아 역시나 냉동실로 직행.

구슬 꿰기에 몰두하던 때도 있었는데, 그렇다고 근사한 비즈공예 작품을 만드는 건 아니고 그저 낚싯줄에다 깨알같이 작은 구슬을 하염없이 꿰어 넣는 것이다. 구슬 한 봉지를 다 꿰고 나면 가위로 줄을 썩둑 잘라 처음부터 다시 시작한다.

책상 앞에 앉아 손가락을 기계적으로 움직이는 동안, 머릿속에선 이런저런 생각이 오간다. **그러다 이거다 싶은 아이디어가 떠오르면 구슬 그릇을 한쪽으로 밀쳐두고 곧바로 일을 시작한다.** 이 시기엔 잊을 만하면 집 안 어딘가에서 구슬이 굴러 나오곤 했다. 맨발로 무심코 밟으면 요게 또 상당히 거슬리지만, 레고 블록만큼 아프진 않다(그건 살상 무기입니다).

시간 제한 없는 단순한 게임도 좋다. 휴대폰이나 아이패드 화면을 터치해 잔뜩 쌓인 블록을 하나씩 쏘아 맞힌다든가 하는 것 말이다. 최고 점수니 순위니 하는 것 따위엔 관심이 없다. 그저 기계적인 터치 행위가 마음을 가라앉혀주고, 아이디어를 떠올리는 데 도움을 주기 때문에 하는 것이다…라고 말하면서도 매번 점수에 연연하며 이를 부득부득 갈지만요.

속 모르는 사람 눈엔 한심해 보일 것이다. 마감으로 바쁘다더니 정작 놀고 있네, 한가한가 보네라고 생각하기 딱 좋다. **하지만 머릿속에선 전쟁이 한창이다.**

무슨 양파를 그렇게 썰고 있냐, 그럴 거면 마트나 같이 가자고 핀잔을 주는 어머니. 구슬이나 꿰고 앉아 있느니 나가서 카페라도 가자는 친구. 마음은 감사하지만 곤란합니다. 지금 저를 건드리시면 안 됩니다. 간만에 근처 왔다며 점심이나 같이 먹자는 지인에게도 쉽게 오케이 소리를 하지 못한다.

손님이 찾아오든 내가 밖으로 나가든, 맥이 제대로 끊겨버린다. 한번 뚝 끊긴 맥은 어지간해선 다시 달라붙지 않는다… 라고 한참 쓰다 보니 꽤나 외롭고 고독한 창작자 같지만 그건 아니고, 어떻게 보이든 간에 나는 근무 중이라서다.

마트든 카페든 점심 식사든 함께 하면 좋겠지만, 섣불리 일터를 떠나는 건 곤란하다. 어느새 나도 모르게 몸과 마음이 퇴근 모드로 바뀌어버린다. 얘 오늘 일 접었나 봐, 할 거 다했나 봐 라며 자동으로 그렇게 되는 것이다. 그러니 어쩌겠습니까, 해야 할 마감이 있다면 죽이 되든 밥이 되든 한곳에 들러붙어 있을 필요도 있습니다.

결국 괜찮은 아이디어를 건지지 못한 채로 근무를 마칠 때도 있지만, 오늘 하루 공친 건 아니다. 끙끙대며 보내는 시간 역시 하루 일과의 일부다.

프리랜서에게 규칙적인 생활이란 매우 중요하다. 나는 정해진 시간에 일어나 창문을 열어 환기를 시키고 이부자리를 정리한다. 몸을 씻고 아침 식사를 하고, 허리에 뒷짐을 지고 배를 쑥 내민 채 천천히 커피를 드립한다(왜 그런 자세가 되는 걸까?). 잔을 들고 방으로 들어가 컴퓨터 전원을 켠다.

9시, 출근이다. 오전 업무를 하고, 정해진 시간에 점심을 먹는다. 될 수 있으면 퇴근은 저녁 7시를 넘기지 않는다. 아이디어를 짜내기 위해 양파든 구슬이든 썰고 꿰는 건 모두 근무 시간 내에 이루어지는 엄연한 일과다.

오늘 할 일을 내일로 미루는 건 곤란하다. 수시로 스케줄을 확인하고 업데이트한다. 만만해 보이던 구몬 학습지도 하루 이틀 밀리기 시작하면 어느새 숨이 턱턱 막히게 쌓인다(경험담입니다).

돈 받고 하는 일이라면 더 말할 것도 없다. 야근은 거의 하지 않는데, 분기별로 서너 번을 넘지 않도록 신경 쓴다. 그러니 철야는 더더욱 있을 수 없는 일이다. 몸이 따라주지 않는다. **단기간 바짝 일하고 말 거라면 오늘의 나를 활활 불태워도 될지 모르지만, 가늘고 길게 오랫동안 돈을 벌어야 하니 몸을 아끼고 사린다.**

어느새 40대라, 아주 잘 자고 잘 먹고 잘 쉬어야 일상을 감당할 수 있다. 그도 그럴 것이 얼굴에 난 베개 자국이 오후까지 그대로고, 하루만 화장을 지우지 않고 자버리면 그 여파가 일주일은 가는 나이인 것이다. 종이에 베인 상처가 이틀이 지나도록 아물지 않는 것은 물론이다. 저기 잠깐만요, 눈물 좀 닦고….

17

지속가능한 취미 생활에 대하여

세상 모든 게 새롭고 흥미진진하고 재미있어 눈이 반짝반짝하던 때가 있었다. 이 설렘, 이 감동, 영원히 계속될 거라고 생각했다. 하지만 여러분, 앞의 두 문장은 모두 과거형입니다. **영원히는 개뿔, 슬슬 뭘 해도 심드렁해지는 때가 와버리는구만요.**

카페 테이블에 마주 앉은 연인을 상상해보자. 막 시작된 사이라면 으레 테이블에 바짝 다가앉아 상체를 앞으로 기울이며 얼굴을 자세히 보고 목소리를 잘 들으려는 자세를 취한다. 너와 관련된 거라면 무엇 하나 놓치지 않겠다는 자세.

만난 지 좀 된 사이라면 일단 편하게 다리를 꼬기 위해 의자를 뒤로 쑥 빼고, 등받이 깊숙이 몸을 묻는다. 연애 초기엔 오늘 우리 둘이 뭘 할까, 무슨 이야기를 나눌까, 하나부터 열까지 미지의 세계를 함께 탐험하는 기분이지만, 오랫동안 만나다 보면 오늘 하루 어떻게 보낼지 척 봐도 대충 견적이 나오니 새삼 설레고 자시고 할 게 없다. 어쩌면 내 인생도 이런 식으로 대충 견적을 내다가 재미없어진 건지도 모른다.

야매 분석은 여기까지만 하겠습니다. 그럼 뭘 해야 다시 두근두근 행복해질까요? **뭐가 되었든 일만 아니면 다 재밌겠죠.** 컴퓨터 하드디스크와 외장 하드디스크를 뒤져보니 지난 수십 년간(십수 년이라고 썼다가 눈물을 흘리며 수정했다) 어떤 취미에 빠졌는지, 폴더 이름들만 봐도 줄줄이 나온다.

발음하기도 어려운 와인을 열심히 마시고 라벨을 떼어 스크랩까지 한 적도 있다. 심지어 와인에 대한 책까지 썼다. 그렇잖아도 무거운 카메라에 대포만 한 렌즈를 끼워 열심히 사진을 찍으러 다니기도 했다. 그 비싼 슬라이드 필름을 수십 통씩 사서는, 바들바들 아껴가며 촬영했다. 이게 장당 얼마야. 다 찍은 필름은 슬라이드 현상소에 맡겨놓고 꼬박 두 시간을 기다렸다 한 장 한 장 스캔했다. 정성이 뻗쳤지.

한때는 머리끝부터 발끝까지 각 잡고 차려입는 게 어찌나 재미있던지, 스판기 하나 없는 칼 같은 정장에다 10센티미터 하이힐을 열심히 신고 다녔다. 오늘은 뭘 입고 내일은 뭘 입어야지 계획하는 것도 즐거운 취미가 된다는 걸 알았다. 가방은 물론 클러치. 뭘 많이 넣을 수도 없는, 작고 얇은 클러치를 굳이 네 손가락만으로 집어 들고, 새끼손가락은 하늘 높이 치켜들었다. 손아귀가 바들바들 떨리지만 간지가 난다(라고 굳게 믿는다).

한참 땅고에 빠졌을 땐 나의 하루는 밤 10시에 시작된다며 매일 밤 춤을 추었다. 이 시기에 산 옷은 하나같이 춤추기에 편한, 쫙쫙 늘어나는 것들이었다. 필라테스와 크로스핏, 스쿼시, 이종격투기 같은 운동도 무척 재미있었고, 웨이트 트레이닝 PT 수업도 좋았다. 바른 운동 자세를 배운 가치 있는 투자였다. 물론 근사한 운동복도 잔뜩 샀습니다…라고 쓰다 보니 뭐든 쇼핑으로 끝나는군.

그 밖에도 말 못할(나의 인권은 소중하다) 여러 취미가 있었는데, 대부분 한 가지를 오랫동안 쭉 즐긴 게 아니라 보통 2년, 길어야 3년 정도면 어이구 그동안 재미있었네, 슬슬 딴 것이 궁금하네라며 적당한 수준에서 만족하고 물러났다.

비슷한 시기에 같은 취미를 접했지만 나와는 달리 인생의 항로까지 바꾼 사람들도 많다. 상업 사진가가 된 사람도, 아르헨티나로 떠나 전문 땅고 댄서가 된 사람도, 정식 운동선수 데뷔전을 치르며 걱정될 정도로 두들겨 맞은 사람도 있다.

그들 앞에선 왠지 수줍어진다. 난 왜 저렇게 안 되지? 난 왜 이렇게 얄팍하지? 끈기가 없고 변덕이 심해 그런 걸까?

하지만 난 아직 하고 싶은 게 너무 많다. 해보지 못한 것이 저기 저만큼 쌓여 있으니 요것조것 날름날름 침 발라가며 하나씩 다 해보고 싶다. 바쁘게 왔다 갔다 하는 사이에 얘깃거리도 생긴다.

창작자에게 얘깃거리란 곧 콘텐츠다. 다양한 일을 할 수 있는 것도 이런 변덕스러운 성향 덕분일지 모른다고 편한 대로 생각합니다. 야, 요거 재밌겠다며 새로운 걸 찾아내는 것도 능력이라면 능력. 갈 놈은 가고 남을 놈은 남듯, 지나갈 취미는 지나가는 거고 두고두고 남을 취미는 남는 거 아니겠습니까.

취미를 가져보려 애쓰는 것도, 재미난 걸 찾으려 애쓰는 것도, 모두 일만 하면서 살 순 없다고 생각하기 때문이다. 덜컥 두려워진다. 일이 내 전부면 안 되는데, 그렇게 되어버리면 어떡하지?

30대 중후반이 수루룩 지나가고 40대에 접어들면서 일 많은 건 복 받은 거다, 일이 있으니 얼마나 다행이냐는 소리를 매일같이 하기도 하고 듣기도 한다. 하지만 동시에, 그렇게 사는 건 사는 게 아니잖냐는 생각이 든다. 답이 없다. 혼란스럽다.

혼란스러울 땐 역시 '돈지랄'이 잘 먹힌다. 요것도 해보고, 조것도 들여다보고, 고것도 먹어보고, 또 저기도 가보고 하느라 신나게 돈을 쓴다. 모든 취미엔 기본적으로 돈이 든다. 이럴 때 쓰자고 열심히 일해서 돈 버는 거다. 죽자고 아껴봤자 나 아닌 누군가가 다 갖다 쓴다. 그러니 있는 돈 잘 쓰는 것도 능력이다. 돈은 버는 사람이 주인이 아니라, 쓰는 사람이 주인이다.

한편 운동은 좋은 '취미'가 되어주기도 하지만, 동시에 '생존'의 문제이기도 하다. 체력은 중요하다. 많이 중요하다. 친절한 미소와 다정한 제스처, 우아한 인내심은 모두 체력에서 나온다.

소중한 사람을 만났는데 얘가 오늘 왜 이렇게 짜증이야 싶다면, 그날 함께 하기로 한 스케줄을 과감히 취소하자. 그리고 뜨끈한 걸 먹이고 잠을 재워보자. 효과가 있을지 모른다. 뭐든 귀찮다는 소리를 입에 달고 있는 사람에게도 괜찮은 처방일 수 있다. 체력을 먼저 회복해야 하는 것이다. 물론 애써 먹이고 재워 회복시켜놨더니, 더 신나게 짜증을 낸다거나 더 힘차게 귀찮아!!!를 외치게 될지도 모르지만.

뭔가 부당한 일을 당했을 때도 체력이 받쳐줘야 제대로 받아칠 수 있다. 힘이 없으면 나를 열 받게 한 그를 후드려 팰 여유도 뭐도 생기지 않는다. 후드려 패지 못한 채 집에 돌아가 방바닥에 주저앉으면 기분은 한층 더 우울해진다. 좋은 일에 크게 웃기 위해, 열 받는 일에 크게 쌍욕을 하기 위해 우리는 체력을 키워야 한다.

어떤 운동이 특히 좋았더라? 나로 말하자면 가르치는 사람의 말을 꽤 잘 듣고, 그를 행복하게 만들기 위해 최선을 다하는 스타일이다. 어려운 지시 사항을 하나씩 해치워 나가는 걸 좋아한다. 학교나 학원에서 항상 맨 앞자리에 앉아 수업 시작부터 끝까지 교사와 악착같이 눈을 마주치며 고개를 계속 끄덕이는 타입이 바로 접니다. PT 수업이 무척 즐거웠던 건 아마 내 성격과 잘 맞아서일 것이다. "스쿼트 1,000개라고요? 맡겨 주세요!" 그리고 장렬히 토한다.

운동이 '생존'과 매우 밀접한 관계라는 걸 제대로 느낀 건 이종격투기 체육관에 다니면서다. 이런 곳에선 주짓수와 복싱, 레슬링 등 다양한 종목을 배운다. 특히 레슬링이 인상적인데, 그전까진 뭘 하든 온몸의 힘을 몽땅, 죽기 살기로 끝까지 쥐어짜낸 경험이 없었다. 숨이 턱밑에 차도록 달리는 것과도, 무거운 덤벨을 들어 올리는 것과도, 안 찢어지는 다리를 억지로 쫙쫙 찢는 것과도 다르다. 보다 원초적이다. 몸을 잔뜩 웅크리고 틈을 엿보다 상대에게 덤벼들어 넘어뜨리고 뒤집기를 반복하는 사이, 내가 가진 힘이 어느 정도인지 알게 된다.

이 경험을 통해 자신감을 얻기도 하지만 동시에 자신의 한계도 고스란히 실감하게 된다. 절대로 무리하거나, 만용을 부려선 안 된다는 것을 배운다.

어쨌든 우리는 재미있고 달달한 걸 계속 찾아야 한다. 그 재미가 우리를 숨 쉬게 해줄 것이다. 초중고 12년 내내 공부만 하라고 윽박지르던 어른들, 공부 외에 다른 것에 눈을 돌리면 인생 망할 거라던 그분들 덕분인지, 재밌고 즐겁고 신나게 사는 것이 나만을 위해 사는 것이 왠지 죄스러워지기도 한다. 그 찝찝한 기분은 착착 접어 변기에 던져넣고 시원하게 물을 내리자.

고생한 사람을 추켜세우며 칭찬하는 것은 절대로 좋은 일이 아니다. 고생, 그거 감투 아니에요. 안 하는 게 최고랍니다.

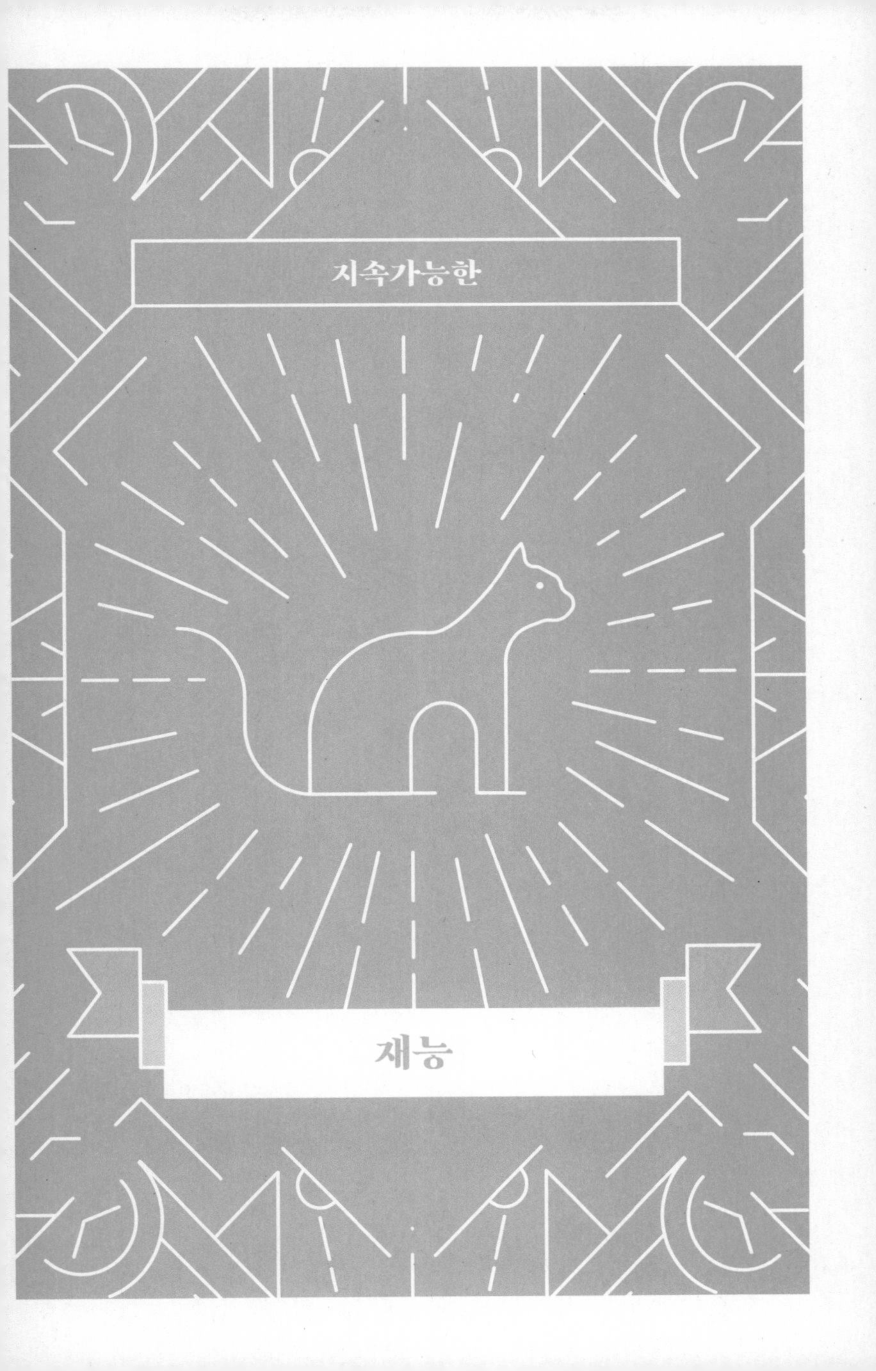
지속가능한
재능

18

'취향'으로 허세 부렸던 시절에 대하여

좋은 취향을 갖고 싶었다. 하지만 '갖고 싶어!'라는 마음속 외침이 다른 사람들 귀에 들리는 건 싫었다. 없어 보일까봐서요. **타고난 듯, 좋은 취향이 자연스럽게 몸에 밴 사람으로 보이고 싶었다.**

그래서 처음 보는 것을 처음 본다고, 모르는 것을 모른다고 말하지 못했다. 그렇습니다. 저는 한때 이마에 '허세'라는 글자를 드르르르 오바로크 쳤던 인간입니다.

특히 학교를 졸업하고 사회에 갓 나왔을 무렵인 20대 초중반에 그 증상이 유난히 심했다. 예를 들어 음악이라면 재즈, 특히 정신 사납고 시끄러운 곡을 좋아한다고 남에게도, 나 자신에게도 박박 우겼다.

PC 통신 재즈 동호회에 가입해 정기 음악감상 모임에 나갔고, 눈을 지그시 감고 리듬을 타(는 척하)며 고개를 까딱까딱, 손가락을 흔들흔들 흔들었다. 눈치껏 곡 중간에 손뼉도 치고 휘파람도 불었다. 실은 그때나 지금이나 휘파람을 불 줄 모르는데, 일단 입술을 내밀어보았다. 누군가 오늘 감상한 곡에 대한 의견을 말하면 그렇죠오, 그런 느낌이죠오라고 슬쩍 얹혀갔다. 영혼이 실린 연주네요, 그렇죠오.

영화는 아트무비만 고집했다. 나름 미술 전공자이니 '아트'자 들어간 영화 정도는 봐줘야 하는 것 아니겠습니까. 정확히 뭘 콕 집어서 아트무비라고 부르는 건지는 그때나 지금이나 잘 모르겠지만, 일단 감독의 이름이 길고 어려우면 일단 호감이 간다. 크쥐시토프 키에슬로프스키Krzysztof Kieślowski와 안드레이 타르콥스키Андре́й Арсе́ньевич Тарко́вский가 이름 어렵기로는 투톱이다.

무슨무슨 아트홀이나 아트센터로 아트무비를 보러 가면 거의 항상 중반 이후쯤 푹 잠들게 되어 결말을 알지 못한 채 극장 밖으로 기어 나왔지만 그래도 본 걸로 쳤다. 누군가 어땠냐고 물으면 "음… 생각이 복잡해지네요"라든가 "단순한 말로는 설명할 수 없어요"라고 두루뭉술하게 방어막을 펼쳤다. 어떻습니까, 제 노하우가.

그 와중에 남들 다 본다는 인기 영화는 보기도 전에 깎아내렸다. 대학교 1학년 때 개봉한 〈시애틀의 잠 못 이루는 밤〉도 그중 하나인데, 함께 보러 가자는 친구들의 권유를 도도새처럼 도도하게 거절했다.

"어머, 미안. 난 그런 건 잘 안 봐. 종로 코아아트홀에서 아키 카우리스메키Aki Kaurismäki의 작품을 상영한다던데, 거기 가려고 해."

…라는 당시의 대화를 떠올려보니 이렇게 재수 없는 소릴 하는 것도 재능이라는 생각이 든다. 친구들이 지금까지 나를 상대해 주는 것은 기적이다. 그나저나 〈시애틀의 잠 못 이루는 밤〉은 나중에 슬쩍 혼자 극장에 가서 보고는 맥 라이언에 푹 빠져 세 번이나 다시 보았습니다.

이 밑도 끝도 없는 허세는 대체 왜, 어디서 오는 것일까? 글쎄요, 사회인이라고는 하지만 경험도 뭣도 아직 턱없이 부족했던 시기, 가장 연약하고 불안한 시기라 고슴도치의 가시 같은 허세로 무장하려 했던 게 아닐까.

뭐니 뭐니 해도 나는 '어른'으로 보이고 싶었다. 어른이라면 무엇에든 익숙할 것이고, 무슨 일에도 당황하지 않을 테니까. 어른이라면 이것과 저것 사이에서 크게 고민하지 않을 것이고, 뭐가 가장 좋은지도 알 테니까.

20대엔 막연히, 서른서너 살쯤 되면 그런 어른이 되어 있을 거라고 믿었다. 그 나이엔 어지간해선 흔들릴 일이 없을 거고, 인생의 고민 같은 건 다 끝났을 것이며, 조용하고 잠잠하고 우아하고 차분한 하루하루를 보내고 있겠지. 우왕좌왕 허둥지둥한 서툰 짓들 따위는 진작에 끝내버리고 확신에 가득 차게 될 거야.

하지만 서른서넛은 개뿔, 마흔이 지났지만 나는 항상 나. 크게 달라지지 않았다. 아마 마흔다섯이 되어도, 40대를 지나 쉰이 되어도 나는 나, 거기서 거기일 것이다.

그런데 이 민망하고 부끄러운 과거의 허세는 의외로 오늘의 나에게 좋은 선물을 남겨주었다. 다양한 음악과 영화, 어려운 전시회와 책, 골 아픈 대화…. 모두 어른스러워 보이고 싶은 욕심으로 헐떡헐떡 무리하며 받아들인 것이지만, 그걸 통해 내가 뭘 좋아하는지 알아갔다.

아무리 급한 상황에서도 수혈은 함부로 할 수 없다. 혈액형을 비롯해 여러 상황과 조건을 거듭 확인한 후 이루어진다. 당연한 소리죠. 생명이 달린 문제니까요. 나에게 맞는 삶을 찾고, 그 길을 가는 것도 그만치 당연하다.

'남들 다 어쩌고 살더라'란 소리는 남 얘기일 뿐이다. 남들다 회사 취직해서 잘 다니는데 넌 왜 혼자 일하니, 남들 다 시집장가 가서 애 낳고 잘사는데 넌 왜 안 하니. 아, 그야 나랑 안 맞으니까 안 하는 거죠. 그렇게 살 수 없다는 걸 아니까요. 생명이 달린 문제니까요.

때론 오랜 시간에 걸쳐, 때론 순간적인 직관을 통해 나에게 맞는 것을 찾았다. 그리고 주기적으로 업데이트하려고 노력한다. 여전히 나를 설레게 하는지 확인하는 것이다. 어떤 건 유효기간이 짧았고, 어떤 건 지금까지 내 안에 들어 있다.

꾸준한 업데이트는 무척 중요하다. **마음이 젊다는 것은 업데이트를 게을리하지 않는다는 뜻이기도 하다.** 시야가 좁다면 우물 안의 개구리로 끝날 뿐이다. 요 동네에서 취향 좋고 안목 좋은 개구리, 그걸로 만족. 그걸로 땡.

서른다섯 살이 되었을 때 문득 언제까지 일할 수 있을까 하는 생각이 들었다. 프리랜서로 일한 지도 10년이 훌쩍 넘었는데, 내가 가진 건 이제 몽땅 낡아버린 게 아닐까? 낡은 내 안에서 새로운 게 계속 나올 수 있을까?

일단 이런 생각을 시작하면 멈추기 어렵다. 겁이 덜컥덜컥 난다. 정말 그런가봐. 어쩌면 이제 창작과 관련된 일은 그만둬야 할지도 모르겠어. 나도 곧 마흔이잖아.

그런데 그즈음, 한 디자인 업체의 대표와 미팅을 했다. 오랜 클라이언트이자 열 살 남짓 많은 언니 같은 분이라 일 얘기를 마친 후에도 곧바로 일어나지 않고 팥빙수를 먹으며 속에 든 고민까지 술술 털어놓았는데 말이죠.

나 언제 이렇게 나이를 먹은 걸까요.
서른다섯에 뭘 더 뽑아내겠어요.

그분 서른다섯이 뭐가 많아.

나 대표님은 회사가 잘되잖아요.
근데, 언제 창업하신 거예요?

그분 서른다섯 살 때.

나는 이날의 대화를 종종 떠올린다. 그날 그 팥빙수를 먹기 전, 함께 어디서 무엇을 했는지도 또렷이 기억한다. 창작자는 새로운 것, 좋은 것을 많이 봐야 한다며 독특한 설치미술 전시회에 나를 데려갔고 커피 한잔, 빙수 한그릇도 새로 생긴 근사한 곳에서 먹어야 한다며 아름다운 카페로 이끌었다(그리고 그분께 얻어먹었습니다).

그녀는 지금도 흥미로운 전시 소식이며 주목받는 디자이너의 작품, 새로 나온 책 이야기를 종종 공유해준다. 바로 지금 어떤 스타일이 가장 핫하며, 그걸 제일 잘 구현하는 작가가 누구인지에 눈과 귀를 예민하게 열어두는 사람이다. 자신보다 나이도 경력도 어린 창작자를 만나는 데 주저하지 않고, 그들에게 다양한 방법으로 투자한다. 업데이트란 얼마나 중요한 것인지, 옆에서 보며 배운다.

인풋이 넉넉해야 아웃풋도 풍성해진다. 우리는 눈으로 코로 귀로 입으로 온몸 구석구석으로, 온갖 좋은 것을 만나야 한다. 그리고 이게 왜 그렇게 좋은지 곰곰 생각해봐야 한다. **그래야 우리 안에서 더 좋은 것이 튀어나온다.**

19

느슨한 완벽주의를 위하여

머릿속으로 완벽한 문장을 만들기 전엔 외국어로 말할 엄두가 나지 않는다는 사람이 있다. 나도 그중 한 명이었다. 지겹게 외운 대로 "Nice to meet you"까지는 하겠는데 그다음이 문제다. 하고 싶은 말은 많지만, 과거형인가 미래형인가, 전치사는 뭘 써야 정확할까, to 부정사 이렇게 쓰는 게 맞나 하며 머릿속이 엄청나게 복잡해진다. **쪽팔리게 괜히 헛소리하느니 입을 다문 채 눈만 껌뻑껌뻑하고 마는 식.**

20년쯤 전에 형부를 처음 만났을 때도 그랬다. 형부는 미국 사람인데, 언니를 만나고 연애하면서 한국어를 조금씩 배웠다. 바짝 긴장한 나는 언제나처럼 딱딱한 교과서 말투로 첫인사를 하곤, 고르고 고른 문장으로 어렵게 대화했다.

그런데 실은, 당시에도 이미 나는 영어에 꽤 자신이 있었다. 뉴스나 영화를 보고 책을 읽는 데 큰 문제가 없으니 뭐, 그 정도면 괜찮은 것 아니겠습니까. 하지만 말하는 것은 전혀 다른 문제였다. 형부의 이야기를 들으면서도 입이 떨어지지 않아, 듣기만 하고 내 이야기는 거의 하지 못했다. 가족이 될 사람인데, 궁금한 게 무척 많았는데… 아휴, 답답해.

어느 날 형부가 한국어로 말했다. "예희, 나 한국말 잘 못해요. 내가 바보 같아요?" 아니 이게 무슨 소리야, 어디서 누가 무슨 시비라도 걸었나! 깜짝 놀라 절대 그렇지 않다고, 왜 그런 말을 하느냐고 되물으니 형부가 다시 말했다.

"예희도 그래요. 그러니까 그냥 영어 해도 돼요."

뭔가를 완벽하게 한다는 것, 과연 가능한 일일까? 완벽이란 게 존재하기나 할까? 아닐 거다. 그런데도 그 불가능한 것 때문에 스스로 콕콕 쑤시고 괴롭힌다.

어디서부터 손을 대야 할지 모르겠다며, 어차피 다 치우지 못할 거라며 잔뜩 쌓인 쓰레기를 애써 외면한다. 결혼할 사람이 아니라면 애초에 시작도 하지 않겠다며 가벼운 데이트, 부담 없는 대화에도 철벽을 친다. 이런 사람이 의외로 많다. 완벽하게 하지 못할 거라면 애초에 시작도 하지 않겠다는 것.

노래도, 그림도, 춤도, 연설도, 글도, 영영 내 것을 내놓지 못한다. 스케치북을 펴고 펜 뚜껑을 열었지만 일단 점 하나를 콕 찍고 나선 "으, 이게 아니야!"라며 부욱 뜯어버리고는 다시 텅 빈 페이지를 펼친 다음 망설이는 식이다.

하지만 그 '점'에서 시작해도 좋다. 작은 점을 덧칠해 크게 만들어도 좋고, 가늘거나 굵은 선을 똑바로, 혹은 구불구불하게 그려나가는 것도 재미있다. 나는 그게 좋다. 새 종이에서 시작하든, 헌 종이를 재활용하든, 내가 하려는 것은 어차피 점을 찍고 선을 그어 면을 만들어나가는 것이다. 그림도 글도 노래도 요리도 모든 것은 그렇게 시작된다.

나는 여러 권의 책을 썼고, 영어 책을 번역했다. 뭐든 다시 펼쳐보면 어이구야, 쉽게 민망한 부분이 튀어나온다. 그 시기에 주로 쓰던 말투와 철 지난 유행어에 몸이 배배 꼬인다. 직접 찍고 그린 사진과 일러스트레이션도 다시 보니 마음에 들지 않기도 한다. 야, 이땐 내가 이랬구나 하며 하하하 웃은 다음, 다시 책을 덮어 책꽂이에 꽂아두고 그다음 일을 한다.

앞으로도 이럴 것이다. 영원히 서툴 것이고, 뭘 하든 새로울 것이고, 어리바리할 것이다. 완벽하지 않을 것이다. 그 사실을 마음속에 받아들이면 좀 편안해진다.

일하는 과정을 좋아하지만, 작업물에 너무 커다란 의미를 두는 걸 경계한다. 과정을 즐기되, 결과에 대해선 어느 정도는 마음을 비워야 한다는 것이다. 이것은 '일'이고, 의뢰인이 존재하며, 그의 요구에 맞추어 작업한 것이니 내 쪽에서 지나치게 작가적인 고집을 부리는 건 소모적이며 불필요하다.

작가의 의도를 전달하되, 집착하지 않는다. 말은 쉽지만 노력이 필요하다. 내가 만든 걸 내 새끼, 내 자식이라 부르며 그 안에 자신을 지나치게 담아버리면 곤란하다. 그럼 정말이지, 아주 금방 지쳐버릴 것이다.

순수 예술 장르 역시 크게 다르지 않다. 독자든 비평가든, 누군가는 그것을 소비한다. 각자의 시선으로 보고 느끼고 평할 자유가 있다. 그들의 뒤를 졸졸 쫓아다니며 "그건 왜곡이에요, 저는 그런 의도가 아니었다구요"라는 소리를 해봤자다.

물론 의도적으로 명예를 훼손하는 경우도 있으나 내가 말하는 건 일반적인 비평과 의견 개진이다. 어쨌든, 내 손으로 만든 것이 이제 나를 떠나 다른 이에게 간 것이다. 그 사실을 받아들이고, 잘 떠나보내자.

떠나보내는 의식은 중요하다. 이걸 제대로 치르지 않으면 그다음 일에도 영향을 미친다. 좋은 평가는 좋아서, 나쁜 평가는 나빠서 내가 이리저리 흔들린다. 지난번처럼 잘해야 하는

데, 혹은 지난번처럼 또 말아먹으면 안 되는데, 라며 모든 기준이 그놈의 '지난번'이 되어버린다.

앞으로 나아가야 하는데 자꾸 발목을 잡힌다. 계속 꺼내 보며 머리를 쥐어뜯는다. 내가 이런 색을 칠했네, 이런 문장을 썼네, 이런 맛을 냈네. 그런데 지금은 왜 안 될까? 난 쓰레기야. 앞으로도 계속 이 모양일 거야… 안 되죠, 안 됩니다.

그 어두운 상상이 실제가 되지 않도록, 자리에서 벌떡 일어나 밖으로 나갑시다. 나는 이럴 때 햇볕을 쬐는데, 동네를 두 바퀴쯤 돌며 산책하는 걸 좋아한다. 달콤한 걸 사서 집으로 돌아와 커피나 홍차를 준비한다. 평소보다 조금 더 정성 들여 차를 만들고, 가장 근사한 잔에 담아 마신다. 리셋 버튼을 눌러, 다시 한번 껐다 켜는 것이다.

그리고 내 안의 열정이 어느 순간 식을 수도 있다는 걸 염두에 두어야 한다. 배우고 일하는 게 너무 재미있어서 온종일 그 생각만 나고, 밥 먹고 잠자는 시간마저 아까울 때도 있지만 그게 언제까지나 쭉 이어지진 않는다(이어져도 곤란하다). 영원히 절절 끓지 않는다. 위로 쭉쭉 치솟던 열정 그래프의 각도가 어느 순간부턴가 완만해져 수평에 가까워지다가, 때론 땅 속으로 파고 들어가기도 한다.

사람마다 다르지만, 거칠게 말하자면 20대엔 열정이 버글버글 끓고, 30대엔 그 열정의 원석을 캐내고 잘 다듬어 값을 올린다. 그리고 40대로 접어들면… 슬슬 더는 예전 같진 않을 수 있다.

그래서 이제 내 인생 끝이냐, 내 세계가 와르르 무너지는 것이냐, 더 이상 나는 가치 없는 인간이냐, 전혀 아니죠. 슬슬 또 새로운 재밋거리를 찾아가야 하는 때가 온 것이니, 그 사실을 자연스럽게 받아들이기 위해 준비해야 한다는 뜻입니다.

하던 걸 그만두는 게 곧 패배와 실패를 뜻하진 않는다. 그동안 쏟아부은 열정, 노력, 시간, 돈이 아깝고 억울해 '억지로 계속하는 게' 오히려 어리석다.

내가 내 발목을 잡는 셈이다. 고냐 스톱이냐, 누구도 대신 결정해주지 않는다. 내가 나와 합의를 봐야 한다. 그동안 할 만큼 했고, 이제는 됐어, 라는 생각이 들면 거기서 끝낸다. 끝을 내야 그다음을 시작할 수 있다.

혹은 하던 걸 계속하되, 내 자세가 달라진 것을 받아들인다. 20대, 30대에 거친 파도를 짜릿하게 타고 달렸다면 이젠 잔잔함을 즐길 때가 된 것인지도 모른다. 잔잔하게 꾸준히 내 페이스로 가겠다는 것.

결국 우리는 길게 가야 한다. 굵냐, 가느냐 하는 건 그다음 문제다. 길게 가기 위해선 탄력과 복원력이 필요하다. 손으로 꾸욱 누른 자국이 다시 쑤욱 솟아올라야 한다. 푹 자고 일어나, 어제의 기분에서 벗어나 새로운 날을 시작해야 한다.

완벽을 추구하며 자신을 괴롭히는 대신, 내 속도를 스스로 정하는 사람이 좋다. 그렇게 되기 위해 오늘도 마음을 잡는다.

20

왕년의 영광을 넘어서는 법에 대하여

예술에 대한 열정을 섬세한 뜨개질로 표현하는 작가가 있었다. 엄청난 정성과 시간을 들여, 인생을 관통하는 심오한 메시지를 담은 가로 세로 각 3미터의 거대한 뜨개 작품을 완성했다. 한 코 한 코마다 위대한 종교 경전의 말씀이 담겼다. 작품은 최고의 미술관에 전시되었고, 사방에서 앞다투어 취재했다. 모두들 작가와 그의 작품을 칭찬하고 숭배했다.

자, 그렇다면 이 작가는 그다음엔 무엇을 해야 할까? 자신을 위해 포근한 목도리를 짠다면 재능을 낭비하는 짓일까? 텔레비전 드라마를 보며 알록달록한 아크릴 수세미를 잔뜩 짜서 주변 사람들에게 선물한다면 무가치하고 쓸데없는 짓일까? 작가가 더욱 가치 있는 인간이 되려면 최소한 가로 세로 각 4미터 작품엔 도전해야 할까?

영광의 순간, 내게도 그런 때가 있었다. 하는 일마다 참으로 잘 풀리던 때. 남이 봐도, 내가 봐도, 나 요즘 참 잘나가는구나 싶었다. 글이든 그림이든 술술 풀렸다. 어떤 궤도에 제대로 오른 것 같은 느낌이었다.

일주일에 5개의 글과 카툰을 연재하며 거의 매일같이 마감하면서도 힘든 줄 몰랐다. 유력 일간지와 시사 주간지, 여러 잡지와 일했고, 손꼽히는 대기업과도 작업했다. TV와 라디오에 고정 출연했다. 이게 웬 가문의 영광이야?

때로는, 심지어, 마법처럼 일이 되는 것 같았다. 마치 약한 마취 상태에 빠진 듯, 일한 기억이 나지 않는데 정신을 차려보니 제가 마감을 했더라고요. 그것도 꽤 괜찮게요. 그리고 그 많은 일을 척척 해내는 나 자신이 참 좋았다. 신이 나고 흥이 났다. 일하는 재미라는 게 바로 이런 거구나!

그러던 어느 날 이게 딱 끝났다. 어, 어디 갔어? 싶게 한 번에 스위치가 내려갔고 불이 꺼졌다. 이해할 수 없었다. 왜지? 나는 하던 대로 똑같이 했는데, 더는 내 카툰이 내 글이 재미있지 않다고 했다.

잠시 당황했다가 곰곰 생각했다. 이유는 여러 가지일 것이다. 내 안의 우물이 말라버려 더 이상 퍼낼 것이 없어서일 수도 있고, 혹은 나는 변함없이 찰랑찰랑이지만 상황이 시대가 바뀌었기 때문일 수도 있다. 그래서 내 그림 스타일과 말투, 내 농담이 더는 먹히지 않는 것일 수도 있다. 한동안 시대를 잘 만나 파도를 신나게 탔지만, 어느새 자연히 사그라든 것일지도 모른다. 약발이 떨어졌다는 소리다.

처음으로 신용카드를 만들고, 내가 번 돈으로 카드값을 내면서 어른이 됐다고 느꼈다. 작업실을 마련하고 살림을 꾸려나가며 더 큰 어른이 됐다고 믿었다. 업무 미팅을 제대로 해냈을 때도, 그 일을 잘 마무리했을 때도 모두 그랬다. 일종의 나이테 같은 것이 몸속에 새겨지는 것 같았다. 그리고 한순간에 일이 쫙 빠져나가 버렸을 때, 나는 또 한 번 어른이 되었다.

어른이 되는 건 어렵다. 어른이 되는 건 아프다. 처음엔 불안하고 그다음엔 초조하다. 곧 온갖 자괴감이 밀려온다. 난 이제 끝났어, 쓰레기야, 이제 보니 지금까지 한 것도 다 똥이야, 바닥이 드러난 거야… 아아, 이 상황에서 어떻게 마음을 비울 수 있지?

그동안 잘해먹었으니 됐잖아, 즐거웠잖아, 돈도 벌었잖아, 이제 좀 놀다가 다른 것도 해보는 거야, 라며 마음을 살살 다스리면 좋겠지만 쉽지 않다. 정말 어렵다! 하지만… 그래야만 한다. 그렇지 않으면 내가 나에게 홀랑 잡아먹힌다. 내 안의 어둠에 꿀꺽 삼켜지고 만다.

두고 봐라, 유일무이한 역작을 다시 세상에 내놓을 테야 하며 동굴에 숨어 칼을 슥슥 갈고 이를 득득 가는 것보다(치아 건강에 안 좋습니다) 밝은 세상으로 나가 일이 어떻게 오고 가는지, 패턴을 파악하는 게 여러모로 훨씬 낫다.

그리고 그동안 미처 돌보지 못했던 나를 예뻐해주고, 빈 곳을 채우고, 여유를 가진다. 그러면서도 예민함만큼은 놓지 않은 채 다시 기다린다. 때도 몸을 불려놔야 잘 밀리고, 평소에 스트레칭해놔야 택배 상자 들다가 허리 나가지 않는다.

다섯 살 조카와 함께 스케치북에 그림을 그렸다. 페이지가 꽉 차길래 한 장 넘긴 다음 하얀 새 페이지에 캐릭터 하나를 그렸더니 조카가 우와 하며 감탄하고는 쳐다보기만 한다. 왜 그림을 더 그리지 않느냐고 물어보니, **자신이 이걸 손대서 망칠까봐 겁이 난다는 거다.**

아마도 그 아이의 눈에는 내 그림이 대단해 보였을 것이다. 고마워! 하지만 같이 놀기 위해서 그린 거니까, 이걸 건드리지 못하면 우리의 놀이는 끝나는 거야. 망칠 걱정 말고 여기에 다른 색을 덧칠해보자.

그렇게 말하면서 속으로 내 자신을 돌아보았다. 나는 어떤가, **나 역시 그 시절이 인생의 정점이었다며 근사한 액자에 넣어 벽에 걸어놓고는 건드리지 못하고 바라만 보는 건 아닌가.**

영감은 오고 간다. 슬럼프도 오고 간다. 온갖 칭찬 가득한 댓글도 오고 간다. 어서들 오시고, 안녕히들 가시라며 잘 다루어야 한다. 그렇지 않으면 그다음을 상상하고 기다리기가 어려워진다. 젊고 탱탱한, 주름 한점 없는 것만이 최고의 아름다움은 아니다.

긴 인생 속 짧은 영광의 순간만을 집요하게 추억하며 매달리면 곤란하다. 내가 나를 부정하는 짓이다. 그때의 나도 나, 오늘의 나도 나다. 저 어디 다른 데 안 갔습니다.

우리는 계속 살아야 하고, 우리 안의 창작욕을 뿜뿜 발산해야 한다. 최초의 1승을 거둔 격투기 선수가 혹시라도 1패를 당할까 두려워 다시는 링에 오르지 않는다면 어떨까? **그는 영원한 승자로 남고 싶겠지만, 그저 겁쟁이일 뿐이다.**

뭐든 해야 한다. 사소해도 좋다. 망쳐도 좋다. 사소하다, 망쳤다는 것도 결국 두려움에 사로잡혀 섣불리 던지는 자평일 뿐이다.

때론 주변에서 한마디씩 거든다. 그때 그런 거 좋았는데 또 해야지, 다시 잘돼야지라는 말들. 애정과 관심이기도 하고, 그냥 하는 소리기도 하다. "언제 밥이나 한번 먹어요"처럼.

좋은 소리도 자꾸 듣다 보면 꽤나 부담스럽다. 덤덤해지기 쉽지 않다. 안 듣는 게 최고지만, 이런 소리를 반복적으로 하는 사람은 가까운 사이인 경우가 많아 피하기도 어렵다. 가족들, 친구들, 동료들. 가까운 만큼 무방비 상태일 때 훅 들어와 의도하지 않게 상처를 남긴다.

사실 남들은 나에게 그다지 관심이 없다. 안부랍시고 한마디 툭 던진 후 돌아서면 곧 잊을 것이다. **하지만 그 말들이 내 안에 남아, 그때부턴 남이 아니라 내가 나를 긁는다.**

솔직한 대화를 나누어보자. 고맙지만, 당신의 말이 내 마음을 무겁게 만든다고. 나는 당신에게 일과 관련된 조언을 부탁하는 것이 아니라고, 스스로 충분한 시간을 가지고 다양한 시도를 할 것이라고. 애정이 있는 관계에선 이 정도로 말하면 대부분 수긍하고 도와줄 것이다.

만약 잘 통하지 않는다면 가급적 마주칠 일을 줄이자. SNS와 카카오톡을 차단하는 것도 방법이다. **뭐니 뭐니 해도 내가 제일 중요하다.**

21

'고뇌하는 창작자'라는 신화에 대하여

창작자는, 예술가는, 기타 등등 하여간 이런 일(무슨 일?)은 싹 다 괴로운 것이야! 불면으로 밤을 꼴딱 새우고, 땅 밑으로 꺼질 듯 우울하고, 하는 일마다 뼈를 곱게 갈아 넣지! 전화기는 당연히 꺼놓는 거고, 마감을 앞두곤 잠적해야 제맛이지! 머리든 수염이든 털이란 털은 길게 기르고, 술 담배에도 절어 있지! **그리고 그 고통 속에서 피눈물로 빚어낸 것만이 진정한 예술이지!**

… 네, 지금까지 여러분은 어떤 신화적인 이야기를 잠시 엿보셨습니다. 다양한 미디어가 합심해서 만들어낸, 별로 근사하지 않은 신화. 어머, 어디서 썩은 냄새가 나네…?

나는 일상을 알차고 차분하게 꾸려 나가는 게 좋다. 가능한 한 길게, 가능한 한 오래 잘 먹고 잘살고 싶다. 그런데 여기에 창작자의 고통이니 파괴니 자학이니 따위가 들어오면 좀 곤란해진다.

오늘 일이 좀 힘들었더라도 일단 여기까지, 라며 적당히 맺고 끊어줘야 오늘 밤도 꿀잠을 자고 다음 날 아침 개운하게 일어나 새로운 마음으로 일할 수 있다. 집에서 일하는 프리랜서지만, 마음만은 자체 출근과 퇴근을 하며 출근 카드를 드르륵 찍는 것이다.

무슨 창작자가 그렇게 건전하냐고, 그래서야 너무 가벼운 작품이 나오는 것 아니냐고? 글쎄요. 72시간쯤 깨어 있는 상태로 다양한 향정신성 약물과 알코올성 음료, 담배를 끊임없이 삼키고 피우면 얼마나 대단한 작품이 나올지 궁금하다.

하지만 직접 경험해보고 싶진 않다. 나는 나에게 잘해주고 싶다. 내 몸뚱이와 멘탈을 가능한 한 곱게 아껴 쓰고 싶다.

물론 일이란 건 만만치 않고, 때로는 곱게 자란 입에서 쌍욕이 나올 만큼 힘들다. 하지만 힘든 상황을 어떻게 풀어나갈 것인가에 따라 얘기가 완전히 달라질 수 있다. 다음 1과 2를 비교해보자.

1. 아악 힘들어! 이 일 끝나기만 해봐, 맛있는 거 먹을 거야!

(마사지 받으러 갈 거야/친구 만나서 놀 거야/온종일 잘 거야 등)

2. 힘이 든다… 하지만 이 길 끝엔 역시 아무것도 없을 것이다… 그저 암흑만이 나를 기다릴 뿐….

나는 단연 1번이다. 달콤한 보상을 눈앞에 대롱대롱 매달아 놓고 달리는 쪽이 좋다. 작은 목표를 달성한 후 맛있게 홀랑 따 먹고, 잠시 쉬고, 그다음 일을 한다. 2번 같은 식이라면 이 생활, 이거 오래 못한다. 일하면서까지 굳이 피를 볼 생각을 하면 곤란하다. 어차피 생리할 때마다 피는 실컷 본다.

스스로 응원하고 분위기를 띄워야 한다. 으아 빡세다, 그렇지만 어서 해치우고 개운해지자라는 흐름으로 가야지, 처음부터 고통… 암흑… 자기파괴… 이런 식으로 접근하면 일의 수명이 훅 짧아지기 쉽다.

어릴 적부터 다양한 창구를 통해 접한 창작자, 예술가의 모습이란 앞에서 묘사한 대로였다. 엄청나게 극적인 생활환경, 온갖 고난과 역경, 그럼에도 불구하고 진흙 속에서 반짝이는 천재성을 지닌 인물. **이런 드라마틱한 스토리를 젖은 미역처럼 골고루 몸에 두르고 있어야 진정한 창작자라고 생각했다.**

그런데 그에 비하면 나는 너무 평탄하게 살았다. 평범한 가정에서 좋은 교육을 받으며 곱게 자랐고(그런데 '곱다'는 게 대체 뭘까?), 부모님께선 용돈도 부족하지 않게 주셨다. 일도 뭐 그냥 열심히 했고요…라고 하면 이게 대체 무슨 드라마 주인공감이 되겠습니까. 재미없죠.

그래서 흉내를 내기로 했다. 내 주위에 어둠이 없다면 손을 쑥 뻗어 확 끌어오면 되는 것 아니겠는가. 첫 번째는 술과 담배, 그게 제일 쉽다. 그리고 합법이다(향정신성 약물은 곤란합니다 여러분).

술도 담배도 하나같이 맛대가리 없고 구역질이 치밀어, 혼자 있을 땐 하지 않다가 방청객이 있을 때만 열심히 마시고 뻐끔뻐끔 피웠다. 주량은 소주 네 병, 담배는 하루 두 갑이라고 거짓말했다. 봤냐? 내가 이렇게 퇴폐적이고 막 나간다고! 어때, 좀 예술가 같지?

그런데 한 해 한 해 나이를 먹고 다양한 일을 하며, 정말로 힘든 순간들을 만나게 되었을 때 비로소 알았다. 그때의 나는 참으로 멍청하고 한심한 짓을 했다는 걸.

고통은 흉내 낼 수 없으며 훈장도 아니다. 1초라도 빨리 벗어나야 한다. 평범하게 사는 게 얼마나 어려운지 나이를 먹으며 알게 되었다. 그리고 자기 손톱 밑의 가시가 제일 아프다는 것도 알게 되었다. 불행 배틀, 정말 할 짓이 아니다.

우리가 가진 것이 많다면, 우리에게 밝은 면이 많다면 감사히 여기고 잘 써먹자. 고통 속의 창작자에게서 고통을 거둔다면 그는 행복한 창작자가 될 것이다. 고통이 바로 나의 자양분이지, 이게 바로 진정한 예술가의 길이지, 라는 건 결코 좋은 생각이 아니다. 현재 고통을 겪고 있지만 그럼에도 불구하고 열심히 하는 것뿐이다.

다시 한번 말하지만, 미디어에서 멋대로 왜곡한 탓이 크다. **그놈의 고뇌하고 자학하는 불행한 예술가 캐릭터!** 우리는 자신에게 너무 박하고 가혹하다. 뭐 그렇게 대단히 개성적이고 드라마틱한 하루하루를 보내지 않아도 된다. 별일 없이 평탄하게 지내는 게 실은 꽤 어렵다. 별일 없는 일상을 이어가는 데 얼마나 많은 노력이 드는지 나이를 먹을수록 절감한다.

꾸준히 일해 먹고살기 위해서라도 고통에 중독되지 않아야 한다. 인간은 사회적인 동물이며 프리랜서도 마찬가지다. 원활한 커뮤니케이션과 적절한 리액션, 상호 간의 신용은 사회생활의 기본 중에서도 상기본이다.

그런데 나만의 세계, 나만의 고통에 잔뜩 취해 있는 프리랜서 창작자와 대체 불안해서 무슨 일을 하겠습니까. 한두 번 데이고 나면 함께 일할 마음이 사라진다.

일만 그런가, 인간관계에도 문제가 발생한다. 당신의 자식(혹은 연인, 친구)인 내가 이렇게 고통스러운 창작을 한단 말입니다아아아! 라며 열 번 정도 진상을 부리고 나면, 이게 누구 손해인지 금방 알 수 있다.

당신이 사랑하는 사람들, 당신을 사랑하는 사람들에게 상처를 주면서까지 대체 뭔 놈의 대단한 창작 나부랭이를 한다는 것인가? 사죄의 의미로 아메리카노 기프티콘이라도 보내자.

22

이것저것 하다 보면 얻어걸리는 것에 대하여

'창작'이란 단어는 굉장히 거창하게 들린다. 아휴 저는 그런 거 못해요, 라고 손사래 치며 수줍게 호호 웃어야 할 것만 같다. 대단한 발견, 대단한 예술, 뭐 그런 성취를 이룬 사람들이나 쓸 수 있는 표현 같다. 그러니 자신에게 창작자라는 말을 허락하는 것은 엄두도 나지 않는다.

그런데 가만 생각해보면, 창작이란 존재하지 않던 걸 뿅 하고 만들어내는 게 아니라 기존의 것을 비틀고 바꾸는 것에 더 가깝다.

냉장고를 들여다보며 새로운 재료 조합을 고안하는 것도 그중 하나다. 나는 음식에 기름을 넣어야 할 땐 캐놀라유와 올리브유, 버터를 내키는 대로 번갈아 넣는다. 때론 에라 모르겠다며 마요네즈나 땅콩버터를 한술 푹 떠서 집어넣기도 하는데,

이게 의외로 꽤 맛있을 때가 있다(물론 아닐 때도 있습니다).

설탕 대신 딸기잼이나 사과잼을 넣어보기도 한다. 재미있다. 비빔면에 오이 채 썬 것 대신 셀러리를 올려보기도 하고, 멸치볶음이 어정쩡하게 남았길래 그걸 넣고 파스타를 후다닥 볶기도 한다. 낙지젓과 사과를 넣고 샌드위치를 만들기도 한다. 의외로 괜찮을 때도 있고, 헛웃음 나게 꽝일 때도 있다.

치즈 라면을 최초로 시도한 사람, 참치 김밥에 깻잎을 맨 처음 넣은 사람은 모두 위대한 창작자이며 위인이시다. 존경합니다.

하지만 누가 억지로 등을 떠밀며 새로운 시도를 하라면 갑자기 하기 싫어진다. 나오려던 괴이한 아이디어가 다시 쏙 들어간다. 요런 즐거움은, 의무로 가득한 빡빡한 일상보다는 딱히 할 일 없이 뒹굴거리는 어느 날 갑자기 튀어나오는 경우가 많다.

하도 놀다 보니 지루해서, 자다 자다 지쳐서 뭐라도 해보려다 튀어나온다. 휴식과 여유, 여백은 그래서 중요하다. 우리는 모두 가능성을 품고 있는 창작자들이다.

외출을 앞두고 진지하게 뭘 입을지 고민한다. 이 티셔츠와 저 바지, 그리고 사놓고서 쳐다만 보던 화려한 무늬의 양말을 드디어 개시한다. 과한가 싶은데 신어보니 괜찮다. 손톱에 매니큐어를 칠하고, 스티커를 붙인다.

한때는 열 손가락 모두 똑같은 색을 칠해야 한다고 믿었지만, 그런 규칙 따위 잊은 지 오래다. 하긴, 그 시절엔 위아래 세트로 된 투피스 정장만 제대로 된 옷이라고 생각했지. 원피스에 운동화를 신는 것은 꿈도 꾸지 못했고.

지금은 다양한 시도를 한다. 모든 것이 창작이며 재창조다. 요렇게 나 즐거우려고, 내 기분 좋아지려고, 내 입에 맛있는 것 넣어주려고 시도하는 것들은 하나같이 재미있다. 생계를 위해 의무적으로 하는 일보다 몇 만 배 재미있다.

쇼핑만 해도 그렇다. 생리대 1년 치, 치약 한 묶음 살 때는 무표정이지만, 화장품 로드샵에서 천 원짜리 매니큐어를 살 땐 온 얼굴에 생기가 돈다.

때론 제대로 풀리지 않는 날도 있다. 뭐, 그럴 때도 있죠. 고르고 고른 매니큐어를 막상 발라보니 영 아닐 때도 있지만, 그렇다고 엉엉 울며 손톱을 뽑을 일은 아니다. 그게 뭐 대수라고. 새롭게 시도한 요리가 완전히 꽝일 수도 있지만, 식칼을 두 동강 내고 앞치마를 활활 불태울 생각도 없다. 그게 뭐 대수라고. 우리는 그 정도로 기죽지 않는다.

다른 분야의 창작도 다르지 않다. 그냥 하는 것이다. 그거 별로야라는 태클이 들어올 때도 있지만, 그게 뭐 대수라고. 재밌자고 하는 건데 어때.

때론 요 즐거움을 잊는다. 뭔가를 요리조리 궁리해서 곰질곰질 만드는 게 얼마나 즐거운지 잊는다. 사는 게 바빠서 그렇다. 시간은 한정되어 있고 체력도 집중력도 대단치 않으니 당장 돈 되는 것, 스펙 되는 것, 티 나는 것 위주로 해야 해서 그렇다. 진심으로 재미있어서, 끓어올라서 하던 것을 그사이 하나둘 잊고 잃는다.

나는 휴대폰 카메라에 감사한다. 사진을 좋아하고, 더 잘 찍고 싶어 욕심내면서 장비가 다양해지고 커지고 무거워졌다. 내가 카메라를 들고 다니는 게 아니라, 크고 무거운 카메라가 나를 질질 끌고 다니는 것 같아 사진 한번 찍으러 나가기가 점점 힘들어졌다. 그리고 어느새 아예 사진을 찍지 않게 되었다.

지금은 가진 걸 대부분 처분하고, 휴대폰 카메라만 사용한다. 덕분에 한없이 홀가분해졌다. 완벽한 카메라는 아니지만 뭐, 어떤 카메라는 완벽한가.

나는 예전과는 다른 방식으로 사진을 다시 사랑하게 되었다. 난생처음 동영상을 찍기 시작해 아예 유튜브 채널까지 개설했다. 쩔쩔매던 영상 편집 프로그램도 이젠 꽤 능숙하게 다룬다 (으쓱).

본격적으로 사진을 찍은 지도 어느새 25년이 넘었다. 사진을 잘 찍어서 혹은 이 일이 돈이 되어서 그렇게 오랫동안 하는 게 아니다. 오히려 그 반대. 다른 사람과 경쟁할 필요 없이 내 재미를 위해 사진을 찍어서다. 경쟁했다면 아마 오래전에 지쳤을 것이다.

돈과도 상관없다. 물론 프리랜서로 다양한 분야의 일을 하다 보면 내가 찍은 사진으로 소득을 얻는 경우도 생긴다. 이것은 우연한 기쁨, 부수적 수입이다. 보통은 다른 일로 열심히 돈을 벌고, 사진 찍으면서 놀겠다는 자세다. 스트레스라든가 부담 같은 것이 비집고 들어올 틈이 없다. 앞으로도 지금처럼 느슨하고 헐렁하게 사진과 영상을 찍고 싶다.

우리는 너무 심하게 경쟁하며 살고, 그게 몸에 배어버려 아예 인식조차 못한다. 취미로 즐기는 것마저 악착같이, 참으로 열심히 한다. 사진이 좋아서 모인 사람들끼리 사진 장비로 경쟁하고, 음악이 좋아서 모여놓고 스피커와 앰프를 뽐낸다. 내 등산복만 유행에 뒤떨어진 것 같아 신상품을 사기 전엔 등산 모임에 나갈 엄두가 나지 않는다. 최고가 되지 않으면, 최소한 상위권 무리에 속하지 않으면, 왠지 패배자가 된 것 같다.

나는 취미로 하던 땅고를 몇 년 전에 그만두었는데, 셀프 안식년을 선언하고 해외 여러 나라에서 체류하기로 마음먹으면서 오랜만에 땅고 슈즈를 다시 꺼내 가방에 챙겼다. 무척 설렜지만, 한편으론 좀 망설여졌다.

그만둔 지 벌써 몇 년이나 지났는데, 자세도 스텝도 모두 잊어버렸는데 괜찮을까? 괜히 춤추러 갔다가 쪽팔리기만 한 거 아닐까? 땅고 동호회 친구에게 그렇게 이야기하니 푸하하, 웃는다.

"걱정 마! 한국 사람은 세상 어딜 가도 제일 춤 잘 춰. 일단 하면 다 생각날 거야. 알잖아. 한국 사람, 뭐 하나 배워도 목숨 걸고 악착같이 배우는 거."

아이고, 맞다 맞아. 나도 그랬다. 즐거워지자고 행복해지자고 시작한 땅고인데도 무슨 성적표라도 받는 기분으로 이를 악물고 배웠다. 그래서 어느새 진이 빠져 그만둔 거였지.

우리는 뭘 하든, 공부처럼 일처럼 한다. 너무 바쁘다. 빈틈이 없다. 취미에서도 가성비를 찾고, 여행에서도 가성비를 찾는다. 잘하지 못할 거면 아예 그만둬버린다. 이미 검증된 코스, 맛집이 아니면 가지 않는다.

수년 만에 땅고 슈즈를 챙기며 생각한다. 나는 최고가 되고 싶은 것이 아니다. 내가 좋아하는 것들이 언제까지나 즐겁기를 바란다. 그래서 내게서 다시 멀어지지 않기를 바란다. 잘 풀리는 날이나 그렇지 않은 날에도, 지치지 않고 계속 무언가를 만들어낼 수 있게.

23

마흔 줄에 시작한 유튜브에 대하여

내 흥에 겨워 블로그에 글을 쓰고 사진을 올리지만, 트위터고 인스타그램이고 모두 재미로 하는 SNS지만, 만약 팔로워가 한 명도 없다면 어떨까 생각해본다. 아무도 봐주지 않는데도 꿋꿋이 계속할 수 있을까? 그래도 계속 신이 나고 흥이 날까? 길게 생각할 것도 없이, 그럴 리가 없다.

나는 관심이 좋다. 관심을 원한다. 글을 썼으니 누구든 읽어줬으면 좋겠고, 그림과 사진을 올렸으니 좀 봐줬으면 좋겠다. 관심에 목마른 자는 구독자 수와 조회 수에, 리트윗과 댓글에 민감하다. 여기, 변방의 외로운 북소리를 들어주오.

어느 날은 트위터에 무심코 올린 혼잣말이 수도 없이 리트윗되어 마구 설렌다. 어머, 나 좀 떴나봐! 하지만 밀물이 왔다가 썰물이 되어 사라지듯 잠깐의 관심도 곧 스르륵 소멸한다.

오랫동안 혼자 일해서일까? 혼자가 편해, 혼자가 최고야라고 말하면서도 동시에 누군가와 대화하고 싶다. 온라인 한정이더라도, 새로운 사람을 계속 만나고 싶다. 하지만 어떻게 가능한 한 오래 지속할 수 있을까?

'셀프 안식년'을 선언하면서 유튜브 채널도 동시에 개설했다. 앞으로는 이거라면서요? 유튜브의 시대라면서요? 나만 몰랐나 보다. 이미 수없이 많은 사람이 실로 다양한 아이템을 영상으로 만들어 업로드하고 있었다.

그럼 나도 할 테다! 야심 차게 유튜브 계정을 만들고(여기까지 하기도 쉽지 않았다) 사용법을 하나하나 배웠다. 소재는 역시 '여행'이지! 올 한해, 외국 여러 나라에서 지낼 거니까 이야기는 무궁무진하게 나올 것이다(라고 믿었다). 치앙마이에서 출발해 포르투와 마드리드를 누비고, 이스탄불까지 쫙 훑을 거니까 내 유튜브, 완전 끝내주겠군!

요렇게? 조렇게? 이 각도가 나을까, 저 각도가 나을까? 고심고심하며 휴대폰으로 치앙마이 동네 풍경을 찍고, 노트북 앞에 못 박힌 듯 앉아 끙끙대며 영상을 편집해 자막을 달았다. 내레이션까지 녹음해서 집어넣으니 이야, 그럴싸하다. 역시 내가 안 해서 그렇지, 일단 하기만 하면 어마어마하지. 유튜브에 등장하기만 하면 순식간에 반응이 올 거야. 자신만만했다.

하지만… 과연?

자신감은 소중하지만, 현실감이 떨어지는 건 곤란하다. 나는 나를 안다고 생각했다. 세상이 나를 몰라줘서 그런 거지, 일단 시켜만주시면 진짜 잘한다니까요! 라고 부르짖으며 변변한 이력서도 포트폴리오도 준비하지 않고 맡겨만 달라는 식이다.

하지만 그런 사람에게 대체 어느 누가 뭘 믿고 중요한 일을 덥석 맡길 수 있겠습니까. 그나마 가족 말고는 없지 않을까요. 그리고 많은 경우, 가족끼리 말아먹곤 합니다….

영상을 채 10개도 업로드하기 전에 벌써 지쳤다. 분명히 재미있긴 한데 힘들다. 촬영은 그렇다 쳐도 편집이 어려운데, 별로 길지도 않은 영상 하나 편집하느라 하루가 다 가곤 했다.

정성을 들인 영상의 조회 수는 끽해야 5회. 이거 해서 뭐해, 아무도 안 보잖아. 물건이 워낙 좋으니 주변에 하나씩만 팔아도 곧 가지를 쳐서 영업왕이 될 줄 알았지만 택도 없는 생각이었다. 유튜브 월드라는 곳은 매우 광대하며, 나는 요만한 모래알에 지나지 않았다. 영업부 신입사원은 기가 죽었다.

그만둘까? 뭐, 내가 여기서 그만둔다고 해도 아무도 모를 텐데 상관없잖아? 그래도 아깝긴 하다. 이왕 시작한 거, 조금만 더 해보자며 어렵게 마음을 잡았다. 치앙마이에 오기 전, 내레이션 녹음용 소형 마이크를 선물하며 애인이 말했다.

"꾸준히 해봐라. 큰물에서 놀려면 수영 연습을 해놔야지."

사람 일은 모른다며, 유튜브를 통해 새로운 일을 하게 될 수도 있다고 했다. 포트폴리오를 만드는 것처럼 영상도 쌓고 쌓아놔야 기회가 왔을 때 여기 있소 하고 보여줄 수 있다는 것이다.

맞는 말이다. 지금까지 다양한 분야의 일을 했는데 영상 작업이라고 해서 예외가 될 순 없다. 재미로 시작한 것이지만 여기서 어떤 식으로 뻗어나갈지, 두고 봐야지.

유튜브라는 새로운 판에서, 영상이라는 새로운 장르에서 나는 이제 초짜 신입이다. 미지의 세계에 갓 발을 들였으니 새로운 것을 하나씩 배우고 차곡차곡 쌓을 것이다. 그리고 이걸 통해 재미난 일을 하게 되길 바란다.

물을 만났을 때 그동안 연습해둔 호흡과 팔놀림, 발차기를 보여줄 것이다. 수천 수만 번 연습한 레이업 슛을 네트에 제대로 던져 넣을 것이다. 언제일지 알 수 없지만 준비할 것이다.

이 글을 쓰고 있는 지금, 내 유튜브 채널의 구독자는 무려 1,000명이 넘었다. 처음엔 10명 남짓, 그나마도 친한 친구들이 호의로 구독 버튼을 눌러준 것이다. 어느새 100배 이상으로 늘었다.

시간은 공평하다. 아무것도 하지 않아도 똑같이 흘러간다. 뭐가 되었든 간에 일단 하면 남는다. 물론 좀 민망할 때도 있다. 하이고, 이 나이에 유튜브에 얼굴까지 공개하고서 이러고 있냐, 아무도 안 보는데 혼자 헛짓하는 거 아니냐, 주책이지.

이런 생각은 멀쩡하던 사람을 아주 쉽게 쭈그러트린다. 그럴 때면 가만히 생각한다. 나는 왜 이걸 시작했지? 유튜브만 그런 게 아냐. 나는 왜 계속 새로운 걸 하는 걸까? 답이 나온다. 그야, 재미있으니까요. 그렇다면 재미가 싹 사라졌을 때 그만두든 말든 해도 늦지 않겠네.

궁금한 게 있다는 건, 하고 싶은 게 있다는 건, 복 받은 일이다. 실행할 의지까지 있다면 최고다. 나이를 먹을수록 그런 게 점점 사라진다. 단순히 한 살 더 먹어서가 아니라, 체력이 떨어지거나 돌봐야 할 사람이 생기는 등 여러 변수가 튀어나와서다.

실패를 겪으며 굳은살과 맷집이 생겼지만, 때론 그게 나를 무감각하게 만들기도 한다. 그렇게 좋아했던 것이 더는 아름다워 보이지 않는 순간도 온다. 앞으로 더 심해질지도 모른다. 그러니 오늘 무엇인가에 끌린다면 그 감정이 사라지기 전에 당장 해야죠!

몇 개월이 지난 지금, 처음보다 확실히 나아졌다. 영상 편집 프로그램도 어느새 꽤 능숙하게 다룬다. 편집 속도도 몇 배로 빨라졌다. 변화가, 발전이 있다.

꾸준히 하는 건 중요하다. **눈과 손, 귀와 입, 내 전부가 무뎌지지 않게 워밍업하는 것이다.** 몸을 풀어 놓아야 크고 작은 즐거움을 캐낼 수 있다. 그렇게 생각하니 나의 셀프 안식년에 대한 기대가 더 커진다.

여행이기도 하고, 체류이기도 하다. 일탈이기도 하고, 일상이기도 하다. 글을 쓰고 그림을 그리며, 사진과 영상을 찍어 편집할 것이다. 그 모든 과정을 즐길 것이다.

빡빡한 나, 예민한 나, 날이 바짝 서 있던 내가 어쩌면 좀 변할지도 모른다. 재미있을 거야.

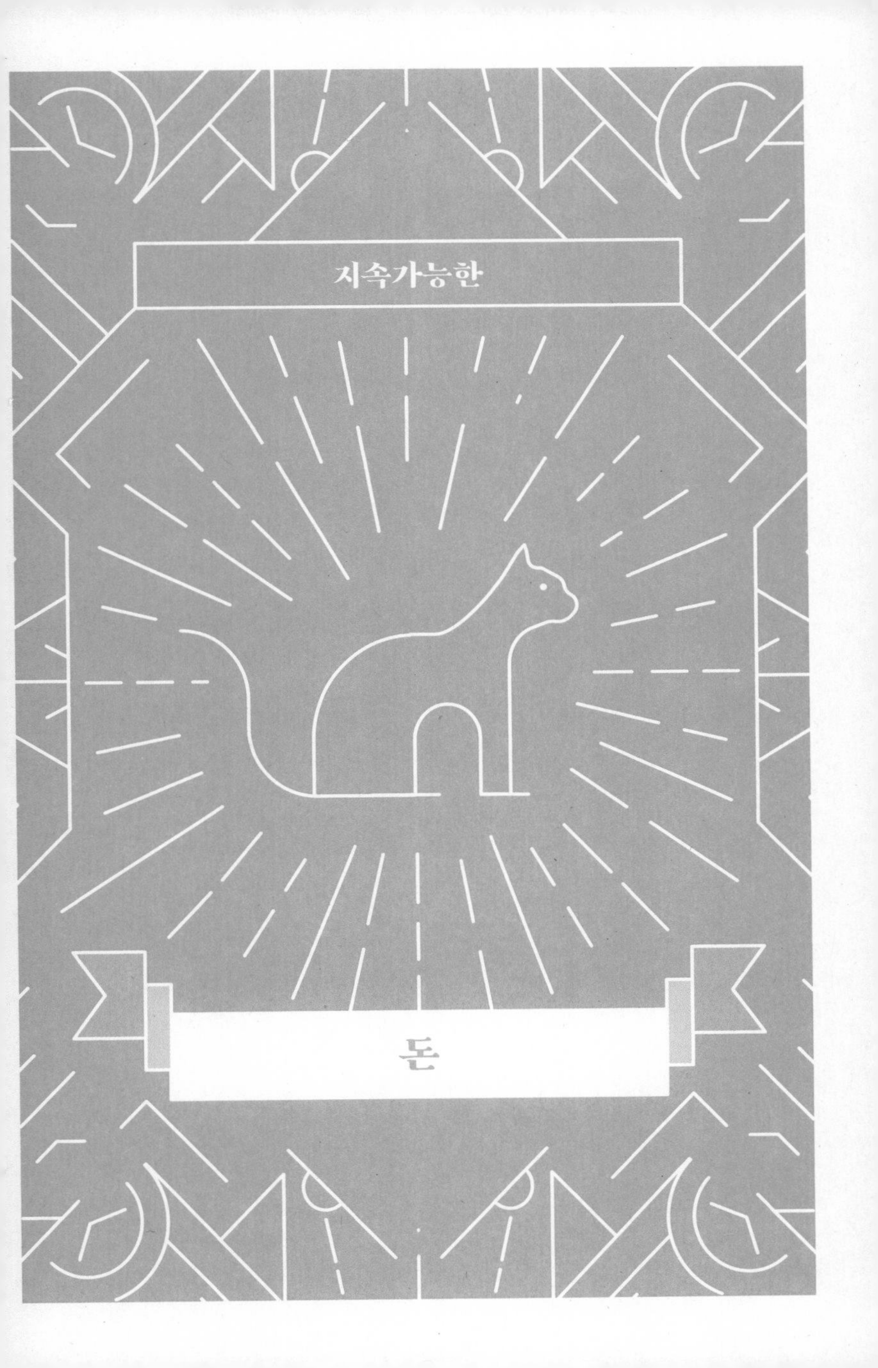
지속가능한
돈

24

'돈지랄'의 즐거움에 대하여

세상에는 아름다운 지랄이 있다. 하면 할수록 좋은 지랄, 돈지랄이다. 얼마든지 시켜주시라. 아주 잘할 자신이 있다. 내 안에는 엄청난 잠재력이 숨어 있다. 그저 돈이 없으니 지랄밖에 못하는 것이다.

돈은 중요하다. 돈은 소중하다. 돈은 생활을 쾌적하게 만들어준다. 삶의 질을 높여주고 여유를 선물한다. 버는 데는 시간이 걸리지만 쓰는 건 금방이다.

몸무게 1킬로그램을 빼는 데는 한 달이 걸릴 수도 있지만, 1킬로그램을 찌우는 데는 10분도 채 걸리지 않는 것과도 같다. 그러고 보니 감량은 고통스럽지만, 증량은 매우 행복하다는 것도 비슷한 점이다. 치킨을 떠올려보세요. 절로 입가에 미소가 지어지지 않습니까.

치앙마이에는 마사지 샵이 많다. 아주, 매우, 무척, 대단히 많다. 이 동네에 왔다면 '1일 1마사지'는 기본이다. 마사지를 받기 좋은 때는 한낮인데, 하루 중 가장 더울 때 어두컴컴한 실내에서 시원한 에어컨 바람을 맞으며 온몸을 시원하게 푸는 게 최고다.

이 도시를 찾은 사람들은 대부분 한낮엔 열심히 관광하고, 해가 지고 나서야 마사지를 받으러들 오기 때문에 이 시간은 언제나 한가하고 조용하다. 그리고 왠지, 좀 더 신경 써서 정성 들여 마사지해주는 것 같다.

타이 마사지는 2시간이 기본인데, 1시간 코스도 있지만 좀 아쉽다. 2시간이 딱 좋다. 헐렁한 옷으로 갈아입고 침상에 누워 눈을 감으면, 눈꺼풀 위에 수건을 살짝 덮어준다. 마사지 전문가는 손바닥과 팔꿈치로, 때론 보조 기구를 동원해 온몸을 누르고 문질러 풀어준다. 어지간한 체력으론 못하겠다는 생각이 들 정도로, 자신의 몸무게를 실어 정성을 다한다.

마사지를 즐기는 내내 머릿속엔 한 가지 생각이 둥실둥실 떠다닌다. '돈이 최고다'라는 생각. 그래, 맞아. 돈이 최고다. 그 누가 내 몸을, 머리와 목과 어깨와 가슴, 배와 허벅지와 정강이와 발목을 이리 뒤집고 저리 뒤집어가며 꼬박 2시간 동안 열심히 마사지해주겠습니까. 2시간, 120분을요.

부모? 형제? 연인? 배우자? 자녀? 하이고, 택도 없는 소리다. 바라지도 않는다. 나 역시 그들에게 그렇게 해줄 자신도, 마음도 없다. 전문가에게 돈을 내고 제대로 된 서비스를 받는 게 좋다. 이러니 돈이 최고라는 말이 나올 수밖에.

하지만 막상 "돈이 다가 아니다"라는 말을 들으면 자동으로 "그럼요" 소리를 한다. 그렇게 대답해야만 뭔가 윤리적이고 도덕적인 사람으로 보일 것 같기 때문이고, 속물이란 비난을 듣지 않을 것 같기 때문이다. 점잖은 사람, 배운 사람은 그래야 하는 것 아니겠습니까? 여하튼 어느 날 딱히 할 일이 없길래 커피 한잔 앞에 두고 진지하게 생각을 해봤다. 돈으로 안 되는 게 뭔지, 그런 게 있긴 한지 따져봤다 이겁니다. 그랬더니, 어머나? 별로 없는데?

물질적인 거야 당연히 이거 얼마예요? 물어본 다음 여깄습니다 하고 돈을 내거나 카드를 북 긁으면 손에 넣을 수 있으니 패스한다. 그렇다면 정신적인 부분은? 사랑은 어떨까? 돈으로 살 수 없다고들 하는데, 정말일까?

김중배의 다이아몬드 반지가 그렇게 좋더냐고 이수일이 심순애를 향해 울부짖었다지만, 그 전에 그가 평소 그녀를 어떻게 대했는지 궁금해진다. 이수일은 돈만 없는 걸까, 아니면 돈도 없는 걸까? 혹시 김중배는 돈까지 있는 사람은 아닐까?

어쨌든 깨져버린 사랑을 돈으로 다시 이어 붙일 수 있느냐는 문제에 대해서라면, 그야 물론 1대 1로 등가교환을 하는 건 어려울 수 있겠다고 답하겠다. 하지만 내가 누군가를 찼는데 기분이 참 찜찜하면서 괜히 미안하고 그럴 때, 혹은 내가 차여서 이보다 더 엿 같을 수 없을 때 말이에요.

그럴 때 돈이 있으면 기분 전환 삼아 머리 모양도 쌈빡하게 바꿀 수 있고, 머리끝부터 발끝까지 근사하게 쫙 빼 수도 있고, 좋은 곳에 가서 맛있는 것도 먹을 수 있지 않겠습니까. 그뿐인가요, 기분도 안 좋은데 여행이나 가자며 짐을 챙겨 어디로든 갈 수 있습니다. 혼자 가기 싫다면 둘이든 셋이든 얼마든지 친구를 부를 수도 있죠. 야, 내가 쏠게! 오늘 확 놀자!

우정은? 존경은? 사랑만큼이나 고귀하게 느껴지는 요런 것들을 돈으로 살 생각을 하다니 불경스럽기 그지없다. **하지만 나의 친절과 여유, 나의 미소와 우아함은 모두 계좌가 빵빵할 때 가장 자연스럽게 좔좔 흘러넘친다.**

돈이 간당간당할 땐 친구 모임도 왠지 불편하다. 일단 오긴 왔지만 안절부절못한다. 누구 한 명이 쏘면 참 좋겠지만 당연히 1/n이겠지? 뭐 하나 더 시키고 싶지만 참아야겠지? 누가 사준다고 해도 마냥 좋을 수 없다. 마음이란 게 참 그렇다. 이런 생각들이 머리에 가득한 채로 뭔 놈의 즐거운 대화, 웃어도 웃는 게 아니다. 나도 모르는 사이, 얼굴에 티가 확확 날 것이다.

공부는 어떨까? 창작은 어떨까? 돈이 있다고 해서 모든 걸 이룰 수는 없지만, 일단 시도해볼 수는 있다. 학원에 다니든 학교에 다니든 개인 레슨을 받든, 뭘 하든 돈이다. 해본 다음, 야 이거 재미있네, 딱 내 스타일이네! 라며 더 깊이 파 들어가려면 또 돈이다. 해보긴 했는데 나랑은 잘 맞지 않네, 다른 걸 해봐야겠어 할 때도 돈이다. **제2의 기회, 제3의 기회를 만들어 주는 건 결국 돈이다. 실패할 여유가 생긴다.**

그놈의 가성비를 따지지 않아도 된다. 지마켓에서든 옥션에서든 최저가 정렬부터 하지 않아도 된다. 그렇게 생각하니, 헐! 돈 진짜 좋은데?

하지만 만약 나의 어린 조카(미취학 아동입니다)가 **"이모, 있잖아요~ 돈이면 다 되는 거예요?"**라고 묻는다면… 우와, 그럼 어떻게 대답해야 하는가. "당연하지, 돈이 최고야!"라고 온 마음을 담아 외쳤다가는 뒤에서 애 엄마(나의 언니)가 눈을 부라리며 손톱을 드릉드릉할 것이다. 머리채를 잡힐 수도 있다.

그러니 "착한 조카야, 그렇지 않아. 세상엔 돈보다 중요한 것들이 많단다"라고 대답해야겠지…. 그렇게 생각하니 나 어릴 적 어른들이 어째서 돈이 다가 아니라는 말을 했는지 알 것도 같다.

그나저나 이 즐거운 돈 쓰기에 왜 '지랄'이라는 비속어가 찰싹 달라붙은 것일까? 단순히 돈을 아껴아껴, 모아모아 부자가 돼라는 의미만은 아닐 것이다. 돈을 쓰는 것은 지랄, 즉 천한 행위이니 삼가고 대신 몸으로 때우라는 것이겠지.

가사 노동 전문가에게 적절한 비용을 지급하고 집안일을 맡기는 대신 직접 몸뚱이를 갈아넣으라는 거겠지. 커피 전문점에서 몇 천 원짜리 커피를 테이크아웃하는 대신 자판기 커피를 뽑아야 개념 있는 사람이라는 거겠지. 네, 뭐라고요? 아예 집에서 타 갖고 오면 더 좋다고요? 이게 말이야, 방구야?

여러분, 우리 돈지랄이란 소리에 주눅 들지 말자. 얼마간의 돈으로 해결할 수 있는 일엔 망설이지 말고 돈을 바르자. 자신에게 잘해주자. 돈으로도 안 되는 일, 그게 진짜 큰일이다. 그런 일은 언젠가 벌어지기 마련이니, 그때를 위해 평소에 돈으로 체력을 비축해놓자.

하지 않아도 될 고생은 하지 말자. 젊어 고생은 사서도 한다는 말은 공짜 일을 시키려는 쪽에서나 하는 소리다. 대꾸할 가치도 없다.

25

하기 싫은 일을 안 할 수 있는 힘에 대하여

셀프 안식년을 누리기로, 1년간 쉬어가기로 마음먹고 나니, 왠지 평소보다 더 용감해지고 과감해진 기분이 들었다. 물론 1인 기업가인 프리랜서에게 안식년이란 곧 365일의 무급휴가고, 자칫하면 원치 않는 366일째 아침을 맞이할 수도 있다. 그러니 무조건 내키는 대로 질러버릴 수는 없다는 얘기다.

자, 신중해지자. 레이아웃을 잡은 후 큼직한 그림을 그려 나갔다. 한곳에서 머물지 않고 여러 나라에서 한두 달씩 체류해 보자 마음먹었으니, 지역별로 대략의 생활 물가를 검색해 데이터를 쌓고, 숙소와 항공권 비용을 더해 예산을 세웠다. 필수 경비를 산출하고, 적절한 비율의 여윳돈도 가늠했다. 당연한 말이지만, 여윳돈이란 넉넉할수록 좋다. 그리고 돈을 모았다.

여행작가로 오래 일한 만큼 여행 경비 모으는 것에 나름의 노하우가 있다고 자부하지만(답은 오로지 적금뿐입니다), 중장기 체류 비용은 전혀 다른 세계였다. 와, 빡빡했어요. 하지만 저는 해냈습니다.

여행이든 체류든 필요한 건 사실 두 가지다. 여권과 돈. 딴 거 없다. 그것만 챙기면 준비 끝이다. 한 해의 생활비를 모았다는 것은, 그 1년간 일하지 않아도 된다는 뜻이다. 이후의 일은 아직 알 수 없지만, 어쨌든 나는 안식년을 누릴 수 있다.

그렇게 생각하니 마음이 편해졌다. 갑자기 용감해졌다. 하기 싫은 일을 하지 않을 용기가 생긴 것이다. 일을 거절한다는 건 나에겐 참으로 굉장한 사건이다. 20년간 쉬지 않고 프리랜서로 일하면서 제안을 거절해본 경험이 거의 없다. 거절은커녕, 작업 비용 흥정도 쉽지 않았다. 혹시나 있을지도 모를 그다음 기회까지 사라질까 두려워, 기약 없는 나중을 위해 오늘을 인질로 잡힌 채 일했다.

그런데 일 년 치 경비를 모아놓고 나니, 어차피 나는 곧 떠난다 이거야! 하며 용감해졌다. 뭐, 그래 봤자 무리한 일정의 일을 거절한다거나, 받을 만한 고료를 요구한다거나 하는 상식적인 행동들이다. 하지만 나에겐 큰 의미였다.

해달라는 대로, 일정이든 분량이든 혼자 끙끙대며 다 맞춰

줬지만. 정작 나에게 득 되는 게 별로 없다는 걸 깨닫기까지 너무 오래 걸렸다. 그렇게 해주지 않으면 큰일 나는 줄 알았다. 혼자 모든 걸 짊어진 프리랜서는 기댈 곳도, 마음 둘 곳도 없다.

그때까지 나를 옭아매던 일 하나를 그만두었다. 오랫동안 도돌이표처럼 수정을 거듭하던 일에서 손을 떼고, 컴퓨터 바탕화면에서 그 작업 폴더의 바로 가기 아이콘을 삭제했다. 일주일 전에 먹은 칼국수까지 싹 소화되는 것 같았다.

돈이 넉넉하다는 건 하기 싫은 일을 하지 않아도 된다는 의미다. 세상 모든 걸 다 가지겠어, 뭐든 다 하겠어! 라는 것보다 이게 먼저다. 하기 싫은 일 안 하고, 보기 싫은 사람 안 봐도 되는 게 아아… 얼마나 행복한 일인가요.

혹은 반대로, 여유가 생기고 나니 그 일이나 사람이 꽤 좋아지기도 한다. 스트레스를 이만큼 덜어낸 덕분일지도 모르겠다. 대체 돈이 뭐길래 사람을 이렇게 왔다 갔다 하게 만드는 것인가.

"저희가 예산이 너무 없어서요"라며 고료를 깎는 대신, 맛있는 걸 한턱내겠다는 업체 담당자를 종종 본다. 설마 사비는 아닐 테고 법인카드겠지요? 전혀 반갑지도 고맙지도 않다. 그럴 거면 그 법카로 카드깡이라도 해서 단돈 만 원이라도 더 줬으면 좋겠다. 카드깡은 합법이 아니라는 것쯤은 잘 알고 있다. 오죽하면 이런 소리를 하겠습니까.

그리고 어지간히, 정말 어지간히 관계가 좋은, 오래되고 편안한 사이가 아니라면 굳이 차려입고 나가서 형식적인 안부를 나누며 식사하고 싶지 않다. 생각만 해도 명치가 쑤신다. 상대방도 결코 편하지도 즐겁지도 않을 것이다. 서로 네, 네, 하며 어색한 대화를 나누겠지.

양쪽 모두 사회생활용 미소를 얼굴 가득 그윽하게 띄우곤 있지만, 담당자 역시 일개 직원일 뿐 오너가 아니잖아. 물론 해당 업체의 오너가 직접 왕림하시어 번쩍이는 법인카드를 기세좋게 휘두른다고 해도 불편하긴 마찬가지다. 때로는 심지어 흥에 겨운 나머지, 나에게 감정적인 접대부 노릇을 요구하기도 한다. 아, 쫌!

그러니, 그냥 돈으로 줘요. 내가 일을 제대로 했다면 당신네도 돈을 제대로 지급하면 되는 거 아닙니까. 돈은 중요하다. 돈은 소중하다. **수고하셨어요, 반응이 좋더라고요, 라는 격려와 칭찬이 중요한 것만큼 돈도 똑같이 중요하다.**

격려와 칭찬이 나의 지나간 수고를 감정적으로 보상한다면, 돈은 내가 오늘을 즐겁게 보내고 내일을 준비할 수 있게 해준다. 돈이 있어야 뭘 하든, 아무것도 안 하든, 할 수 있다.

돈 타령이라니 천박해, 돈으로 행복을 살 수 없어, 돈은 영원하지 않아. 고고한 인간들은 이런 소리를 한다. 내가 언제 영원한 것을 바랬던가? 오늘, 그리고 내일을 내 뜻대로 보낼 자유와 쾌적함을 원한다고 했지, 영원 타령을 했었나?

나는 나를 무척 사랑하는데, 앞으로도 계속 아끼고 사랑하려면 돈이 필요하다. 즐겁고 행복해질 방법은 이미 알고 있으니 그걸 실천할 돈만 있으면 된다. 그럼 내가 알아서 삶아 먹고 구워 먹고 튀겨먹고 볶아먹으며 셀프로 행복해질 테니까.

돈도 평소에 야금야금 써봐야 한방 크게 쓸 때 제대로 지를 수 있다. 우리는 자신을 스스로 아끼고 보살피는 연습을 꾸준히 해야 한다. **내가 열심히 번 돈은 내가 써야 하며, 나를 위해 저축해야 한다.** 챙길 건 챙겨야 한다. 그렇지 않으면 잠깐 사이에 그 돈 다 날아간다. 차곡차곡 어딘가에 쌓여 있을 것 같지만, 내가 쓰지 않으면 다른 사람이 쓴다.

거참 희한하네, 좀 모았다 싶을 때면 왜 꼭 돈 나갈 일이 생길까 싶죠? 실은 다른 이들이 누울 자리를 보고 비비는 것이랍니다. 특히 비혼 여성은 집안의 돈주머니 역할을 하게 되는 경우가 많다. 넌 애도 없으니 여유 있지 않느냐는 건데… 여보게, 언제까지 그렇게 살 텐가!

주머니를 열기 전에 먼저 상황을 파악하고, 마음의 소리에 귀 기울이자. 나는 이 돈을 돌려받을 수 있는가? 과거의 회수율은 어땠는가? 그리고 나는 지금 자의로 주머니를 여는 것인가, 아니면 타의에 의한 것인가?

하기 싫은 일을 하지 않기 위해 가장 먼저 필요한 것은 용기가 아니라 돈이다. 돈이 있으면 용기가 생긴다. 돈주머니를 딱 쥐고 있어야 이거다 싶을 때 예스를, 아니다 싶을 때 노를 말할 수 있다. 더없이 너그러운 표정으로. 안식년 덕분에 여러 가지를 배운다.

26

1인 생활자의 재테크에 대하여

– (지금은 건강해도 나중에) 몸 아프면 어떡할래?

– (지금은 여유 있어도 나중에) 돈 없으면 어떡할래?

– (지금은 주위에 사람이 있어도 나중에) 혼자 외롭게 어떡할래?

사람들은 비혼자에게 참 관심이 많다. 그 따스한 관심을 금은보화로 표현해준다면 참으로 고맙겠지만, 대부분은 돈 들지 않는 말 몇 마디로 대신한다. 위에 쓴 문장들이 대표적인데, 결국은 '지금은 괜찮아도 나중엔 어떡할래?'라는 질문으로 수렴된다.

이게 다 나를 위해서 하는 소리라고들 하지만 때론 좀 헷갈린다. 서로의 안부를 묻고 잘 지내길 바라는 사람도 있지만, 유난히 가시 돋친 말투로 일상을 캐내려는 사람도 있다. 오늘의 내가 너무 멀쩡해 보여 화가 난 것 같기도 하다. 나는 이것도 힘들고 저것도 힘든데, 넌 왜 혼자 자유로워 보이냐, 억울하다! 라며 같이 힘들자고 저주하는 것 같기도 하다.

내일을 미리 겪어본 사람도, 미래를 투명하게 내다보는 사람도 없다. 누구에게나 공평한 미지의 세계다. 알 수 없으니 금세 불안해진다. 무슨 일이 일어날 것만 같은데 그게 뭔지 모르니 뭘 어떻게 대비해야 할지도 모르겠다. 생각할수록 어휴, 두려움이 점점 커진다.

일어나지 않은 온갖 불행을 상상하고, 어깨너머로 주워 들은 건넛마을 누구 씨 댁의 안타까운 사례를 끌어다 자신의 미래에 어거지로 대입시켜본다. 그리고 나에게도 같은 걸 들이민다.

"자 봐라, 혼자 살다가 이런 일을 당했댄다. 어떡할래?"

아니 뭘 어쩌긴 어째요. 여기서 말을 더 섞어봤자 좋은 건 아무것도 나오지 않는다. 그 시간에 돈 모아 대비할 궁리를 하는 게 훨씬 낫다. 이런 대화 따위는 가능한 한 짧게 자르고 내 길을 가겠다.

일로, 또 좋아서 여행을 자주 한다. 혼자 여행하려면 돈이 든다. 여행이야 한 손에 여권, 한 손에 신용카드 들고 하는 것이니 돈이 가장 중요한 건 당연하지만, 혼자라서 더 내야 하는 돈이 있다. 왜, 패키지여행을 해도 싱글 차지니 뭐니 해서 혼자 온 손님에게 돈을 더 받잖아요. 자유여행도 다르지 않습니다.

혼자서 여행 한번 다녀와 보면, 누군가와 경비를 나누어내는 게 얼마나 달콤한 것인지 느끼게 된다. 1/n이란 진정 꿀이다, 꿀! 혼자서는 숙박비도, 교통비도, 식비도, 모두 훅 뛰어오른다. 나는 오랫동안 혼자 다니느라 이걸 잘 느끼지 못했는데, 얼마 전 여섯 명이서 우루루 짧은 여행을 다녀온 후 깜짝 놀랐다. 생각보다 회비도 너무 적었고, 심지어 돈이 꽤 남기까지 했다는 총무의 말에 기절할 뻔했다.

널찍하고 좋은 집을 빌려, 맛있는 걸 다양하게 실컷 먹고(이게 최고였다! 혼자선 다양하게 먹기 어렵다), 택시를 타고 편하게 돌아다녔는데도 돈이 남았다구? 야, 그동안 혼자 다니느라 돈 너무 많이 썼구나!

길거나 짧은 여행도 이런데 혼자 산다는 것은, 어휴… 일단 한숨부터 푹 나온다. 어휴, 어휴, 어휴! 1인 가구는 힘들다. 게다가 나는 프리랜서다. 일하는 대로 돈 벌어서 혼자 다 쓰면 되는 거 아니냐고들 하지만, 뒤집어 생각해보자. 조직에 소속되지 않은 노동자라는 건 하루라도 놀면 그날 수입이 '0'이라는 뜻이고, 노는 대로 쫄쫄 굶어야 한다는 소리다.

직장 건강보험과 지역 건강보험 금액 차이를 아십니까. 그걸 알고 나면 아마 지금의 직장이 무척 소중하게 느껴질 겁니다.

없으면 없는 대로 살지 뭐, 난 큰돈 안 드는 사람이야라고 생각했다. 그런데 이것도 상대적으로 젊을 때나 좀 먹힐 소리다. 있으면 있는 대로 살 수 있지만(와… 되게 좋겠다), 없으면 없는 대로 살기 어렵다.

나이를 먹을수록 체력이 떨어지고, 체력이 떨어지면 멘탈이 흔들린다. 주거 공간도 점점 더 중요해지는데, 예전처럼 종일 밖을 돌아다니는 대신 집 안에서 보내는 시간이 늘어나서다. '집이 최고다'라는 말을 온몸으로 이해하게 된다.

그저 내 몸 누일 방 한 칸이면 된다고 생각했지만, 언제부턴가 그 방이 좀 더 쾌적했으면 좋겠고, 가구도 좀 더 안락했으면 좋겠다. 그리고 쾌적함과 안락함의 기준도 슬슬 높아진다. 눈높이란 좀체 내려가진 않으면서 한도 끝도 없이 올라가기만 한다.

이젠 무릎 꿇고 걸레질, 아이고 못한다! 당장 무릎이 너무 아프다. 괜찮은 물걸레 청소기도 가격이 꽤 되는데, 그나마도 검색하다 보니 자꾸 로봇 청소기가 탐난다. 통돌이 세탁기에서 빨래를 꺼내다 허리를 삐끗한 후론 드럼 세탁기에 눈이 가고, 이왕이면 세탁기 위에 건조기도 올려놓고 싶다.

언제부턴가 눈도 코도 목도 잔뜩 예민해져 눈물 콧물 기침이 계속 나온다. 공기청정기가 필요하다. 이상하네, 분명히 20대랑 30대엔 이렇지 않았는데 자꾸 돈이 들어가네.

그렇습니다. 같은 문제를 해결하기 위해 그동안 체력을 갈아 넣었다면, 이젠 슬슬 돈으로 메꿔야 하는 시기가 된 것이죠.

물론 1인 가구가 아니어도 다르지 않다. 모두 똑같이 나이를 먹고, 우수수 체력이 떨어지며, 돈이 더욱 소중해진다. 지금 하는 일이 영원하지 않다는 것, 나를 불러주는 곳이 어느 순간 뿅 하고 몽땅 사라질 수 있다는 것을 염두에 두어야 한다. 생각만 해도 공포스럽지만, 패닉하는 대신 마음을 굳게 먹자.

우리는 돈을 모아야 하고, 안정적인 수입원을 만들어야 한다. 우리에겐 각자의 상황이 있고, 기대할 수 있는 도움의 수준도 다르다. 그러니 정답도 없다. 내 경험을 바탕으로 이야기하는 것이니 독자께서는 필요한 부분을 골라 받아들이시기 바랍니다.

좋다. 나에게 필요한 것은 돈인데, 가까운 미래에 사용할 돈과 은퇴 후의 경비가 필요하다. **돈을 모을 땐 최대한 남이 모르게 하는 게 좋다. 그리고 '남'에는 가족도 포함된다.**

이 경계를 제대로 긋지 않으면, 자칫 내가 벌어 남이 다 가져다 쓰는 상황이 발생한다. 그리고 그는 나의 오늘과 내일을 책임지지 않는다. 애초에, 내가 모은 돈을 싹 가져다 쓸 정도로 급하고 궁한 사람에게서 나중이라고 제대로 된 게 나올 리가 없다는 걸 우리는 이미 알고 있다. 그저 당장 마음이 불편하고 죄스러워, 그동안 모아둔 돈을 한숨 쉬며 내놓는 것뿐이죠.

어느 날 갑자기 고정 수입이 뚝 끊기더라도, 최소한 6개월에서 1년은 생활할 수 있는 비상금을 마련하는 게 첫 번째다. 일단 이만큼의 돈을 어떻게든 만들어놓은 후, 거기서부터 시작한다. 미래의 모든 순간을 대비하는 건 불가능하지만, 아주 가까운 미래에 대한 대비는 꼭 필요하다. 6개월은 다시 말하지만, 최소한의 단위다. 길게 잡을수록 좋다.

통장은 생활비용과 비상금용으로 2개를 만드는데, 비상금용 통장은 출금 카드를 만들지 않는다. 카드가 있으면 괜히 빼서 쓰고 싶어지니까. 그리고 돈이 생기는 족족 넣고, 잊어버린다. 함께 연습해볼까요?

1. 오, 돈이다!
2. 냅다 계좌에 넣는다.
3. 잊는다.

참으로 아름답고 간단한 3단계다. 말하자면, 먹는 양을 줄이고 적절한 운동을 병행하면 체중을 감량할 수 있다는 것과도 비슷하다. 아, 네, 그렇죠…라고 말할 수밖에 없지만 실천하긴 더럽게 어려운, 듣고 있으면 괜히 짜증 나는 소리. 하지만 가장 확실하고, 가장 뒤탈이 적은 방법이다.

그러니 고정 수입이든 부수입이든, 일단 손에 돈이 들어오면 위 3단계에 따라 행동한다. 정해둔 금액을 비상금 계좌에 넣은 후, 남은 돈으로 생활하는 것이다.

가계부를 쓰고 주기적으로 통계를 내어 자산 현황을 파악하자. 내 손에서 얼마의 돈이 오가는지, 그 숫자에 익숙해지려면 훈련이 필요하다.

우선, 생활비를 약 30일로 나누어 하루의 예산을 가늠해본다. 하루에 이 정도 쓰면 되는구나, 라는 걸 눈으로 보는 것이다. 그리고 실제로 그만큼을 사용하고, 남은 돈은 다음날로 이월한다. 익숙해지면 주 단위, 월 단위로 폭을 넓혀 돈 관리 연습을 한다.

단위가 커질수록 큰돈을 굴릴 수 있고, 큰 손이 될 수 있다. '일'에서 '주'로, '월'로, 나아가 '연' 단위의 큰그림을 그리자. 한달음에 훌쩍 뛰어오는 건 어렵지만, 차곡차곡 스텝을 밟으며 연습하면 된다.

꾸준한 가계부 정리가 좋은 연습이 될 것이다. **나는 15년 넘게, 10원 단위로 정리하고 있다.**

큰그림을 그리면 돈 지출의 패턴이 보인다. 자잘한 거야 들쑥날쑥하지만, 큰돈 나가는 시기는 보통 정해져 있다. 패딩이나 코트처럼 비싼 옷값이 훅 나가는 계절, 경조사비 지출이 많은 계절, 자동차 보험료 내는 달, 휴가철 등이다. 이렇게 가계부에 구멍 나는 시기엔, 여유 있을 때 이월해둔 돈을 착착 발라서 곱게 메꾼다.

부모님과 함께 산다면 더욱 유리하다. 주거비가 굳으니, 기뻐하며 통장에 그만큼의 돈을 더 모은다. 가족을 포함한 남이 "얘, 너 돈 좀 있니?" 하고 물으면 비상금 통장의 잔고를 떠올리며 뿌듯한 표정으로 "네, 얼만큼 있어요!" 하지 말고, 생활비 통장의 잔액을 가늠하며 대답하자.

아니, 회사를 몇 년씩 다녔는데 돈이 그것밖에 없니 어쨌니 등의 잔소리를 들을 수도 있지만, 알아서 하고 있다며 대화를 짧게 끝내자.

우리에겐 나만을 위한 돈이 필요하다. 돈을 모아 나를 위해 써야 한다. 티끌 모아 티끌이니 뭐니 하며 자조하지 말자. 그 티끌이 한없이 아쉬워질 때가 분명히 온다.

그걸 싹싹 긁어모아, 무엇보다 집을 마련해야 한다. 내 집! 최대한 빨리 청약저축상품에 가입하고, 명의는 절대로 빌려주지 않는다. 살다 보면 가족 누군가가 집을 사야 한다며 손 내미는 일이 생길 수 있는데, 많은 경우 오빠나 남동생 등 남자 형제가 장가가야 한다며 요청한다. 애초에 그들을 위해 가입한 청약저축상품이 아니라면 거절하자. 그 집은 영원히 내 것이 되지 않는다.

거절은 빠르고 짧을수록 좋다. 내가 잘 사는 게 모두를 위한 길이다. 집은 내 삶을 꾸리기 위한 기본적인 공간이다. 쾌적하게 가꾸어, 매일의 안정감과 행복을 만들어나갈 공간. 거주 불안이 해소되면 우리는 날개를 달게 된다.

돈과 건강, 건강과 돈. 양손에 하나씩 꼭 쥡시다! 그리고 행복하게 나이 들어요, 우리.

27

'자기만의 방'에 대하여

십 수 년 전, 혼자 쓰기 좋은 아담한 오피스텔을 샀다. 받을 수 있는 최대한의 대출을 받았다. 이미 몇 년 동안 이곳저곳 전전하며 작업실을 운영하고 있었으니 어차피 매달 내는 월세, 은행에 대출 이자로 내는 거랑 뭐가 다른가 싶었다.

예금과 적금 통장이나 만들어봤지, 그런 심오한 업무로 은행을 찾은 건 난생처음이었다. "결혼 안 하셨어요? 직장이 없으시다구요? 회사 다니는 남편분이 있으시면 일이 쉬워지는데…"라는 얘기를 들으며 영원히 끝나지 않을 것 같은 대출 서류 준비를 했고, 어쨌든 해냈다.

주변에서 한마디씩 했다. **서른이 되기도 전에 내집마련을 하다니! 복부인! 재벌!!!**

하지만 달라지는 건 없었다. 전과 다름없이 일하고, 돈이 생기는 즉시 대출금을 상환했다. 대출 원금이 줄어드는 걸 보고 있으면 정말 뿌듯하다. 이 숫자가 줄고 줄어 '0'이 되는 날, 이 오피스텔은 온전히 내 것이 된다.

까마득하게만 느껴지던 순간이 드디어 왔고, 나는 그날 아주 맛있는 걸 사 먹었다(연어 초밥… 살살 녹더라고요…). 그리고 숨 한번 돌린 후, **다음 부동산 구매를 알아보기 시작했다.** 한 번 제대로 해내니 그다음으로 나아갈 동기와 용기가 생겼다.

집과 관련된 나의 좌우명은 "내 몸뚱이가 들어가 사는 집은 재산으로 생각하지 않는다"는 것이다. 그건 생존을 위한 필수 공간이지, 언제든 처분해서 마음대로 쓸 수 있는 재산이 아니라고 생각한다. 지금은 영혼까지 끌어당겨 대출을 받아 아파트를 샀고, 집 겸 사무실로 사용한다. 방과 거실, 주방이 분리된 곳이라 원룸 오피스텔보다 훨씬 쾌적하다.

오피스텔 구매를 앞뒀을 무렵, 아버지가 껄껄 웃으며 말씀하셨다. "누구누구 아저씨 있지? 그 양반이 나보고, 딸내미 절대로 집 못 사게 해야 한다더라." **이유인즉슨, 시집 안 간 딸에게 집이 생기면 영영 시집 안 가고 버틸 거라는 것.**

그 아저씨가 뭘 걱정하는지, 그분에게 뭐가 중요한지, 그 얘기만 들어도 확실히 알 수 있었다. 그렇다. **내 것을 가진다**

는 건 내 목소리를 또렷하게 낼 수 있다는 의미다. 나에게 힘이 생긴다는 것이고, 그 힘으로 원하는 걸 선택할 수 있다는 뜻이다.

'나는 여러분이 무슨 수를 써서라도 여행하고 빈둥거리며 세계의 미래와 과거를 성찰하고 책을 읽고 공상에 잠기며 길거리를 배회하고 사고의 낚싯줄을 강 속에 깊이 담글 수 있기에 충분한 돈을 여러분 스스로 소유하게 되기 바랍니다.'

– 버지니아 울프, 『자기만의 방』

버지니아 울프는 1882년에 태어나 1941년에 죽었다. 여성에게 집은커녕 방 한 칸도 쉽게 주어지지 않던 시절, 어떻게든 돈을 손에 넣어 자기만의 공간을 꾸리라고 말하는 울프의 절절한 마음이 느껴진다.

주거 안정은 모든 것의 기본이고 기반이다. 내 집은 중요하다. 하루아침에 살던 곳을 비워줘야 하는 일이 생기지 않는다는 건, 삶 전반에 대단한 안정감을 준다.

동네가 어디든, 건물이 얼마나 크든 작든, 내부가 넓든 좁든, 일단 이 안에 들어와 있으면 나보고 나가라 소리 할 사람이 없다. 1년이나 2년에 한 번꼴로 이사할 집을 찾아 헤매지 않아도 된다. 중개 수수료와 이사 비용을 비롯한 온갖 소모적인 비용을 낼 필요도 없다. 아, 좋다 좋아. 그중에서도 최고는 휴대폰에 '집주인'이라는 번호를 저장하지 않아도 된다는 것이다. 배운 적도 없는 훌라춤이 절로 나온다.

집을 마련하기 위해선 보통 거액의 대출을 받아야 하고, 매달 원금과 이자를 상환해야 한다. 만만찮은 돈이 계속 나간다. 수입이 불규칙한 프리랜서 입장에선 부담스럽고, 심지어 무섭기까지 하다. 숨이 턱 막혀 잠을 이루지 못할 때도 있다.

그런데, 세를 사는 경우도 사실 크게 다르지 않다. 집주인에게 매달 꼬박꼬박 월세를 내야 한다. 그리고 그 돈은 나에게 다시 돌아오지 않는다. 하지만 은행에 돈을 상환하다 보면 언젠가는 끝이 난다. 내 집이 100퍼센트 내 것이 되는 순간이다.

그러니 어차피 나갈 돈이라면 은행에 주고, 집을 손에 넣읍시다. 나중에 요걸 담보로 잡혀 매달 주택연금을 받든, 직접 세를 주든, 국을 끓이든 지져 먹든 튀겨먹든 간에 일단 내 것 하나는 만들어놓자 이겁니다.

완벽한 곳을 찾기 전까진 집을 사지 않겠다는 사람도 많다. 주변 환경, 교통, 학군 등 따져야 할 게 가득이라 그렇다. 앞으로 집값이 얼마나 오르려나, 떨어지면 어쩌나 걱정도 된다. 당연하다. 인생 최고가의 지름을 앞두고 고민 또 고민할 수밖에 없다.

내가 자동차를 살 땐 어땠더라? 스파크와 모닝 중에서 고민하는데 옆에서 한마디씩 한다. 얼마만 더하면 아반떼 살 수 있어. 오, 그런가 싶어 아반떼를 들여다보고 있으면 누군가 또 들쑤신다. 어차피 몇 년은 탈 건데 조금만 더 쓰란다. 아예 수입차를 지를까? 끝이 없다.

집도 마찬가지다. 완벽한 집이란 없고, 집 구매의 완벽한 때도 없다. 내 집을 장만한 후에도 마음은 쉽게 가라앉지 않는다. 얼마가 올랐네 떨어졌네 하며 부동산 앱을 수시로 들여다본다. 좌우명을 다시 한번 떠올릴 때다. **'내 몸뚱이가 들어가 사는 집은 재산으로 생각하지 않는다'**. 어디 달팽이가 급하다고, 자기 집 뚝 떼어 팔아다 쌀 사던가요.

내가 집을 산 방식은 어쩌면 이미 낡은 것인지도 모른다. 은행 대출을 최대한 받아 집을 사고, 원금과 이자를 차곡차곡 갚아나가고, 여차하면 대출을 끼고 팔기도 하는 방식. 현재 70대인 나의 부모 세대로부터 배운 것이다.

또한 나는 운이 좋은 사람이기도 하다. 학자금 대출을 받을 필요가 없었고, 내가 번 돈으로 가족을 부양할 필요가 없었다. 무엇보다 나는 재테크 전문가가 아니다. 함부로 조언할 수 없다.

하지만 나는 내 이야기를 하고 싶다. 나는 이렇게 했고, 하고 있고, 할 생각입니다라고. 그리고 다른 사람의 이야기도 듣고 싶다. 비혼 여성의 삶, 1인 가구의 삶의 질에 관한 문제는 각자 알아서 끙끙대며 해결할 것이 아니다. 서로의 이야기를 나누고 귀 기울이며 방법을 찾아야 한다. 제도를 마련하고 보완해 보장받아야 한다. **'시집 안 간 딸이 집을 사면 영영 시집을 안 가더라'던 시대를 뒤로해야 한다.**

28

돈 벌려고 일하냐는 뻘소리에 대하여

프리랜서로 일하는 사람들을 위한 '매뉴얼'이나 '강좌'가 필요하다는 생각을 종종 한다. 만약 내가 진행한다면, 가계부 쓰는 요령부터 시작할 것이다. 얼마를 벌었고 얼마를 썼는지, 얼마나 남았는지 10원 단위로 기록해 낱낱이 헤쳐볼 것이다. 그동안 어떻게 살았는지, 그래서 앞으로도 이런 식으로 계속해도 될지 눈으로 똑똑히 보는 시간이 될 것이다.

'작가'라든가 '창작자'라는 호칭은 왠지 찌질한 현실과는 거리가 먼 사람을 부르는 것만 같다. 이슬만 먹고 사는 우아하고 고귀한 존재. 입을 열면 인문학적 소양이 줄줄 흘러나오는 존재. **하지만 창작자도 밥을 먹어야 한다. 땅 파먹고 살지 않는다.** 땅이라니, 상상만 해도 구충제를 먹어야 할 것 같다.

'작가는 이러해야 한다'는 식의 엄숙하고 딱딱한 고정관념은 우리의 발목을 잡고 입을 틀어막는다. 많은 업체가 업무 미팅을 하자며 사람을 불러다 앉혀놓곤, 요즘 경기가 얼마나 안 좋은지, 이 일의 예산은 또 얼마나 적은지 하염없이 떠들어댄다. 아니 됐고요, 그래서 얼마냐고 딱 잘라 물으면 당황한다.

그나마 경력이 좀 쌓였다고 내 쪽에서 돈 얘기를 편하게 꺼내는 것이지(실은 편한 척하는 것이지만), 일을 시작한 지 얼마 안 됐을 땐 그런 얘기를 하기 어려웠다. 심지어 어린 친구가 돈 벌려고 일하냐는 말도 들어봤다. 응? 지금 내가 무슨 말을 들은 거지?

따뜻하려고 히터 틀었고, 시원하려고 에어컨 틀었다. 편히 가려고 택시 탔고, 속 든든해지려고 삼계탕 먹었다. 가슴 좀 올려보겠다며 푸시업 브라 입었고, 어금니에 낀 부추 빼려고 치실 썼다. 뭐, 더 해야 하나요?

아마도 중학생 때, 분명 윤리 시간이었던 것 같은데, 이런 요지의 수업을 들었다. '사람은 왜 일을 하며, 일에는 어떤 가치가 있는가'라는 것. 당시의 답은 '자아실현을 위해서'였다. 자아실현이라… 거창하고 근사하게 들린다. 내 자아라는 것이 뭔지는 모르겠지만 일을 하면 실현할 수 있나 보다 생각했다.

하지만 돈을 벌기 시작하고 그걸로 내 생활을 꾸려나가면서, 어라 이게 아닌데라는 생각이 들었다. 자아실현이고 나발이고, 목구멍이 포도청이고 카드 회사가 검찰청인데? 학교에서 배운 거랑은 전혀 다른데? 오히려 일하느라 내 자아가 상처 입는 기분인데? 친구들을 만나 이런 이야기하니 다들 피식피식 웃으며 동의한다.

"야, 우리가 월세 내고 카드값 갚으려고 일하지, 뭔 놈의 자아실현이야?"

나는 돈을 벌기 위해 일한다. 그동안 거쳐온 직업도 어찌나 많은지, 자기소개를 할라치면 말이 한참 길어진다. 한마디로, 돈 되면 다 한다. 몸뚱아리는 하나고 시간도 한정적이니, 예산이 가장 넉넉히 주어진 일을 우선순위 맨 꼭대기로 올려 제일 열심히 한다(그러니까, 돈 많이 주시면 그만큼 열심히 한다는 거죠).

일을 좋아하고 더 잘하고 싶지만, 일이 내 전부는 아니다. 얼마나 훌륭하게, 성공적으로 일을 마무리했는지도 중요하지만, **그걸 통해 내가 경제적으로 자립했다는 사실이 더 기쁘고 뿌듯하다.** 오늘 하루도 스케줄대로 무사히 일하고 마감했으며, 수입과 지출 내용을 가계부 프로그램에 착착 입력한다. 일과 생활을 가능한 한 오래 지속하기 위해서다. 나는 직업인이고, 생활인이다.

모리 히로시는 저서 『작가의 수지』를 통해 수입에 대해 세세히 설명한다. 기본적인 인세와 단행본, 문고본 판매 수익 비율, 해외 번역 출간 수익, 영상물 등 2차 창작물 관련 수익, 강연료와 TV 출연료 등 다양한 항목을 놀랄 만큼 상세하게 적었다. 작정하고 까발렸구나라는 생각이 들 정도다. 그리고 그는 일을 대하는 마음에 대해 이렇게 말한다.

'좋아하니까 쓴다는 사람은 열정이 식었을 때 슬럼프에 빠진다. 자랑할 만한 직업이라고 생각하는 사람은 비판과 비난을 받으면 의욕을 잃는다. 그러니까 그런 감정적 동기만으로 버티면 언젠가 감정 때문에 글을 못 쓰게 될 수 있다는 말이다. 하지만 일이니까 쓴다는 사람은 슬럼프를 모른다. 글을 쓰면 쓴 만큼 돈을 벌 수 있다.
그런 의미에서 소설가 이외의 직업, 아니 어떤 직업에 대해서도 똑같은 말을 할 수 있을 것이다. 직업을 놓고 '보람'이니 '꿈'이니 하는 환상을 품는 젊은이가 많다. 그것은 그런 이미지를 심으려고 하는 세력이 있기 때문인데, 현실 사회에는 그런 것이 존재하지 않는다. 환상일 뿐이다.'

책을 읽다 무릎을 탁! 쳤다. **좋아하는 일을 한다는 게 그 안의 외로움을, 우울함을, 배고픔을, 불행을 모두 견뎌야 한다**

는 뜻은 아니다. 하지만 많은 사람이, 그 정도는 감수하라는 식의 말을 쉽게 뱉는다. 그리고 그 말을 듣고 또 듣다 보면 정말 그래야 할 것 같다.

일주일쯤 샤워도 세수도 하지 않고, 밤을 꼬박 새운 시뻘건 눈으로 일, 일, 오로지 일만 해야 할 것 같다. 악마에게 영혼을 팔든 뭘 팔든, 나에게 영감을 달라고 울부짖어야 할 것 같다. 웃기고 있어 진짜.

좋아하는 일만 쏙쏙 골라서 하는 건 어렵다. 사실, 불가능하다. 그러니 당장 해야 할 일을 좋아하려고 노력하는 게 효율적이다. 일이 있으니 하는 것이고, 마감이 있으니 지키는 것이다. 그렇게 20년을 일했다. 규칙적인 생활로 건강을 챙기는 게 무엇보다 먼저였는데 "열정만 있으면 뭐든 할 수 있어요!"라며 커피를 1리터씩 들이켜는 식이었다면 애저녁에 하얗게 타서 날아가버렸을 것이다.

그렇다고 해서 일이 의미도, 재미도 없다는 건 아니다. 창작이란 무척 즐겁고 행복하다. 끙끙거리면서 무언가를 고안했을 때, 그 무형의 아이디어를 시각화했을 때 그 짜릿함이란 말로 다 못한다. 온갖 의욕이 뿜뿜 소리 내며 뿜어져나오는 것 같다.

새로운 의뢰를 받을 때면 항상 설레고, 나를 믿고 일을 맡겨준다는 사실에 감사한다. 변수를 고려해 스케줄을 짜는 것도 재미있고, 그 일정에 맞게 무사히 작업을 마칠 땐 뿌듯하다. 약속한 날짜에 돈을 받으면 그래, 이 맛이야 소리가 난다.

하지만 정말로 기쁠 때는 따로 있다. 함께 일했던 곳에서 다시 일을 제의할 때다. **이것은 최소한 지난번 일을 망치지 않았다는 뜻이고, 내가 돈값을 했다는 의미다. 굉장한 칭찬이다.** 이번에도 내부에서 회의하며 적임자가 누구일지 고민했을 것이고, 누군가 내 이름을 언급했을 것이며, "아 그 사람, 나쁘지 않았지. 연락해봅시다"라는 답이 나왔을 것이다.

그 과정을 상상하는 것만으로도 기쁘고 행복하다. 항상 감사하며 일하고 있습니다.

29

40대의 안정감에 대하여

서른 살이 되던 순간을 기억한다. 그러니까 생일날 자정을 맞이하던 순간 말이다. 그걸 왜 기억하느냐면, 그야 거기에 엄청난 의미를 부여했기 때문이다.

온갖 싱숭생숭한 생각이 가득했다. 우와 나 이제 서른이래! 그럼 20대 때와는 뭔가 되게 많이 달라지겠지, 아직 준비가 안 됐는데 어떡하지, 이제 나도 늙은 건가 봐 등등.

그런데 정신을 차려보니, 여차저차 마흔을 가뿐히 넘겼다. 스물아홉에서 서른이 될 때 느꼈던 그 두근거림과 불안함을, 서른아홉에서 마흔이 될 때는 딱히 겪지 않았다.

그러고 보면 중3에서 고1이 될 때도 한없이 막막했다. 내가 고등학생이라니! 하며 어깨에 큰 짐을 짊어진 기분으로 고3들을 우러러보았다. 저들은 사람이 아닐 거야. 뭔가 대단한 존재,

고통에 사로잡힌 존재일 거야라고 생각했다. 하지만 막상 하루하루 집과 학교와 매점을 왔다 갔다 하다 보니 나 역시 자연스럽게 고2, 고3이 되더라고요.

말하자면 그런 느낌으로 마흔 살이 되었고 마흔 하나, 둘, 셋, 넷 하며 성큼성큼 잘 걸어나가고 있습니다. 시간이야 뭐, 누구에게나 공평하게 흐르는 것이니까요.

어떤 40대가 되어야 할까? 이상적인 모습이 있을까? 영원히 젊은 40대? 그 나이로 절대 안 보인다는 소리를 언제 어디서든 듣는 40대? 미디어가 끊임없이 생산해내는 동안 미모, 극강 몸매의 40대 '여'배우처럼 되어야 하나? 트렌드에도 민감해서 아이돌 노래도 줄줄 읊어야 하지만 주책이어선 또 안 되고?

나는 나이를 먹으며 자유로워졌다. 나이 먹어서 너무 좋아! 라고 기뻐 날뛴다는 게 아니라, 딱히 아무 생각이 없어진 것이다. 특정 시기로 돌아가고 싶은 마음도 전혀 없다.

하이고, 20대와 30대에 나는 충분히 그 시기에 할 법한 고민을 했고 고통을 겪었으며 온갖 시행착오와 맨땅 헤딩을 했다. 그렇게 두드렸는데도 앞마당에 우물 하나 만들지 못한 게 신기하다. 하여간 그러니까, 저는 할 만큼 했습니다. 매일같이 그랬고, 그 매일이 쌓여 지금의 나이가 되었습니다. 그걸 왜 다시 하냐, 싫다 싫어!

나이를 먹으며 내가 뭘 좋아하는지, 뭘 잘하는지, 뭘 할 때 자연스럽고 편안한지 하나씩 알게 되었다. 덕분에 좋기도 하고, 때론 내 한계가 아쉽기도 하다. 화장품 하나를 사도 시행착오를 덜 하게 되는데, 딱 봐도 이 색은 나한테는 아니라는 걸 이제 알아서다.

대신 모험을 하지 않으니(의외로 잘 어울릴 수도 있는데!) 현재 상태로 굳어진다는 느낌이 들기도 한다. 그럴 때면 에잇, 하고 자라ZARA 매장으로 달려가 생전 안 입던 스타일의 옷을 입어보며 탈의실 속 1인 패션쇼를 하곤 하는데요….

하여간, 내가 나를 꽤 파악하고 이건 아니다 싶을 때 빨리 내려놓게 되면서 나 자신에게 좀 더 집중하게 되었다. 다른 사람의 시선과 의견에도 덜 휘둘리게 되었다. 내가 아니라는데 어쩌라고, 내가 좋다는데 어쩌라고, 라며 의견을 고수할 힘이 생겼다.

주위에서 툭 던지는 한마디는 종종 생각 이상으로 발목을 세게 잡아챈다. 내가 뭘 좋아하는지는 뒷전이고, 주변 눈치부터 보게 된다. 그들의 잘못이 아니다. 내가 나를 지키지 못한 탓이다. 내가 나를 잘 알게 되고 나에게 좋은 걸 주기 시작하면 자유로워진다. 그리고 오히려 주위 사람들과의 관계가 좋아진다. 고마우면 고맙다 말하고, 아니다 싶으면 깔끔하게 거절할 수 있다. 이렇게 되는 건 생각보다 어렵다. 나는 매일 노력하고, 깨지고, 또 노력한다.

40대가 되면서 경제적으로도 윤택해졌다. 이런저런 이야기를 하다 보면, 돌고 돌아 결국 돈으로 흘러가는 경우가 많다. 자유, 쾌적함, 고요함 등 나에게 중요한 가치를 손에 넣고 지속적으로 유지하는 데 돈이 무척 중요해서다.

20대와 30대엔 버거웠던 것을 이젠 돈을 내고 누릴 수 있다. 선택의 폭이 넓어지고 깊어진다. 내 취향에 확신이 생긴 만큼, 긴가민가하며 이것저것에 돈을 쓰는 대신 딱 이거구나 싶은 것 하나에 과감히 투자한다. 열심히 벌어서 모으고 불린 돈 덕분이다.

나는 항상 내 또래의 일하는 여성과 윗세대의 일하는 여성들 이야기가 궁금했다. 듣고 싶고, 알고 싶어 목말랐다. 그리고 지금 여기에 40대의 비혼 여성 프리랜서가 잘 먹고 잘살고 있으니, 후배들에게 참고하시라고 이야기한다. 몇 년 후엔 50대가 될 것이다. 그때는 어떨지 지금은 알 수 없다. 하지만, 알 수 없어서 두렵진 않다. 궁금하고 기대되며 설렌다.

30

그놈의 가성비 타령에 대하여

"저는 글을 쓰고, 그림을 그리고, 사진도 꽤 찍으니까 혼자서 3인분 어치 일을 할 수 있습니다. 가성비 괜찮은 외주 작가예요"라고 자기소개를 하곤 했다. 3인분의 일을 한다면 3인분의 고료를 받아야 하는데, 1인분 고료를 받으면서 일을 세 배로 하겠다는 걸 마치 자랑인 듯 홍보했단 얘기다.

'가성비 좋은 작가', 이게 내 강점이라고 믿었다. 지금은 더는 그런 식으로 말하지 않는다. 제대로 된 생각이 아니라는 걸 알아서고, 가성비라는 표현이 싫어져서다.

가성비란 '가격 대비 성능비'의 약자다. 영어로는 'cost-effectiveness'쯤 될까? 우리가 가진 시간과 재화의 양은 한정적이다. 아니, 항상 허덕인다고 하는 게 맞겠지. 한없이 부유하면서 한없이 여유로운 사람은 거의 없을 테니까.

그러니 같은 양의 시간과 재화를 투자해, 물질이든 경험이든 이왕이면 더 좋은 것을 얻길 원한다. 좋은 음식을 먹고, 좋은 옷을 입고, 좋은 것을 보고 느끼고 싶다.

하지만 가성비가 삶의 모든 것이 되면, 아예 내 삶을 끌고 나가기 시작하면 곤란해진다. 사방에서 가성비 타령을 한다. 그놈의 가성비. 이 표현은 대체 언제부터 쓰기 시작한 걸까? 처음엔 재미있고 센스 있다고 생각했다. 귀여운 줄임말이네. 'case by case'를 '케바케'라고 줄여 말하는 것 같아.

그 귀엽던 가성비가 이제는 한국을 지배한다. **무언가를 선택하려는 순간, 가장 높은 우선순위가 되어버린다.** 내 마음은 어떤지, 나는 뭘 원하며 어떤 걸 좋아하는지, 뭘 해야 내가 행복해지는지는 뒷전이고 일단 가격부터 묻는다.

"이거 얼마예요? 비싸네? 더 싼 건 없나?"

인터넷을 샅샅이 뒤진다. 혹시 비슷한 '저렴이' 상품은 없는지, 과연 이걸 사서 돈값 할 수 있을지, 뽕 뽑을 수 있을지 잔뜩 날을 세워 예민하게 검색한다. 가성비가 최우선인 삶은 슬프다. 가성비가 최우선인 사회는 끔찍하다.

꼭 필요한 물건을 사는 건 그다지 재밌거나 신나지 않는다. 그저 해야 하니까 하는 거지. 두루마리 휴지 36개 한 묶음을 사는 게, 생수 2리터짜리 12개 묶음을 사는 게, 생리대 중형과 대형을 한 아름 사는 게 뭐 그리 재미있겠는가. 그런 소비 안에 대체 무슨 즐거울 만한 건덕지가 있겠느냐 이겁니다.

소비의 즐거움은, 없어도 사는 데 전혀 지장 없는, 세상 쓰잘데기 없는 걸 살 때 폭발한다. 이거 너무 예쁘다, 꼭 필요한 건 아니지만 예뻐! 오, 냄새 되게 좋다, 안 사도 되지만 향이 너무 좋아! 자그마하든 큼직하든, 나 그리고 소중한 사람들을 위해 고르는 요런 물건이 주는 기쁨이란 참으로 대단하다. 그런 소비를 한 날은 기분이 좋다. 가슴이 몽글몽글해지고, 두고두고 떠올리게 된다.

물건뿐인가, 경험도 마찬가지다. 좋아하는 아이돌의 팬미팅, 확 꽂혀버린 뮤지컬 공연 2회차, 기다렸던 영화, 새로 나온 소설, 전시회, 짧거나 긴 여행… 모두 가성비로만 따지자면 꽝일지도 모른다. 그치만 행복하다. 그게 중요하다. 가성비를 따져야 할 땐 따지고, 열심히 계산해 가며 아껴 모은 돈으론 가성비를 싹 잊고 즐기는 것이다. 이게 사는 거지!

창작은 돈이 든다. 돈이 수시로 들어가는 행위다. 금덩어리를 주무르고 깎아 다이아몬드를 콕콕 박는 작업을 해서가 아니라(해보고 싶습니다), **돈이 종종 창작의 연료가 되기 때문이다.** 우리는 정성 들여 만든 맛있는 음식을 먹고, 향기로운 차를 마시며 아… 하고 기분 좋게 한숨을 내쉬어야 한다. 낯선 여행지에서 설렘을 느껴야 하며, 새로운 잠자리에서 말똥말똥 눈을 뜨고 외로움도 느껴야 한다.

때론 누군가와, 때론 자신과 대화를 나누어야 한다. 우리는 아름다운 것, 좋은 것을 끊임없이 보고 누려야 한다. 우리 안의 우물을 촉촉하고 찰랑하게 채워야 한다. 그래야 취향도, 입맛도 더 예민해지고 새로운 창작 욕구가 피어오른다. 우리는 모두 창작자다. 좋은 문화를 누려야 좋은 문화를 만들 수 있다. 선순환이다.

하지만 문제는, 이 사회가 제안하는 임금 수준이다. **꼭 필요한 것부터 합리적으로 소비한 후 남은 걸로 인생을 즐기려는데… 잠깐만요, 어째 남는 게 없네?** 그 결과, 입만 열면 돈이다. 그걸 빼고 다른 걸 논할 수 없다. 누구를 만나든 '기승전돈', 때로는 '돈승전돈', 심할 땐 처음부터 끝까지 돈돈돈돈!

심지어 평창 동계올림픽 개회식을 두고도 가성비 이야기를 한다. 다른 나라에선 얼마를 썼는데 우리는 훨씬 싸게 했대, 그 돈으로 그 퀄리티를 뽑은 거래, 가성비 대박이지! 여보세요, 그게 자랑입니까? 그 말 속에 뭐가 숨어 있는지 보이지 않습니까. 싼값에 뼈와 살을 갈아 넣으며 과로한 사람들은 보이지 않느냐 말입니다.

빠듯한 일정과 열악한 환경에도 불구하고 좋은 결과를 낸 것은 칭찬하되, 비상 상황을 헤쳐나간 후에는 그에게 맞게 보상해야 한다. 그래야 제대로 된 시스템이며 제대로 굴러가는 사회다. **'싼값에 잘했다'라는 표현에서 우리가 칭찬해야 할 부분은 '잘했다'지, '싼값에'가 아니다.**

헝그리 정신요? 웃기고 있어. 나는 이 말을 싫어한다. 일은 시켜먹고 싶은데 돈은 제대로 주지 않으려는 쪽에서 주로 하는 소리다. 듣는 순간 경계해야 한다.

아끼고 또 아끼면, 최소한의 것만 자신에게 허용하면, 쪼들릴 대로 쪼들리면, 숨은 쉴 수 있을지 몰라도 전혀 행복하지 않다. 미래를 꿈꾸기 어렵다. 뭐 하나 하는 데도 가성비를 생각하지 않을 수 없고, **사소한 소비 실패에 크게 좌절하게 된다.** 좌절은 분노로 이어진다. 잔뜩 날이 서고 신경질적으로 변한다.

우리의 물가는 너무 높고, 평균 노동 소득 수준은 한심하게 낮다. 일을 하고 임금을 받아 그걸로 일상을 꾸리고 저축해야 하는데 말처럼 되지 않는다. 급여가 통장에 들어오자마자 신용카드 회사에서 빼가는 걸 한숨 쉬며 멍하니 바라본다. 사실 멍하니 바라볼 시간도 없다. 순식간에 자동 인출되니까. 그리고 남은 얼마간의 돈을 한 달, 30일로 나누어 하루 생활비를 가늠해본다.

삶이 피곤하다. 좋은 걸 봐도 좋은 줄 모르겠고, 웃기는 걸 봐도 웃음이 나지 않는다. 시니컬하게 입꼬리 한쪽을 올리며 피식하고 만다. 이 상황에서 창작을 이야기하라고? 배고픔과 고통은 창작에 필요한 작은 부분일 수도 있지만, 전부가 되어서는 안 된다. 반드시, 부분이어야 한다.

헝그리 정신을 들먹이며 창작자의 고통만이, 눈물의 짜고 쓴맛만이 가치 있다 생각한다면 멸치 똥을 한 주먹 모아서 종일 씹어보길 권한다. 입에 잘 맞을 것이다.

몸과 마음의 건강을 관리하고 삶 전반을 돌보는 일은 창작자에게, 그리고 세상 모든 사람에게 필요한 일이다. 우리는 태어나서 죽을 때까지 삶을 끝없이 유지·보수해야 한다. 부디 가성비가 최고의 가치가 되지 않길 바란다.

배변 후에는 질 좋은 휴지로 닦고, 유해물질 없는 생리용품을 사용하고 싶다. 햅쌀로 밥을 지어 제철 재료로 만든 반찬을 곁들여 식사하고 싶다. 여름엔 냉방을, 겨울엔 난방을 하고 싶다. 생활 물가와 최저임금 사이의 한없는 간극이 좁혀지길 바란다. 최저임금은 결코 임금 상한선이 아니다. 이 모든 것이 부디 선택 사항이 아니길 바란다.

31

비자발적 재능기부에 대하여

20대 내내 '열정페이'로 고통받았다면 30대부터는 슬슬 '재능기부'를 강요당한다. 나는 지금 '강요'라는 표현을 썼다. 좋은 일을 함께하자는 선의의 권유라고들 하지만, 듣다 보면 묘하게 강요에 가깝다. 뭔가 고소한 냄새가 솔솔 풍긴다. 우리가 이렇게 좋은 일을 하겠다는데, 재능기부 안 해주면 넌 나쁜 사람! 이라고 못을 쾅쾅 박는 소리도 들린다.

물론, 재능기부를 원하는 단체가 모두 그런 것은 아니다. 내가 지금부터 잘근잘근 씹으려는 건, 앞뒤 맥락 없이 다짜고짜 맡겨놓았던 걸 내놓으라는 듯 손을 내미는 단체다. 그 전에 어떤 식으로든 교류를 나눈 사이라면 보리싹 밀싹 쭉쭉 올라오듯 맥락도 술술 생길 테지만, 전혀 그렇지 않으니 어리둥절할 뿐이다. 대체 누구신데요. 그쪽 소개가 너무 부족하지 않습니까.

이런 일은, 마치 케이블 TV를 시청하다 기부금을 요청하는 광고를 갑작스레 마주하는 것과 비슷하다. 나는 이런 유의 광고를 좋아하지 않는다. 배경엔 한껏 애잔하고 구슬픈 음악을 깐, 참담하고 안타까운 영상 말이다. 여기에 아련한 목소리의 성우나 유명 연예인의 내레이션은 필수다. 당신이 당장 입금하지 않으면 이 아이의 생명은 보장할 수 없다며, 난데없이 사람을 냉혈한으로 매도한다.

이런 광고에서 정말 필요한 것은 해당 단체의 재무제표라고 생각한다. 그동안 어떤 성과를 거두었는지 객관적으로 나열하는 것도 중요하겠다. 특정 종교와 관련이 있는지, 정치색은 없는지 등도 물론 공개해야 한다. 한마디로 "시청자 여러분께 기부를 요청합니다. 그러면 우리 단체가 최선을 다해 그 돈을 알차게 사용해서 보람을 느끼게 해드리겠습니다"라고 어느 정도는 투명하게 나와야 한다 이거죠. 자동차 창문으로 치면 연예인 밴 수준으로 시커멓게 선팅한 거나 다름없지 않습니까.

맥락 없는 재능기부 요청자(단체)에게 내가 원하는 것도 크게 다르지 않다. **"저희의 진심이 작가님께 닿을 거라고 믿어요"라는 추상적인 소리는 일을 진행하는 데 그다지 도움 되지 않는다.** 이런 경우, 나는 정식으로 의뢰서를 보내달라고 요청한다. 어떤 단체이며, 나에게 어떤 일을 원하는지, 그것을 어떤 식으로 활용할 것인지 알아야 한다.

이때 "저희는 의뢰서 같은 게 없는데요"라며 주먹구구 단체라는 걸 살포시 드러내는 곳도 꽤 많다. 이 경우엔 내 쪽에서 의뢰서 양식을 보낸다(제가 이렇게 친절합니다). 멀리 갈 것도 없이 구글에서 '의뢰서 양식'이라는 키워드로 검색하면 참으로 다양한 상황에 해당하는 샘플 문서가 줄줄 나오는데, 그중에서 적당해 보이는 것을 골라 약간의 수정을 거친 것이다. 평범해 보이는 문서지만 의뢰서에는 생각보다 다양한 항목이 있어, 각각 뭐라고 써넣어야 할지 잠시 생각하게 된다. 그렇다. 그들이 생각이라는 걸 하게 만들어야 하는 것이다.

요식행위란 지루하고 비합리적이라 생각하기 쉽지만, 최소한의 형식을 갖추는 방법이다. 그리고 때론 보호막이 되어주기도 한다. 의뢰서씩이나 써야 하는 일인 줄 몰랐다며 말끝을 흐리는 단체도 있다. 이런 주먹구구를 보았나!

그 흔한 신용카드나 체크카드 한 장 만드는 데도 복잡한 서류에 여러 차례 서명해야 하고, 한동안 목 빠지게 기다려야 한다. 그런데 창작자의 자산을 무료로 내어달라 요청하면서 이 정도 형식을 갖출 마음이 없는 단체와 대체 무슨 일을 함께할 수 있을까?

좋다. 그렇다면 어떤 경우, 어떤 단체의 재능기부 요청에 응해야 하는가? 이 문장과 참 비슷하게 느껴지는 질문이 있다. "최근에 연애를 시작했는데, 언제 섹스를 해야 할까요?"라는 것이다. 사귀기로 한 날 곧장 방 잡고 뿜빰빰? 만난 지 일주일 된 기념으로 뿜빰빰? 에이, 최소한 한 달은 끌다가 뿜빰빰?

질문을 다시 읽어보자. 여기서 중요한 건 '언제'를 정확히 몇 날 며칠이라고 해석하지 말아야 한다는 것이다. 섹스는, 내가 하고 싶을 때 해야 한다. 일단 내 욕구를 파악하고 오케이, 접수한 다음 상대방의 의향을 타진해야 한다. 내 욕구가 크다면, 최선을 다해 상대방 역시 섹스를 하고 싶게끔 유도한 후 함께 즐거운 시간을 보내면 되겠습니다.

이걸 뒤집어서 생각하면, 상대방이 다짜고짜 덤빈다고 해서 무조건 섹스를 할 일은 아니라는 것이다. 요청에 응하지 않으면 이 작자가 삐질 것 같고, 자칫하면 뒤탈도 있을 것 같으니 눈 딱 감고 하는 건 좋은 관계가 아니다.

믿음, 소망, 사랑, 그중의 제일은 '상호 협의'다. 기대 수준의 시설을 갖춘 공간이 있는지, 내 몸은 적절한 준비가 되었는지, 안전과 위생 문제는 어떤 방식으로 해결할 것인지 등 따지고 걸러야 할 것이 많다. 조목조목 짚어본 후 나도 좋다면 하는 거죠. 재능기부 역시 내가 하고 싶은 곳에, 내가 옳다고 생각하는 방식으로, 상호 협의로 이루어져야 한다.

때론 거절이 어려워 원치 않는 일을 하기도 한다. 거절이 어려운 이유는, 왠지 그 사람 전체를 부정하고 거부하는 것 같아서다. 고작 제안 하나를 거절하는 것인데도 그렇다. 이것은 어쩌면 나 역시 거절당하는 걸 그만큼이나 두려워한다는 이야기겠다.

거절은 할 수도 있고 당할 수도 있다. 이유는 무궁무진하다. 돈 문제일 수도 있고, 스케줄 때문일 수도 있다. 그저, 아닌 건 아닌 것이다. 거절에도 연습이 필요하다. 하다 보면 요령과 맷집이 생긴다.

그리고 해당 단체가 요청하는 재능기부란 결국 무엇인지 분별할 능력을 키워야 한다. '재능'이라는 쑥스럽고도 뿌듯한 단어, '기부'라는 따뜻하고 아름다운 단어에 가려진 게 무엇인지 파악해야 한다. 좋은 의도는 언제든지, 얼마든지, 멋대로 왜곡될 수 있다.

돈을 받지 않고 일을 하는 건 자칫하면 애매하고 위험한 근거를 두고두고 남기는 결과를 만들기도 한다. 내가 좋은 마음으로 한 재능기부로 인해 다른 창작자들이 엉뚱한 소리를 들을 수도 있다. "누구누구 씨도 공짜로(혹은 아주 저렴한 금액으로) 해줬는데, 당신이 돈을 받겠다고요?"라는 식이 될 수 있다는 얘기다.

한편으론 씁쓸하다. 내깟 게 뭐라고, 뭐 그리 대단한 인물이라고 이런 소리를 하는 걸까. 내 앞가림이나 잘해야지. 하지만 경력을 쌓은 만큼, 나이를 먹은 만큼, 명확한 태도를 보일 필요가 있기에 어렵게 입을 뗀다.

잘못된 구조는 바로잡아야 한다. 인프라가 부족하다면 탄탄하고 유연하게 쌓아야 한다. 모두가 제값을 받으며 즐겁게 일해야 한다. 나는 그런 일에 힘을 보태고 싶다. 적어도 생태계를 교란하는 뉴트리아는 되지 말자고 다짐한다.

아… 상상해보니 진짜 싫다, 뉴트리아래….

지속가능한
자립

32

내가 나의 보호자가 되는 것에 대하여

치앙마이 구시가의 조용한 카페에서 책을 읽는다. 테이블 위엔 진한 아메리카노 커피와 큼직한 흰색의 파이가 놓여 있는데, 이 가게의 시그니처 디저트라는 코코넛 크림 파이다. 살짝 물컹거리는 듯하면서도 속은 단단하고 아삭한, 싱싱한 코코넛 과육을 큼직큼직하게 썰어서 듬뿍 넣고 위에는 뽀얀 머랭을 얹어 구웠다. 버터 냄새 물씬 풍기는 타르트 바닥까지 아주 맛있다.

이건 이 카페에서만 먹을 수 있는 건 아닌데, 치앙마이의 어지간한 디저트 전문점에선 으레 코코넛 파이, 코코넛 케이크를 자기네 시그니처라며 열렬히 권한다. 그만큼 싱싱한 코코넛 수급이 원활하게 이루어지기 때문이겠지. 아삭아삭한 이 질감, 하이고, 정말 끝내준다…

라고 생각하며 책은 읽는 둥 마는 둥, 코코넛 크림 파이를 마지막 한 입까지 싹싹 긁어서 입으로 가져간다. 창밖을 슬쩍 쳐다보니 슬슬 해가 지려는 모양이다. 태국 북부 지방이라 꽤 시원하긴 해도 한낮엔 역시 태국답게 덥긴 덥다.

뙤약볕 아래 돌아다니는 대신, 마사지를 받거나 카페에서 책을 읽으며 피서를 하다가 지금처럼 해가 지기 시작할 때 슬슬 밖으로 나가 돌아다니면 딱 좋다. 오늘은 어딜 갈까, 야시장에나 가볼까 하며 가방을 챙겨 일어서는데, 카페 문밖을 한 걸음 나서자마자 뒤에서 누군가 말을 건다.

"저기, 한국분이세요?"

네, 하고 돌아보니 뒤이어 빠른 자기소개가 이어진다. 이름과 나이 같은 인적 사항이 아니라 현재 상황 소개다. 어제 이 도시에 도착했고, 혼자 여행하는 건 난생처음이라는데 그 눈빛이 간절하다. 너무 간절해 보인다.

지금부터 뭐 하실 거예요, 어디 가실 예정이세요 하고 묻는데, 어디가 되었든 함께 가고 싶다는 마음이 절절하게 느껴진다. 알겠습니다, 여인이여. 저와 함께 가시죠.

"저는 혼자서는 뭘 못 사겠더라구요. 좀 무서워서요."

야시장으로 가는 길에 그가 말했다. 뭐가 무섭다는 것일까? 바가지를 쓸까봐? 말이 잘 통하지 않아서? 낯선 장소라서? 환율 계산이 복잡해서? 혹은 전부?

물어보진 않았지만, 그 마음을 알 것도 같다. 그래도 시장에 도착해 물건 구경을 하기 시작하니 긴장이 풀리는지 표정이 밝아진다. 이 가게, 저 좌판, 구석구석 함께 돌아다니는 사이 어느새 알록달록한 태국 전통 무늬를 수놓은 지갑과 파우치, 실크 스카프와 귀걸이, 거기다 신발까지 야무지게 고른다.

처음엔 뭐 하나 살 때마다 **"이거 괜찮을까요, 한국에서도 하고 다닐 수 있을까요?"**라며 너무 화려하거나 과한 건 아닌지 연신 확인하길래 **"그럼요, 하고 싶으면 하는 거죠"** 하고 부추기니(질러요 질러!) 슬슬 흥이 나는 모양이다. 아예 신고 있던 신발을 벗고 방금 산 거로 갈아 신기까지 한다. 아마도 이게 당신의 본모습이 아닐까요, 조금 전까진 너무 긴장해서 그런 거고요.

"오늘 정말 감사해요. 혼자서는 야시장에 못 갔을 거예요."

헤어지면서도 몇 번이고 고맙다는 인사를 한다. 아휴, 아니에요. 앞으로 여행 경험이 착착 쌓일 거고, 그럼 분명히 오늘보다 더 여유로워질 거예요. 웃으며 속으로 대답했다.

혼자 살아요, 혼자 일해요, 혼자 여행해요, 혼자 밥 먹어요. 무엇에든 익숙해지려면 일단 해보는 게 먼저고, 몇 번이나 반복해야 하며, 시간과 노력도 꽤 들여야 한다. 내 시간을 혼자 보내는 일도 그렇다. 이런 삶의 형태가 맨 처음부터 몸에 착착 감기진 않지만, 일단 익숙해지면 얘기가 달라진다. 어라, 이렇게 사는 것도 괜찮은데라는 생각이 든다. 내 인생에 새로운 선택의 여지가 생기는 순간이다. 선택의 폭이 넓어지는 순간.

우리는 항상 어딘가에 소속되어 살았다. 학교든 학원이든 회사든 어떤 큰 덩어리의 일부가 되어 함께 굴러갔다. 그중에서 스스로, 자진해서, 능동적으로 소속된 경우는 얼마나 될까?

성인이 되기 전에는 대부분 시키는 대로 따라야 했다. 자, 여기서 이만큼 오래 굴렀으니 다음엔 저기로 가라. 졸업장 하나 줄 테니 이거 들고 가. 수동적으로 이동되어 다시 어딘가에 소속된다. 나는 왜 여기에 온 것이며, 지금부터 무엇을 해야 하는지 스스로 궁리해서 실행하는 대신 지시에 따라 살았다.

자, 저기 목표 보이지? 일단 저기까지 가서 저 별을 따와! 고등학교를 졸업하는 순간까지 그 별은 좋은 대학교를 의미했다. 어렵사리 손에 넣어 대학교에 입학하니, 어라? 별의 이름이 어느새 바뀌었네. 뭐겠습니까, 취업이죠.

자, 취업했으니 그다음 별을 따볼까? 착착 승진해야지, 결혼도 해야지, 아이를 낳고 양육해야지. 하나가 뭐니? 둘은 낳아야지! 나름 열심히 구르고 달렸지만, 별은 여전히 저기 저 애매한 위치에서 사람 약 올리듯이 반짝거린다. 그런데 저거, 별이 맞긴 맞아?

그리고 단체라는 곳은, 어떤 이름이고 어떤 형태이든 간에 소속감을 참으로 중요하게 생각한다. 여러분 모두 이걸 할 줄 알아야 하고, 이걸 먹을 줄 알아야 하며, 뭘 하든 함께해야 합니다. 아시겠습니까.

그래서 억지로 술을 먹이고, 회식 자리에 큰 의미를 부여하며, 급식을 남기지 못하게 압박하고, 때로는 이걸 다 먹기 전엔 집에 못 갈 줄 알라며 협박하기도 한다. 소속감 하면 단체복 아니겠냐며 똑같은 옷을 들이밀고는 몇 안 되는 사이즈 중에서 선택하라 강요한다. 사이즈가 잘 안 맞는다구? 옷은 죄가 없으니 네가 잘못했네. 살 좀 빼지? 아니 그 옆 사람은 또 왜 그렇게 말랐어? 살 좀 찌지?

사회생활의 꽃은 회식과 워크숍, 그리고 주말 등산이니 전원 참석해야 하고, 명절엔 모여야 맛이니 모두 한 집에 복작복작 끼어 앉아야 한다. 텔레비전 리모컨은 내가 쥘 테니 너는 과일 좀 가져와서 깎아봐라, 얼른.

나는 뭐 하나를 먹어도 내가 직접 고르고 싶다. 정해진 코스 요리도 좋지만, 메뉴를 쭉 읽어봐도 그다지 끌리지 않을 땐 첫 코스부터 디저트까지 내 손으로 조립하는 게 좋다.

내가 소속될 곳도, 내가 목표로 할 별도 내가 고르거나, 아예 직접 만드는 게 좋다. 너무 멋대로 사는 것 아니냐고? 오히려 더 엄격해지고 더 빡빡해진다. 혼자 일하고 혼자 산다고 해서 무작정 자유로울 수 없다. 자유방임과 퇴폐향락, 왠지 싱글 인생의 2대 목표일 것 같지만 어휴, 그거 쉽지 않습니다. 많이들 오해하시는데 전혀 그렇지 않아요.

"오늘 예희 씨네 집에 가자! 자기네 집에서 밤새 술 마시자!"라든가 "예희 씨는 자유인이라 좋겠다, 다들 가정이 있는데 자기는 그런 거 없잖아" 같은 말을 종종 듣지만, 그때마다 이건 또 무슨 개소리인가 싶다. 제대로 오해하고 있구만.

나는 1인 가정의 매니저이자 프로듀서다. 이 조직 안에는 조직원(나)에게 최적화된 구조와, 지켜야 할 규칙이 있다. 해야 할 일의 우선순위가 있다. 그러니 이 조직은 내가 정신 똑바로 차리고 제대로 관리해야 한다. 하루 이틀 하고 말 것 아니거든요.

'견고한 내면을 가진 개인들이 다채롭게 살아가는 세상이 될

때, 성공과 실패의 기준도 다양해질 겁니다. 엄친아나 엄친딸 같은 말도 의미를 잃을 것입니다.'

– 김영하, 『말하다』

이 문장에 깊이 동의한다. 그리고 가만히 조용히 생각해본다. 나의 내면은 견고한지, 그저 견고하기만 한지, 아니면 견고하면서도 유연한지 생각한다. 입구만 있고 출구는 없는 건 아닌지, 온통 높은 담으로 둘러싸인 건 아닌지 생각한다. 나 혼자 꾸려가는 1인 조직, 앞으로도 주기적으로 점검해야 할 것이다.

33

가까운 사이에서 필요한 거리감에 대하여

혼자 있을 땐 아예 밥을 굶어버린다는 사람을 알고 있다. 집에선 귀찮아서 굶고, 밖에 나가면 혼자 먹기 뭐해서 굶는단다. 식당은 물론이고 카페에 혼자 앉아 있는 것조차 싫다고 한다. 그러니 혼자 여행도 갈 리가 없다.

평소엔 연락이 뜸한 사이라 알아서 잘살고 있겠거니, 무슨 일 생기면 연락이 오겠거니라는 식으로 잊고 살지만, 휴가철이 가까워지면 어김없이 전화가 온다. 나랑 어디 안 갈래, 몇 박 며칠인데 같이 안 갈래? 아마 내가 함께 여행 가고 싶은 사람 1순위는 아닐 것이다. 여기저기 주변 사람들 옆구리를 찌르는 중이겠지.

뭐, 일단 거절이다. 며칠씩 함께 여행하며 부대낄 만큼 잘 맞는 사이도 아니고, 무엇보다 나는 혼자 여행하는 쪽이 여러 가지로 편하다. 조금 미안한 마음에 "혼자 여행하는 것도 괜찮아. 나 그렇게 잘 다니잖아. 이참에 한번 해봐" 하고 권하지만 역시나 고개를 도리도리. "혼자 가서 뭐해? 생각밖에 더하겠어?"라는 대답이 돌아온다. 그렇구나, 나는 그게 좋아서 혼자 여행 가는 건데.

그의 말이 맞다. 혼자 있으면 한도 끝도 없이 생각을 하게 된다. 그게 싫다면 할 수 없지만, 나는 생각하는 걸 좋아한다. 다른 사람과 대화를 나누며 서로의 생각을 공유하고 발전시키는 것도 중요한 일이지만, 그 전에 일단 내 머릿속에 든 이런저런 생각의 실마리를 주무르고 치대고 반죽해 형태를 잡아 노릇하게 구워야 한다(맛있겠다). 혼자 있을 때 할 수 있는 일이다.

애인이 있으면서 무슨 혼자 타령을 하느냐 싶겠지만, 아닙니다. 혼자 놀 줄 아는 사람은 둘이서도 잘 놉니다. 반대로 혼자를 견디지 못하는 사람이 둘이 되었을 땐 어떨는지, 그것까진 잘 모르겠다.

나는 그저 애인과 따로 또 같이, 같이 또 따로 시간을 보낸다. 주중엔 각자 열심히 바쁘게 살다가 주말이 되면 반갑게 만난다. 어느 날은 '함께' 스타벅스에 가서 '각자' 좋아하는 책을 읽는다. 노트북이나 휴대폰을 들여다보기도 한다. 그러다 이거 봤어? 하며 재미있는 글이나 동영상을 서로 보여준다. 어떤 것은 내 마음에도 쏙 들고, 어떤 것은 그저 그렇다. 그리고 다시 각자의 책이나 휴대폰으로 돌아간다.

어느 날은 입에 허연 백태가 끼도록 실컷 수다를 떨고, 또 어느 날은 말없이 함께 각자의 시간을 보낸다. 꽤 오래 만난 사이인데, 자주 안 봐서 사이가 좋은 게 아니겠냐는 생각을 한다. 때론 알아서 잘 살고 계슈, 하며 혼자 여행을 다녀오기도 한다. 둘 사이에 여백이 많다. 바람이 쉥쉥 통한다. 여백을 견디지 못하는 관계는, 말이 없으면 뻘쭘해지는 관계는, 그 적당한 거리가 '편안함'이 아니라 '거리감'으로 느껴지는 사이일 것이다. 친구 사이뿐 아니라 가족끼리도 그렇다.

어린이집을 거쳐 유치원에 입학했고, 초중고등학교를 마친 후엔 당연하다는 듯 대학생이 되었다. 속에 든 건 그대로인 채 소속만 계속 바뀐 것이다. 우리 모두 같은 길을 간다는 생각에 잠시 안심하지만, 학교를 졸업하고 나선 갑자기 세상에 나 혼자뿐인 것 같아 불안해진다.

재는 저기로, 걔는 거기로 가는데 난 대체 뭘 어떻게 해야 하지? 새삼 그동안 수동적으로 살아왔다는 걸 실감한다. 교과과정과 시간표에 따라 움직였지, 내가 내 인생을 주도적으로 계획하고 실천한 경험이 부족하다.

뭐든 하기 전엔 친구들에게 물어보는 게 익숙했다. 너네들 뭐 먹을 거야? 너네들 그거 할 거야? 너네들 어디 갈 거야? 같이 먹어, 같이 해, 같이 가. 그렇게 뭐든지 함께하면서 안심했지만, 더없이 편하다고 생각했지만, 시간이 흐르고 나이를 먹으면서 점점 이 관계에 야금야금 회의가 들기 시작한다. 아무리 생각해도 이게 아닌데 싶다.

오래된 친구 관계는 어렵다. 너무 가까우면 때로 무례해진다. 출근은 15분 일찍 한다면서, 동호회 모임이며 학원 수업에도 칼같이 시간을 맞춰 나간다면서, 나와의 만남에는 꼭 30분씩 늦는다. 진작 말을 하지 한참 기다렸다고 투덜거리면, 원래 그랬잖아 새삼스레 왜 성질이야라며 오히려 적반하장이다.

최근에 보고 느꼈던 좋은 경험을 이야기할라치면, 너 그런 거 안 좋아하지 않냐고 말을 뚝 자른다. 내가 언제? 하니 '예전엔' 그랬단다. 아마 처음 친구가 된 고등학생 때 얘기거나 한참 붙어 다니던 대학생 때 얘기일 것이다. 그래, 네 머릿속의 나는 20년 전, 30년 전 모습인가보다.

나도 다르지 않다. 같은 실수를 하고, 같은 이유로 얼굴을 붉힌다. 말하자면 동의 없이 상대방의 음식을 주문해버리는 것과도 비슷하다. 너 이런 거 좋아하잖아(20년 전에), 그래서 내 맘대로 시켰어.

이런 일들이 쌓이면 서서히 친구라는 생각이 들지 않는다. 그저 알고 지낸 지 좀 오래된 사람일 뿐. 그게 나쁘다는 건 아니다. 그저 관계를 다시 정의할 필요가 있다는 것이다.

평균 수명이 80세를 넘나드니 40~50대에 재사회화 교육이 필요하다는 글을 읽은 적이 있다. 오래된 친구 사이에서도 '재친구화 교육'이 필요할지 모른다. 지속가능한 관계를 쭉 유지하기 위해서다. 우리는 어떨까? 너와 내가 서로의 오늘을 공유하고 내일을 꿈꿀 수 있을까?

오래되고 허물없는 사이는 종종 만만하고 쉽게 느껴지기도 한다. 하지만 나와 그런 사이라 해서 다른 사람들에게도 그런 것은 아니다. 너도 어느 자리에선 어려운 사람일 테고, 어느 자리에선 존경받는 사람일지 모른다. 너무 오래되고 너무 허물없어 깜빡깜빡 잊는다. 넌 이런 사람이잖아, 라며 쉽게 정의한다.

하지만 실은 나는 널 잘 모르고 너는 날 잘 모른다. 많은 걸 잊는다. 선을 지켜야 한다는 것도, 자존심을 건드려선 안 된다는 것도 잊는다. 소중함을 잊고 고마움을 잊는다. 그리고 곧 유효기간이 끝난다. 이제 우리는 친구가 아니야! 라고 선언한다는 게 아니라, 이제는 서로 잘 맞지 않는다는 걸 인정하고 자연스레 마음을 내려놓게 된다는 얘기다.

슬프거나 아쉬운 대신 오히려 후련하다. 그동안 네가 모르는 곳에서 내가 이만큼 인정받는다는 걸, 이만큼 잘나간다는 걸 증명하느라 너무 많은 에너지를 썼다.

혼자일 때 행복하고, 혼자일 때 충만하다. 만났을 때 에너지를 얻는 대신 오히려 피곤해지는 소모적인 관계를 정리하면서 얻은 선물 같은 감각이다. 어딘가에 기대지 않아도, 누군가를 붙잡지 않아도, 나는 내 두 발로 서야 한다. 영차 하고 코어와 다리 근육에 힘을 주지 않으면 혼자 설 수 없다.

그렇게 몸을 일으켜 거울 앞에 서서 인생 혼자구나, 라고 소리 내어 말해본다. 그 말이 그지없이 쓸쓸하게 들리기도 하지만, 더없이 홀가분하게 들리기도 한다.

혼자 먹는 밥, 혼자 읽는 책, 혼자 보는 영화, 혼자 하는 여행. 혼자만의 시간과 공간을 만들기 위해 오랜 시간과 많은 공을 들였다. 소중히 지키고 싶다.

34

나이 먹으며 배운 것에 대하여

30대는 20대와 한 세트로 묶이고 싶어 한다. 어떻게든 2030이고 싶은 것이다. 3040이라는 표현을 들으면 정색한다. 한편 40대는 30대에 슬쩍 한발 얹고 싶어 한다. 4050이라니, 천인공노할 소리다. 그놈의 나이가 뭐길래 이러지?

일 미팅을 앞두고선 언제나 잔뜩 긴장했다. 누가 나오든 마냥 우러러 보였다. 한때는 분명히 그랬다. **하지만 어느새 40대 중반, 이젠 미팅 장소에 나오는 사람은 대개 나보다 어리다.** 굳이 묻지 않아도 느낄 수 있다. 속으로, 이 분은 몇 살이나 되었을까 생각한다. 대접을 받으려는 게 아니라 걱정되어서다.

지금 나 혼자 신나서 떠들고 있는데, 내 이야기를 알아듣고 있는 거 맞을까? 내가 말하는 장소를 걸어보고, 그 노래를 들어본 적 있을까? 혹시 예의상 고개를 끄덕여주는 건 아닐까? 나 혼자만 즐거운 대화를 하고 싶지 않은데.

그런 생각이 들면 신나게 대화를 나누다가도 중간중간 멈칫한다. 미팅을 마친 후에도 멈칫은 계속된다. 이 작업물에 요런 말장난을 넣어도 될까? 언제적 개그냐는 소리를 듣게 되는 건 아닐까? **나이든 티 나면, 구려 보이면 어떡하지?**

굳이 찾아 듣지 않아도 최신곡이 저절로 귀에 쏙쏙 들어와 입으로 줄줄 흘러나오던 시절은, 이제 갔다. 어떤 스타일의 옷과 신발이 제일 잘나가는지 실시간으로 파악할 수 있던 시절도 갔다.

이제는 노력이 필요한데, 그것도 피곤하다. 슈퍼주니어 멤버의 얼굴을 다 익혔을 무렵 엑소가 데뷔했고, 그들의 수많은 얼굴과 이름을 제대로 연결하기도 전에 새로운 아이돌이 끊임없이 등장했다. 어렵사리 익힌 얼굴이 탈퇴할 때는 좌절했다. 매주 〈프로듀스 101〉을 챙겨보며 열심히 투표했지만 지금도 워너원 멤버들이 헷갈린다. 미안합니다.

그 와중에 조규찬 1집이라든가 이소라 1집을 들으면 여기가 바로 내 누울 자리인가 싶게 편안하다(각각 1993년, 1995년에 발매되었습니다).

인터넷 커뮤니티엔 심심찮게 옷이며 가방, 외모에 대한 질문이 올라온다. 30대 후반인데 후드티 입어도 될까요? 40대 중반인데 긴 머리는 주책일까요? 178센티미터에 75킬로그램인데 뚱뚱한 건가요? 50대 초반인데 이런 백팩 메도 되나요?

다들 마음의 나이와 몸의 나이 사이에서 갈등하며 불안해하는 것이다. 무슨 이런 질문을 해, 하고 싶으면 하는 거지, 라고 생각하면서도 때론 나 역시 흔들린다.

즐겨찾기 해둔 쇼핑몰엔 딸뻘 모델들이 가득하다. 스카잔 점퍼는 좀 그럴까? 핫팬츠는 미쳤다는 소리 들으려나? 하지만, 아무리 그렇대도 미시 쇼핑몰은 죽어도 싫다. 딜레마다. 어쨌든 간에 나는 나이를 먹었다. 피할 수 없는 사실이다.

고작 백화점 좀 돌아다녔다고 허리와 무릎이 쑤신다. 의자 없나, 의자? 속으로 외치며 앉을 데를 열심히 찾는다. 외출에서 돌아와 브라 후크를 탁 풀 때면 인생의 무게를 내려놓는 기분이 든다. 더는 못해먹겠다 싶어 최근엔 아예 와이어 없는 편안한 브라렛을 영접했다.

옷을 고를 땐 일단 위아래 대각선으로 쭉쭉 잡아당겨본다. 스판기가 없으면 입지 않는다. 각 잡힌 빳빳한 정장에 하이힐, 클러치를 고집하던 때도 있었지만 이젠 스판이 최고다. 조금만 추우면 화가 바짝바짝 난다. 겨울 옷을 고르는 기준은 단연 기모다. 스판과 기모를 개발하신 분을 찾아 노벨 평화상을 안겨드리고 싶다. 제 영혼에 평화를 주셨어요.

컴퓨터 앞에 앉아 일 좀 하려니 눈이 시큰거려, 결국 얼마 전엔 인공눈물이라는 신묘한 영약을 영접했다. 그리고 뭐니 뭐니 해도 흰머리. 털이 나는 곳이라면 위아래 가리지 않고 한 가닥 두 가닥 고개를 내민다. 마음 같아선 싹 다 뽑아버리고 싶지만, 꾹 참는다. 숱이 줄면 나만 손해다. 쓰다 보니 되게 서럽네.

그런데 희한하게도 30대나 20대로 돌아가고 싶냐는 질문엔 고개를 절레절레 흔들게 된다. 됐어요, 사양할래요. 한 번 겪은 것으로 충분하다. 다시 잘해볼 생각일랑은 요만큼도, 정말 요마아안큼도 없다. **지금 내가 알고 있는 것은 대부분 맨땅에 냅다 헤딩하듯 배운 것이고, 이젠 그걸 즐겁게 써먹을 때다.**

나이를 먹으며 많은 것을 배웠다. 힘든 일, 불행한 일은 나에겐 일어나지 않을 줄 알았다. 그야 내가 세상의 주인공이니까요. 원래 그런 건 다 주인공을 피해가는 거 아니에요? 하지만 모든 일은 언제든 일어날 수 있다. 나도 예외가 아니다.

이 당연한 사실을 몸으로 직접 겪으며 하나씩 배웠다. 그렇다. 이 세계는 나를 중심으로 돌아가지 않는다. 우리는 피임을 해야 하고, 저축을 해야 하며, 건강검진을 받아야 한다. 무단횡단은, 불법 유턴은, 음주운전은 모두 안 될 말이다.

내가 무엇을 좋아하는지도 배웠다. 긴가 민가 확신이 부족할 땐 남의 시선에 크게 영향받는다. 이거 괜찮아? 어때? 별로야? 사지 말까? 티셔츠 한 장을 살 때도 동행인이 필요했다. 확인을 받아야 안심한다.

그러다 30대 초반쯤 드디어 깨달았다. 아니, 내 코트 고르는 데 얘나 쟤나 걔의 의견이 대체 뭔 필요가 있어? 그때부터는 혼자, 가볍고 빠르게 움직인다. 입을 꾹 다물고 내 마음의 소리에 집중하며 걸려 있는 옷들을 레이저 같은 눈빛으로 쭈욱 스캔하다 뚝 멈춘다. 그래, 네가 내 코트구나. 이리 와서 언니 품에 안기렴.

40대의 나는 이제 내 입맛과 취향을 알고, 무엇이 나를 기쁘게 하며 무엇이 나를 괴롭히는지도 안다. 내 멘탈과 내 시간이 귀하다는 것도 안다. 아닌 건 아니구나, 하며 선선히 돌아서는 법도 안다. 핏대 세워 무엇하리, 그 시간에 맛있는 거나 한 입 더 먹는 게 낫지.

이런 변화는 때론 인간관계를 정리하는 데 도움이 된다. **오래된 관계와 오래되기만 한 관계의 차이를 이제 안다**. 그렇게 조금씩 잔잔하고 평온해진다. 그러다 좋아하는 대상이 생기면 그 순간을 마음껏 즐긴다. 자신을 신뢰하는 만큼 선택에도 확신이 생긴다.

어느 날은 나이든 내가 서럽고, 또 어느 날은 나이든 내가 좋다. 나이를 먹었다고 해서 고민이 사라지는 건 아니다. 여전히 갈팡질팡, 질풍노도다. 새로 출시된 립스틱에 혹하고, 멋있는 사람에 두근두근 설렌다. 카페의 신메뉴는 꼭 먹어봐야 직성이 풀린다. 나는 나. 어디 가지 않는다.

40대의 창작자는 불안해질 때면 이런 생각을 한다. 내가 나이를 먹는 만큼 독자도 함께 나이를 먹는다고, 그러니 나는 오늘의 내 이야기를 하면 된다고.

35

1인 생활자의 살림에 대하여

비혼, 무자녀, 1인 가정.

나의 현재 상태를 전문용어로 표현한 것인데, 쉽게 말하자면 '혼자 살아요'다. 햇살이 쫙 들어오는 오후에 커피 한잔 만들어 머리맡에 놔두고, 거실 요가 매트 위에 벌렁 누워 휴대폰을 들여다보며 뒹굴거린다. 갑갑하다 싶으면 손가락에 차 열쇠를 걸어 빙빙 돌리며 주차장으로 내려가 부아앙 드라이브를 한다.

어떠냐, 죽이지? 부럽지? 라는 소리를 육아로 바쁜 기혼자 앞에서 하지 않는다. 그야 당연하죠. 그런 소리를 해서 대체 제가 뭘 얻겠습니까. 사이만 나빠지지. 상대방을 무척 미워하기 전에는, 영혼을 팔아서라도 그 속을 벅벅 긁고 싶은 게 아니라면 그런 말을 굳이 할 이유가 없다. **하지만 반대의 경우를 당하는 일은 종종 있다. 대체 나한테 왜 이래?**

엘리자베스 길버트의 책 『결혼해도 괜찮아committed』에는 '이모 연대Auntie Brigade' 이야기가 등장한다. 여기에서 말하는 '이모'란 결혼 여부와 관계없이 자녀가 없는 여성을 지칭하는 표현이다. 아이를 낳지 않는다니 이기적이고 냉정하다는 소리를 듣는 이모들, 외롭고 불쌍하고 처량하단 얘기를 듣는 이모들. 나이 더 먹으면 분명히 후회할 거라며 주변 사람들은 그들을 위로 아래로 좌로 우로 훑는다, 쯧쯧.

하지만 이모들이 스스로 선택한 그 삶은, 실제론 여러 면에서 자유롭고 여유롭다고 작가는 말한다. 책을 읽다가 이 대목에서 이모 연대를 향해 마음속으로 손을 흔들었다. 저요! 여기 이모 한 명 더 있어요!

이렇게 행복한 이모에게, 만족스러운 이모에게 굳이 "네 애를 낳아야지, 그게 진짜 사람 사는 거지"라는 소리를 하다니. 저기요, 저한테 왜 그러시냐니까요?

"네가 지금은 그래도 계속 혼자 살 수 있겠니? 오십 되고 육십 되면 어쩔 거야?"

또래 지인의 이런 오지랖에 뭐라고 답해야 할까? 걱정해주셔서 참말로 감사하다고 허리를 깊이 숙여야 할까? 결혼도 안 했고 임신도 출산도 양육도 겪어보지 않았으니, 나는 진정한 어른이 아니란다.

좋다, 나도 물어보자. 당신은 온전히 홀로 30대를 보내고 40대를 맞이한 경험이 있는가? 온전한 당신만의 공간을 꾸리고 지킨 경험이 있는가? 그 속에서 고독을 느끼고, 때론 그걸 즐기고, 때론 그걸 떨쳐본 경험은? 그런 걸 해보지 못했는데, 그렇다면 당신 역시 진정한 어른은 아닌 것인가?

사람은 미지의 행복보다 익숙한 불행을 선택하는 경향이 있다고 한다. 익숙한 형태의 가족만이 자신을 보호해주고 감싸줄 울타리가 될 거라 믿는다면, 다시 한번 생각해보라. 나를 지킬 수 있는 건 오직 나뿐이다…라고 쓰다 보니 점점 부아가 치민다(마침 PMS 기간이기도 하고). 잠시 숨 좀 돌리겠습니다. 후아….

어쨌든 삶은 계속되고, 나는 나의 살림을 꾸려간다. 더럽게 귀찮지만 할 건 해야 한다. **내가 안 하면 아무도 대신 해주지 않는다.** 가사 노동은 눈에 잘 보이지 않지만, 실제론 깨어 있는 시간 내내 풀가동된다.

바닥에 떨어진 음식을 그대로 주워 먹을 수 있다면, 샤워 후 뽀송뽀송한 수건으로 몸을 닦을 수 있다면, 출출할 때 꺼내 먹을 음식이 있다면, 그건 누군가가 가사노동을 했다는 의미다. 거기에 제대로 대가를 지급했는지 자문해보자. 나는 나에게 정기적으로 대가를 지급한다.

바닥에 굴러다니는 저 거슬리는 머리카락은 내가 치우기 전까진 영원히 사라지지 않을 것이다. 앞으로 계속 떨어질 나의 다른 털들과 함께 똘똘 뭉쳐 큰 덩어리로 변신하겠지. 음식물 쓰레기 처리와 재활용품 분리수거도 완전히 내 몫이다. 어쩔 수 없다. 청소다.

밀대에 부직포 시트를 끼워 바닥을 쓱쓱 밀든, 진공청소기를 윙윙 돌리든 전부 내 일. 좀 편해 보겠다고 로봇 청소기를 샀지만, 눈으로 뒤를 쫓으며 앞을 가로막는 물건을 치우고 주기적으로 먼지봉투를 비워줘야 한다. 일은 줄지 않는다. 다만 형태가 바뀔 뿐이다.

참고로 저같이 청소를 싫어하는 사람들에겐 청소도구를 수집하는 습성이 있습니다. 이것만 있으면 집이 깨끗해질 것 같다는 착각에 빠져 하나둘 사 모으는 것이죠. 하여간 그렇게 몸을 움직여 그 싫어하는 청소를 하는 나 자신에게 대가를 지급하는 건 당연하다. 전문가에게 일을 의뢰하고 비용을 지급하는 것과 마찬가지다.

종종 집안일을 전문가에게 맡기고 싶다는 생각을 한다. 가사 전문가를 고용하는 것은 자신의 손으로 새로운 일자리를 창출하는 일이다. 자부심을 가질 만하다.

연말이 되면 으레 "한국 여자들은 왜 그렇게 크리스마스를 좋아하는지 모르겠다"는 소리를 듣는다. 우리 고유의 전통 명절도 아닌데, 심지어 종교도 없는 사람들까지 왜 그렇게 크리스마스 타령이래? 허영 아냐? 사치 아냐? 그런 말을 들을 때면 허허 웃음이 나온다. 왜긴 왜겠습니까. 여성의 노동력을 곱게 갈아 넣어야 하는 명절 대신, 근사하게 차려입고 남이 해주는 맛있는 걸 먹고 마실 기회인데 당연히 좋죠.

나는 요리를 무척 좋아하지만, 이걸 살림 개념으로 받아들이진 않는다. 즐거운 취미다. "요리 좋아하신다고요? 살림 잘하겠어요, 시집가야죠, 남자친구 분은 좋겠네, 가정적이시네…" 뻔한 반응이다. 다시 한번 말씀드리지만, 취미 생활입니다. 청소를 그렇게 싫어하면서도 가스레인지 주변과 싱크대만큼은 반짝거리는데, 취미 작업장이라 열심히 관리해서다.

요리를 소재로 한 책이나 영화, 드라마엔 으레 사랑하는 사람을 위해 요리하는 즐거움에 대한 이야기가 나온다. 그 마음 잘 안다. 나 역시 그런 마음으로 요리해 내가 제일 사랑하는 나에게 선물한다.

남을 위해 요리하고 베푸는 데서 즐거움을 얻는 사람도 있겠지만, 나는 일하는 내내 뭐든 다 평가를 받으니 취미로까지 평가받고 싶지 않다. 맛있다는 칭찬도 필요 없다. 그저, 그때그때 먹을 만큼 만들어 식사한다. 남은 것을 먹어치우라는 소리는 내가 가장 싫어하는 말이다. 아주 무례한 소리다. 내 입은, 그리고 누구의 입도 쓰레기통이 되어선 안 된다.

주말엔 애인을 만나 외식한다. 오늘은 어디에 가서 뭘 먹을지 궁리하는 게 즐겁다. 내 집은 집인 동시에 사무실이니 굳이 주말까지 거기서 요리할 필요가 없다. 주말 출근이잖아요. 싫다. 남이 해주는 음식을 먹을 것이다.

손질하기 어려운 재료를 쓴다거나 조리 과정이 길고 복잡한 음식 같은, 혼자 해먹기 어려운 메뉴가 좋다. 근사한 식기가 테이블 위에 한가득 놓인 걸 보면 설렌다. 보기도 좋고, 내가 설거지를 하지 않아도 되는 게 기쁘다.

그렇게 주말을 즐기고 월요일이 되면 다시 내 식사를 직접 준비한다. 요리가 좋은 건 과정에서 위안을 받기 때문이다. 바쁜 마감 도중에 잠시 숨을 돌리며 완전히 다른 생각을 할 기회가 된다. 멀티태스킹에서 잠시 벗어나 유니태스킹 하는 시간. 꼭 요리가 아니어도 좋다. 어떤 것이든 이런 배출구는 많은 사람에게 꼭 필요하다.

냉장고엔 뭐가 있고 찬장엔 뭐가 있는지 파악하는 건 식재료에 대한 예의다. 신선한 재료일수록 자꾸만 사람을 재촉한다. 유통기한을 신경 쓰고, 선입선출 원칙을 중요하게 생각하며, 그에 따라 계획을 세워 조리하고 섭취한다.

이것은 어떤 일을 시작하기에 앞서 일정표를 작성한 후 하나씩 착착 해나가는 것과 통한다. 규모가 크든 작든, 식재료 재고 관리와 프리랜서로서 자기관리를 하는 건 모두 중요하다. 그렇다고 해서 배에 '王자'가 있다는 얘기는 아닙니다('三자'가 있죠).

집에서 혼자 일하지만 출퇴근 시간을 정해서 지키고, 규칙적인 생활을 하고, 되도록 야근과 철야를 하지 않기. 내가 생각하는 자기관리는 이런 것이다. 배달음식과 냉동식품 구매를 최소화하겠다는 결심과도 통한다.

물론 예외는 있다. 치킨만큼은 절대 포기할 수 없어요… 영험하신 치느님….

36

결혼하지 않는다는 선택에 대하여

20대 후반부터 결혼 이야기가 오갔다. 내 짝이다 싶은 인물이 곁에 있어서가 아니라(그런 자는 있다가도 없고, 없다가도 있는 것입니다) "너도 슬슬 결혼 생각을 해야 하지 않겠니"라는 소리를 주변 사람들에게서 듣게 되었다는 말이다.

그 당시 이미 작업실을 운영하며 혼자 일한 지 6~7년은 된 상태. 혼자 내 공간을 가꾸고 살림을 꾸려 나가는 것을 온몸으로 충분히 겪은 상태라, 독립에 대한 환상 따위는 애저녁에 분리수거한 지 오래였다. 현실은 빡세다구요.

하여간 결혼 이야기가 자꾸 나오니 어디 한번, **결혼이 가져올 변화에 대해 구체적으로 하나하나 따져보기로 했다.** 결혼 후에도 내 작업실을 운영하려면 집 2채를 왔다 갔다 하며 생활해야 한다. 그렇게 양쪽 집을 관리하는 데 내 시간과 체력을 충분히 쓸 수 있을까? 비용 면에서 오히려 적자는 아닐까?

논의 끝에 부부가 사는 집 일부를, 방이든 거실 한쪽이든 간에 작업 공간으로 사용할 경우, 일에 방해가 되는 요인을 얼마나 빠르게 제거할 수 있을까? 만약 방해 요인이 배우자의 가족과 친구 등 내 손으로 제거하기 어려운 관계일 경우, 배우자는 그들을 얼마나 효율적으로 전담 마크할 수 있을까?(어서 데리고 나가라는 소리죠)

집에서 노브라에 수면 바지를 걸치고 있지만 엄연히 근무한다는 것을, 당신과 나는 맞벌이 부부라는 것을 배우자는 과연 얼마나 제대로 받아들일 것이며, 배우자의 가족은 또 어떠할까? 종일 집에 있으면서 이것(설거지, 청소, 식사 준비, 안부 전화 등등)도 안 하니 소리를 듣지 않을 수 있을까?

여기까지만 꼽아봐도 벌써 까마득하지만, 진짜는 지금부터다. 만약 아이가 생긴다면 그때는 정말 어떨까? 자유롭게 경쟁하고 공존하는 듯하던 여성 창작자와 남성 창작자 사이에 갑작스레 격차가 생기는 건 대략 이때쯤이다.

그림이든 글이든 음악이든, 남성 창작자들은 이 시기에 작업실을 마련했다는 얘기를 종종 한다. 집에선 아무래도 아이 때문에 일에 집중하기 어려워 작은 공간을 구했다는 것인데,

그렇군요, 그럼 여성 창작자인 당신의 배우자는 지금 어디서 무엇을 하고 있습니까. 이러고도 결혼을 꿈꾸라니 이거야 원, 미래가 너무 뻔하잖아요. 20대 후반의 나는 그렇게 마음을 살포시 접었다.

그래, 내 일이나 열심히 하자. 이걸로 됐어.

하지만 꿋꿋하게 성공적으로 커리어를 쌓아나가는 비혼 여성은 "결혼도 미루고 일에 올인했다"는 말을 종종 듣게 된다. 기혼 여성도 크게 다르지 않은데, 가정(혹은 출산)을 포기하고 일에 올인했다는 식이다. 칭찬인지 비난인지 헷갈린다. 그리고 비혼이든 기혼이든, 남성이 이런 소리를 듣는 경우는 드물다. 오히려 너무 바쁘니 아내가 챙겨줘야 한다는 소리를 듣지.

올림픽처럼 큰 대회에서 훌륭한 성과를 획득한 여성에겐 스포츠인으로서 얻은 성취 대신 외모, 연애, 결혼 계획 등 엉뚱한 질문이 쏟아진다. 한참 좋은 나이에 운동만 하느라 여성으로서의 삶을 희생했다는 식이다. 은퇴를 앞둔 경우엔 이제 평범한 여자(아내 또는 엄마)으로 돌아간다고들 한다.

남성 스포츠인에게도 이런 말을 가져다 붙이던가? 대체 여성이 꼭 지켜야 할, 소중한 여성의 삶이란 뭘까? 연애, 결혼, 임신과 출산 등 인생의 중요한 문제를 두고 깊이 고민하는 여성에게 어째서 너무 재지 말라고, 눈 딱 감고 하라고 말할까? 깊이 생각할 틈을 갖지 못하도록, 대충 빨리 후다닥 정하라는 의도는 아닐까? 제대로 알고 나면 거부할까봐?

누군가와 함께 산다면, 자신을 스스로 돌볼 줄 아는, 생활을 꾸릴 줄 아는 사람이면 좋겠다. 몸을 항상 깨끗이 씻었으면 좋겠고, 입었던 옷은 직접 세탁기에 넣어 돌릴 줄 알고, 손상되기 쉬운 옷은 세탁망에 넣거나 손빨래를 했으면 좋겠다. 빨래가 끝나면 탈탈 털어서 말리고, 착착 개켜 정해진 자리에 넣었으면 좋겠다. 양말을 벗을 땐 또아리처럼 돌돌 말리지 않도록 잘 폈으면 좋겠다. 직접 세탁을 하는 사람이라면 아마 자신의 편의를 위해서라도 그렇게 할 것이다.

직접 해 먹든 사 먹든 끼니에 대해 고민하고 이것저것 시도해보는 사람이었으면 좋겠다. 설거지 후에는 물기를 잘 말려서 찬장에 넣어야 한다는 것도 알았으면 좋겠다. 음식물 쓰레기는 음식물 쓰레기통에, 재활용 쓰레기는 분리수거함에 제대로 집어넣었으면 좋겠고, 일반 쓰레기 봉지 주둥이는 꽉 묶어서 내다 버리는 사람이었으면 좋겠다.

잠깐만요, 아직 멀었어요. 아직 절반도 채 쓰지 않았습니다. 하지만 이 당연하고 별것 아닌 바람을 두고 대단히 큰 소망이라고들 한다. **한국에서 이런 남자를 바라다니 욕심도 많단다.**

좀 더 써볼까? 술이나 담배 같은 기호식품은 개인의 선택이지만, 나는 될 수 있으면 그런 걸 하지 않는 사람이 좋다. 꼭 술을 마셔야 한다면 주사를 부릴 정도까지 취해서 남에게 피해를 주지 않았으면 좋겠다. 담배꽁초를 아무데나 버리지 않아야 하고, 길 가다 침을 뱉지 않으며, 역한 냄새를 풍기지 않는 사람이 좋다.

종종 술, 담배에 찌든 남자를 두고 "사람은 참 좋은데 말이지… 얼른 짝을 만나서 와이프가 좀 챙겨줘야 할 텐데"라는 이야기를 하는 작자들이 있다. 대체 이게 무슨 소리지? 기본적인 자기관리도 못하는 사람은 누구도 만나선 안 된다. 대체 누구에게 무슨 폐를 끼치려는 수작인가?

'사람은 참 좋다'는 표현도 이상하다. 대부분의 사람들은 웬만한 경우에는 다 좋다. 나도 꽤 괜찮은 사람이다. 하지만 그걸로 다른 단점을 모두 덮을 순 없다.

여성은 한 손에 빗자루를, 다른 손에 행주를 쥐고 태어나지 않았다. 만약 어떤 여성이 자신과 주변을 깔끔하고 건강하게 관리한다면, 그건 하나부터 열까지 후천적으로 습득한 능력이다. 배우고 노력하면 누구나 할 수 있다. 남성도 마찬가지다. 하고 싶지 않다면 혹은 거기에 쓸 에너지가 부족하다면 전문가에게 맡기고 적절한 비용을 지급하시라.

줄줄이 딸린 동생들 뒷바라지를 하느라 혼기를 놓쳤다지, 아이를 낳을 수 없는 몸이라 시집을 못 갔다지, 부모님 병간호 하느라 그 나이까지 혼자라지…. 한국의 비혼 여성에겐 으레 이런 사연이 있을 거라 어림짐작하던 시대는 갔다. 우리 사회는 여성을 겁준다. 늦으면 안 된다고, 어서 막차라도 타라며 윽박지른다.

재지 말고 빨리 시집가야지, 안 그럼 늦어. 몇 살이라구? 아휴, 아기부터 가져야겠네. 안 그럼 노산이야. 애가 하나야? 얼른 둘째 낳아. 그래야 늦기 전에 학교 보내고 시집 장가 보내지.

하지만 그렇게 다그치는 사람들은 정작 비혼을 경험해보지 못했다. 해보지 않은 일에 대해 훈수를 둔다니, 참 이상하죠. 써보지도 않은 물건의 리뷰를 정성스레 작성하는 것만큼이나 이상하다.

이쯤에서 40대 비혼 여성인 내 의견을 말하겠다. 삶에서 결혼, 그리고 별책부록인 출산과 양육을 겪지 않으니 그만큼의 여유가 생겼다. 자유로워졌다. 미처 생각 못했던 의외의 기회들도 만났다. 무엇을 시작하든 무엇에 도전하든 늦은 게 별로 없다. 참고하시기 바랍니다.

살면서 반드시, 당연히, 꼭 해야만 하는 것은 없다. 진지하게 곰곰이 생각해봤는데… 정말 없다. 법을 준수하며 성실히 살면 되는 것이다. 우리에겐 선택의 여지가 있다. 많이 생각하고 고민한 끝에 결혼하든 하지 않든, 모두 존중받아야 할 선택이다. 어느 길로 가든, 갔다가 돌아오든, 혹은 삽을 들어 새로운 길을 파든, 내 의지로 결정할 것이다.

37

'선배'로서의 다짐에 대하여

칼, 전기톱, 드릴, 전기 그라인더, 에어 컴프레셔와 에어브러시, 통에 든 페인트와 스프레이 페인트, 온갖 종류의 접착제…. 대학교 다닐 때 매일같이 사용한 도구다. 90년대 중반, 산업디자인과의 전공 수업에선 대략 이런 것들을 사용해 여러 가지 모형을 만들었다.

실습 시간엔 교수와 학생 모두 눈과 호흡기를 보호하기 위해 필수적으로 고글과 마스크를 착용했고, 상황에 따라 장갑을 꼈다. 긴 머리는 높이 올려 묶어야 하는데, 자칫하면 기계에 빨려 들어갈 수 있기 때문이다. 치렁치렁한 옷도 같은 위험이 있으니 피하는 게 좋다. 날이 덥다고 해서 맨발에 샌들을 신는 것도 위험하다. 발을 완전히 감싸는 신발을 착용해야 한다.

모두 1학년 1학기, 전공 실습 수업 첫날 배운 것이다. 해당 수업의 교수님은 보호장구를 갖추지 않으면 벌점을 부과하겠다고 경고했다. 음주 후 실습실 출입 역시 엄격히 금지되었다.

여기까진 너무 당연하고 유익한 이야기인데 말이죠. 문제는 다른 곳에 있었다. 몇 학번 위의 선배들 몇몇이 실습실에 쓱 들러선 한마디씩 핀잔주듯 던졌다.

"야, 우리 땐 진짜 열악했어. 고글은 무슨, 맨눈에 마스크도 없이 이런 거 다 했거든? 올해 신입생들은 왜 이렇게 연약해? 뭔 장갑까지 끼고 있어?"

물론 모든 선배가 그런 말을 한 것은 아닌데, "오빠가 말이지~" 소리를 입에 달고 다니던 복학생들이 주로 이런 식이었다(거기다 술을 마시고 들르는 경우가 많다).

그렇게 열악한 환경에서 보호장구 없이 작업했으면 후배에겐 그러지 말라고, 조심하라고 조언을 해야 하는 거 아니냐 이 자식아, 라는 말은 입 밖에 내지 못하고 속으로 꿀꺽 삼켰다. 그리고 생각했다. 난 절대 저런 사람이 되지 말아야지. 훌륭한 반면교사가 되어주셔서 감사합니다, 선배님.

한 학기에 한 번꼴로 사고가 났다. 칼이나 톱에 깊이 베이고, 심지어 손가락 일부가 절단되는 경우도 발생했다. 전동 그라인더에 엄지손톱이 통째로 갈린 친구도 있다. 급히 근처 병원 응급실에 달려가 치료를 받고 하얘진 얼굴로 돌아오면, 실습실에 있던 사람들 모두 그를 둘러싸고 괜찮냐며 걱정하고 위로했다.

그 와중에 술 마시러 가자고, 알코올이 소독해줄 거라는 헛소리를 하는 인간이 꼭 있는데, 위에서 말한 반면교사님과 동일 인물일 확률이 매우 높다. 우연치고는 희한하죠.

먼저 선先, 무리 배輩. 선배. 안전한 작업 환경이 얼마나 중요한지, 불의의 사고를 당했을 때 올바른 치료를 받는 게 얼마나 중요한지, **먼저 경험해본 사람이 가르쳐줘야 한다. 그게 선배다.** 어제보다 오늘이, 오늘보다 내일이 나아져야 한다. 우리 땐 힘들었는데 요즘 애들은 참 편하겠다고? 시간이 흐른 만큼 노하우가 쌓여 더 효율적으로 더 편하게 작업하는 게 그렇게 불만스러운가?

"나도 겪어봤어"라는 말은 사용하기에 따라 느낌이 완전히 달라진다.

– 나도 겪어봤어, 너만 힘든 줄 알아?
– 나도 겪어봤어, 많이 힘들지?

오늘, 우리는 어떤 식으로 이 말을 할 것인가? 어떤 선배가 될 것인가?

20년간 프리랜서로 다양한 일을 하며 다양한 '폭력'을 겪었다. 폭력이라는 표현은 거창한 의도를 지닌, 거창한 상처에만 사용하는 말이 아니다. 계약서 작성을 거부하며 도리어 화를 내는 것도 폭력이고, 약속한 날에 결제를 해주지 않고 나 몰라라 하는 것도 폭력이다. 고료를 깎기 위해 내 능력을 후려치기를 하는 것도 폭력이다. 저작물의 저작권과 사용권 등 권리를 동의 없이 남용한 후, 배 째라고 나오는 것도 폭력이다.

무엇보다 나를 가장 자주 괴롭힌 폭력은 일 관계로 만난 남성들에 의한 것이었다. 작업실 혼자 쓰시죠? (혹은, 혼자 사세요?) 놀러 갈게요. 의도와 관계없이 식겁한다. 그리고 네 머릿속에 든 의도를 내가 굳이 좋은 쪽으로 걸러 들을 의무가 없다.

기분 전환하고 싶지 않냐며, 호텔 방을 잡아줄 테니 노트북을 가져가서 일하라던 남성도 있다. 저녁때쯤 와인 사갖고서 문을 두드리시겠답니다. 네가 하는 거 봐서 일을 줄 수도 있다며 술자리 참석을 강요하던 남성도 있다. 거절하니 다른 여성 작가와 술자리를 마련해달란다.

예산이 적어(맨날 적냐!) 고료를 많이 주지 못하니, 대신 술을 사겠다던 남성도 있다. 좋은 술을 곱게 포장해주는 거라면 감사히 받겠지만 물론 그건 아니었다. 한참 달게 자는 새벽에 술 취한 목소리로 전화를 걸어 주정을 부리던 남성 출판인도 떠오른다. 자신의 성적 판타지를 나에게 주절주절 떠들어대며, 창작자라면 다양한 경험을 해봐야 하지 않냐며 사람을 자꾸 떠보던 모 광고기획사의 남성 이사도 빼놓을 수 없다. 입버릇처럼 나는 쿨해, 라고 말하는 사람이다. 아오, 그놈의 쿨!

오래전 일이든 바로 최근의 일이든, 하나하나 모두 또렷하게 기억난다. 그리고 여전히 화가 난다. **그 순간 항의하지 못했고, 그 순간 받아치지 못했기 때문이다.** 다양한 감정 중 가장 무서운 건 '억울하다'는 감정이다. 억울하면, 문자 그대로 병이 난다. 할 말은 하고 싶지만 진상이 되는 게 두려워 머뭇거리는 것인데… **아니 잠깐만요, 진상이라니. 그건 내가 아니라 저쪽인데?**

이젠 화가 나면 화를 내려고 노력한다. 오랫동안 꾹꾹 누르고 참는 게 버릇이 되어, 표현하는 데도 노력이 필요하다. 꾹꾹 눌렀던 이유는 승산 없는 싸움이 될 거라고, 나를 도와줄 사람이 없을 거라고, 나는 혼자라고 절망했기 때문이다.

그렇다. 나는 혼자다. 과거에도 혼자였고 지금도 혼자다. 하지만 이제는, 나같이 혼자인 사람들이 각자의 자리에서 열심히 싸운다는 걸 안다. 그리고 이 싸움이 우리 각자를 완전히 잡아먹지 못하게 일상을 소중히 지켜야 한다는 것도 알고, 그러기 위해 노력한다. 화를 내는 것은, 분노하는 것은 잘못이 아니다. 피해자에게 "네 목소리가 너무 크다"며 비난하는 게 잘못이다.

침 한번 꿀꺽 삼키고선, 정색하고 지적하고 화를 내니 상대방이 놀란다. 내가 이렇게 나올 거라 생각하지 못했기 때문에 놀란다. 자신이 저지른 무례와 폭력은 싹 잊고 놀란다. 아니, 어떻게 여자가 그렇게 세게 나오냐며 놀란다. 그들은 말하고 화내는 여성에 놀라고 겁먹는다.

그래, 겁먹고 쫄아라. 우리는 그들의 마음을 알아주고 달래주고 토닥여줄 필요가 없다. 우리의 넓고 따뜻한 가슴은 우리가 사랑하는 이들, 우리를 사랑하는 이들을 위한 것이다.

나도 겪어봤어요. 소리 내지 못하고 속으로만 말했다. 그리고 나는 나 자신을 탓하며 속으로 삭였고, 괜히 뭐라 했다간 그게 나를 공격할 무기가 될까봐 그저 참았다. 내가 너무 생글생글 웃었나, 만만해 보였나, 옷이 너무 파였나, 혼자 일하는 여자는 원래 이런 소리 듣는 건가. 하지만 이젠 목소리를 가다듬고 힘주어 말한다. 나도 겪어봤어요!

달라져야 한다. 나아져야 한다. 어제보다 오늘이, 오늘보다 내일이.

지속가능한
나

38

칭찬도 세련되게 받을 줄 아는 태도에 대하여

드라마나 영화, 책을 보다가 때때로 등장인물에게 화딱지가 나곤 한다. 얄밉거나 사악한 악역이 아닌, 주인공에게도 그럴 때가 있는데, 노아 바움백 감독의 영화 〈프란시스 하〉를 보면서도 내내 그랬다.

주인공 프란시스는 젊은 여성이다. 직업도 주거도 인간관계도 모두 위태롭고 불안정하다. 뭘 해도 실수 연발이고, 말투와 몸짓도 거칠다. 대책 없고 무책임하다. 아휴, 또 시작이야. 프란시스의 입에서 이번엔 대체 또 무슨 말실수가 튀어나올지, 무슨 민폐를 얼마나 끼칠지 신경이 쓰이다 못해 얼굴에 열이 오를 정도로 성질이 났는데… **아니, 일개 관객인 내가 왜 이렇게까지 화가 나는 거죠?**

영화를 보고 나서도 두고두고 생각했다. 그만큼 여운이 길고 진했다. 그리고 한참 뒤에야 알게 됐다. **야, 내가 꼰대구나!** 나는 마치, 프란시스의 뒤를 졸졸 쫓아다니며 저 뒤치다꺼리를 대신해줘야 할 것만 같은 생각에 빠졌던 것이다. 해달라고 요청받은 적도 없는 뒤치다꺼리를.

마치 짧은 치마를 입고 의자에 앉은 여성에게, 요구한 적도 없는 무릎 담요를 갖다주며 매너인 양 으쓱하는 꼰대처럼, 네크라인이 시원하게 파진 옷을 입고 기분 좋게 외출한 사람에게 가슴을 가리라며 참견하는 꼰대처럼. 여러분 제가 꼰대입니다!

그리고 곧 다시 깨달았다. **나는 프란시스가 부러운 것이다.** 나댄다는 소리 들을까봐 무서워서 몸 사리며 하지 못한 행동과 말을 거침없이 저지르는 프란시스가 부러웠던 것이다. 자신의 서툴고 거친 모습을 '이게 나야, 나 원래 이래'라며 받아들이는 게 부럽다 못해 화가 바짝바짝 난 것이다.

나를 좋아하고 사랑하는 일. 어려운 숙제다. 나에게도 그렇다. 나는 종종 나를 부끄러워하고, 자신에게 엄격한 잣대를 들이밀며, 완벽한 모습만 보이고 싶어 한다. 그런데 완벽이란 게 뭐지? 누가 대체 나에게 '완벽해요'라는 도장을 찍어준다는 거지?

마치 완벽한 외국어 문장을 머릿속에서 완성해 시뮬레이션을 돌려보기 전엔 절대 입 밖으로 내놓지 못하겠다며 끙끙거리는 것 같다. 하고는 싶은데 욕심은 있는데, 완벽하게 할 자신이 없으니 애초에 시도조차 못하는 것. 언젠간 해야 한다고 생각하지만 계속 늦추고 또 늦추며 쪼그러든다.

어쩌면 내가 나를 부끄러워하는 게, 내가 만든 작품을 부끄러워하는 게 그걸 좋아하기보다 더 쉬워서일지도 모른다. 나대지 말고 튀지도 말라며 겸손, 겸양 따위를 미덕이랍시고 가르치는 주입식 교육을 오랫동안 받았으니까. 미덕은 개뿔, 미더덕은 맛이라도 있지.

이것은 특히 여성에게 더하다. 여성은 누군가의 배우자감으로 교육받는다. 주체가 아니라 보필하고 내조하는 존재로. 그 결과 나도 모르는 사이 순응하며 살고 있는데, 어머? 쟤는 나처럼 조신하지 않고, 나처럼 만족하지 않는 게 당황스럽고 거슬린다. 급기야 손가락질한다.

저 여자는 어떻게 저럴 수 있지? (나는 못 하는데) 너무 나대잖아? (실은 부러운데) 꼴 보기 싫어! (나도 저랬다간 욕먹겠지)

여성 안에, 여성에 대한 혐오가 자라난다. 영화 〈프란시스 하〉를 보며 나는 내 안의 여성 혐오를 절절히 느껴버렸다. 그뿐만 아니라 나 자신에 대한 혐오도 깨달았다. 프란시스에게선 내 모습, 그리고 수많은 여성의 모습이 보인다. 뭘 해도 어설픈 시기의 한가운데서 실수를 저지르며 머리를 쥐어뜯는 나의 모습도 보이고, 그 시절을 어떻게든 통과한 후 문득문득 '그때 왜 그랬을까'라며 이불을 걷어차는 나도 보인다.

프란시스는 그저 젊고 아름답게 반짝이는 청춘이 아니라, 자리 잡지 못한 채 방황하는 불안정한 모든 여성을 상징한다. 부딪히고 깨지고 까이고 멍들지만 우리는 굳은살과 맷집을 획득할 것이다.

나는 종종 짧은 주문을 외운다. **내가 싫어지려고 할 때 은근히 잘 먹히는 주문이다. '남들은 생각보다 나에게 관심이 없다'라는 것.**

정말 그렇다. 소풍날이든 졸업앨범 촬영일이든 결혼식이든 우루루 모여 찍은 사진 속 깨알 같은 내 얼굴을 기어이 찾아내, 눈을 감았네 턱살이 보이네 하며 평가하는 건 나뿐이다. 왜? 각자 자기 얼굴 찾느라 바쁘니까. 사람들은 생각보다 나한테 관심이 없거든요!

그렇다면 남이 나에게 그렇듯 나도 나에게 좀 무관심해도 되지 않을까? 무관심이라는 표현이 섭섭하게 느껴진다면 관대함이라 바꿔보자. 그래, 나도 나에게 좀 관대해도 되지 않겠습니까.

이것은 곧 내가 만드는 것에 좀 관대해져도 괜찮다는 얘기다. 내 노래, 내 그림, 내 글, 내 요리, 내 춤… 때가 되어 무르익으면 정말 괜찮다 싶으면, 그때 당당히 선보이겠다고 생각하지만, **그 '때'라는 건 대체 언제 오는 것이며 괜찮다는 도장은 대체 누가 찍어주는가.**

우리는 우리 작품의 '창조자'이자 최초의 '관객'이다. 우리는 우리가 만든 것을 좀 더 좋아해도 된다. 선 하나 잘못 그었다고, 문장 끝맺음이 성에 차지 않는다고 그걸 몽땅 부정하지 말자.

내가 나를 관대하게 바라보며 응원하기 시작하면 여유가 생긴다. 그제야 다른 이들의 창작물을 질투가 아닌 관심과 애정으로 바라볼 수 있게 된다. 다들 다르고, 달라서 재미있다. 창작자는 누구나 자신만의 조용한 전쟁을 치르며 묵묵히 작업해나간다.

이 책 역시 그런 과정을 통해 쓰인 것이다. 내 손에서 나온 글이 너무 날것인 것 같아 보기 좋게 다듬은 후에야 사람들에게 보여주겠다며 몸을 사리다가도 그때마다 용기를 내어 글을

셨다. 결국 우리는 매일매일, 그리고 매 순간 새로운 다짐을 해야 한다. 괜찮다고, 잘하고 있다고. 괜찮지 않고 잘하지 못하면 또 어떠냐고.

이 다짐의 일환으로 최근 내가 진행하는 1인 프로젝트가 있는데, **이름 하여 '칭찬 받았을 때 마음에 없는 소리 하지 않기'다.** 예를 들어, SNS에 셀카 사진을 올리고 예쁘다는 답글을 받았다. 애초에 잘 나온 사진이라 올린 것이니 칭찬을 들으면 기쁘다. 그런데 거기에 대한 답글로 "아우 아니에요, 카메라 필터 써서 그래요. 실제론 기미 주근깨 장난 아니에요"라는 식으로 일단 나를 깎아내린다.

나도 모르게 본능인 양 그런 대답이 홱 튀어나온다. 아니 그럴 거면 애초에 사진을 올리지 말든가, 대체 왜 이러는 거지? 목소리가 좋다는 칭찬엔 "아니에요, 혀가 짧아요", 그림을 잘 그린다는 칭찬엔 "아니에요, 선 다 비뚤어졌어요". 나여, 대체 왜 이러는가!

이것 역시 오랜 세뇌의 결과다. 겸손해야 한다고, 자신을 내세우면 안 된다고, 사양할 줄 알아야 한다고 귀에 못이 박이도록 들었다. 사회에 안전하고 무난하게 편입되고 싶다면 내가 나를 꽉꽉 조이고 엄하게 검열해야 한다고 배웠다.

나는 아주 오랫동안 나를 검열했고, 그 결과 무슨 칭찬을 듣든 일단은 쑥스러워하며 손을 홱홱 내젓는 제스처가 제일 먼저 튀어나온다. 성공적인 세뇌다.

한번 깨달은 이상, 다시 돌아갈 수 없다. 돌아가선 안 된다. 나는, 우리는 모두 각자의 이유로 훌륭하고 괜찮은 사람들이다. 내 부족함을 아는 만큼 훌륭함도 알고 있다. 늦지 않았다. 숨기지 않고 더 키울 것이다.

39

친구라고 착각하는 관계에 대하여

'우리'는 노처녀야, '우리' 이제 큰일이야, '우리' 언제 시집가지?라며 자신과 나를 2종 세트로 묶던 친구가 있었다.

취미 동호회에서 만나 그 이야기만 줄창 나누던 사이인데, 가까워지자 아이고… 나랑은 잘 맞지 않는구나 싶어졌다. 그 전까지의 관계가 딱 좋았는데, 다시 그렇게 돌아갈 순 없을까?

그 와중에 '우리' 수준엔 감지덕지라며, 괴이한(?) 남성들을 나에게 두어 차례 소개했다. 소개팅을 마치고 돌아와 "언니, 그분 너무 괴이하시던데요"라고 말하자(물론 곱게 돌려 말했습니다) 눈을 낮추라고 타박했다.

서서히 연락을 줄이고, 오는 연락도 잘 받지 않았다. "요즘 왜 그렇게 소식이 없어, 많이 바쁘니?"라는 카톡 메시지를 볼 때마다 죄책감이 들었지만, 꿀꺽 삼키고 답하지 않았다.

몇 년 후, 공통의 지인을 통해 그 언니의 결혼 소식을 들었다. 어색했지만 용기를 내어 전화를 걸었고, 축하 인사를 전하니 고맙게도 반갑게 받아주었다. 그리고 곧 시작되었다.

"넌 언제까지 그러고 살 거니. 난 이제 드디어 완전해졌어. 어른이 된다는 건 말이지…."

아 맞다, 이래서 내가 연락을 끊은 거였지. 깜빡 잊고 있었네(눈물)….

자주 있는 일은 아니지만 아슬아슬하게 이어가던 인연을 마음먹고 정리할 때면, 오만가지 복잡한 생각이 든다. 잘한 걸까? 그렇잖아도 좁은 인맥인데, 남들은 둥글둥글하게 잘들 지내는 것 같은데 나는 왜 이 모양일까? 죄책감이 들고 자괴감도 든다. 하지만 스스로 질문을 던지고 답을 하다 보면 마음이 정리되곤 한다.

문 세상에서 누가 제일 중요한가요?
답 저요.
문 그 '문제의 영장류'를 만나면 기분이 어떤가요?
답 열받아요.

그러니, 나 자신을 위해 탈탈 털어버리고 어서 마음의 평화를 찾는 게 좋다. 나의 기를 죽이고 우위에 서려는 관계는 빨리 정리해야 한다. 그 안에는 우정도, 이해도, 배려도 없다.

마드리드 숙소의 침대에 누워 팟캐스트를 듣는다. 좋아하는 작가가 게스트로 출연해 진행자와 즐거운 대화를 나누다 어느새 좀 어두운 목소리로 이야기했다. 최근에 오랜 친구와 인연을 끊었는데, 워낙 어릴 적부터 만난 친구라 마음이 아프다고 말했다. 그러자 진행자가 대답했다.

초등학교 시절, 무작위로 같은 반 친구가 되어 오랜 시간을 함께 보냈지만, 만약 다 커서 만난 사람이라면 친구가 되지 않았을 수도 있다고.

허리에 좋지 않은 자세(가 보통은 제일 편하다)로 비스듬히 누워서 듣다가, 진행자의 말에 벌떡 일어나 자세를 고쳐 앉았다. 그 한마디에 마음이 편안해지고 개운해졌다.

그리고 지나간 여러 인연이 떠올랐다. 20년 친구라고, 30년 친구라고 끙끙대며 질질 끌고 가다 어렵게 마음을 내려놓은 인연들. 어른이 된 지금, 어느 자리에서든 처음 만나 인사하고 대화를 통해 서로의 관심사를 나누었다면, 그래도 우리는 좋은 친구가 되었을까?

혼자 있기 두려워서, 미움받고 싶지 않아서, 억지로 인연을 붙잡고 늘어지기도 한다. 하지만 나도 끼워줘, 나도 같이 가, 라는 불안한 마음을 어느 정도 내려놓으면 여러 가지로 편해진다. 내 마음의 쾌적함, 내 정신건강을 최우선으로 두면 다른 것들은 자연스레 정리된다.

내가 원하는 것은 건강한 인간관계를 맺는 것이다. 독립적인 사람을 만나 좋은 관계를 맺고, 발전시키고 싶다. 그리고 나에게 잘해주는 사람을 만나고 싶다. **무슨 대단한 대접을 해주는 사람이 아니라, 나의 좋은 점을 알고 존중해주는 사람.** 그러려면 우선 나부터 괜찮은 사람, 혼자 힘으로 잘 설 수 있는 사람이 되어야 한다. 그래야 나와 함께 편안히 설 수 있는 사람을 알아볼 수 있다. 조심스럽게 다가가 인사하고, 예의를 갖춰 대화를 시작할 것이다.

제인 오스틴은 『오만과 편견』에서 엘리자베스 베넷의 입을 빌려 말했다. '마음이 맞는다는 것은 불편함을 견딜 수 있는 건강한 체질, 즐거움을 더해주는 명랑한 성격, 밖에서 실망스러운 일이 있더라도 서로 간에 즐겁게 지낼 수 있는 애정과 슬기를 포함하는 것이었다.' 마음이 건강하고 강단 있는 사람을 원하며, 자신도 그렇게 되겠다는 의지가 느껴진다.

때론 나 역시 친구라는 이름으로 수많은 무례를 저질렀을 것이다. 상처 준 사람은 쉽게 잊고, 푹 찔린 사람은 오랫동안 기억한다. 친구란 결국, 내 단점보다 장점을 더 높이 평가해주는 고마운 사람이다. 너그러운 마음으로 나를 응원해주고, 내 곁에 있어주며, 때로는 나를 참아준다. 가끔 그걸 잊고선 나 잘난 맛에 흥흥거리다 아차, 하며 얼굴이 빨개진다. 나는 항상 모자라고 부족하고 어리석다.

많지 않아 더 소중하고 귀한 친구들… 그들의 배려와 호의 덕에 오늘도 좋은 하루를 보냈다. 감사합니다.

40

디딤돌과 걸림돌의 한끗 차이에 대하여

나는 커서 화가가 될 거예요!

크레파스든 물감이든 찰흙이든, 손으로 뭔가를 쓱쓱 그리고 조물조물 만드는 게 어린 나는 좋았다. 내가 생각해도 참 잘했다. 이런 일을 하는 사람을 두루뭉술하게 '화가'라고 부른다는 얘길 듣고, 커서 어떤 사람이 되고 싶냐는 물음엔 언제나 화가가 되겠다고 대답했다.

그런데 부모님은 그게 마음에 들지 않았던 모양이다. 80년대 초, 이미 주산과 암산 학원, 미술 학원과 피아노 학원쯤은 흔했다. 욕심을 낸다면 플루트와 바이올린, 발레와 고전무용에 태권도도 배울 수 있던 때다.

한국 사회는 지금이나 그때나 어머니에게만 자녀교육에 대한 책임을 지우는데, 초등학교 교사였던 어머니는 어째 미술학원 대신 자꾸 다른 곳에 나를 보내셨다. 여섯 살이 되었을 땐 피아노 학원에 다니게 되었고, 잠깐의 여백도 없이 내리 7년간 개근해야 했다. 짧은 인생, 최고의 고통이었다.

유튜브는커녕 CD 플레이어도 없던 시절이라 베토벤과 모차르트의 원곡 한번 제대로 들어보지 못한 채 종이에 인쇄된 악보를 살아 있는 음악으로 바꿔야 했다. 틀릴 때마다 플라스틱으로 된 50센티미터 길이의 자로 손등을 얻어맞았다. 지긋지긋했다.

어머니는 이렇게 말했다. "나는 피아노를 배우고 싶었지만 기회가 없었어. 가난한 공무원 집 장녀라 빨리 취직해서 돈을 벌어야 했거든."

어머니는 2년제 교육대학교에 입학해 교사가 되었고, 당신 자식들은 피아노를 배우지 못해 한 맺힐 일이 없기를 바랐다. **아니 그런데요 어머니, 저는 피아노가 아니라 미술 학원에 가지 못하면 두고두고 아쉬울 것 같은데요.** 하지만 나는 하고 싶은 말을 조리 있게, 논리적으로 할 수 없었다. 고작 여덟, 아홉 살인걸. 그리고 내 부모 역시 초보 부모였고.

기회를 엿보며 계속 그림을 배우고 싶다고, 그 길로 나가고 싶다고 말했지만 번번이 거절당했다. 나도 꾸준했고, 내 부모도 꾸준했다. 중학교 3학년 2학기, 연합고사를 앞두고 상업계 고등학교 진학을 생각했다. 빨리 취업해 돈을 벌면 그림을 배울 수 있지 않을까? 하지만 생각뿐이었고, 나는 하던 대로 순순히 인문계 고등학교에 입학했다.

그리고 1학년 내내 공부를 하지 않았다. 노니까 좋았다. 성적이 후드득 떨어졌다. 할머니가 슬쩍 이야기했다. 네 엄마, 니 성적표 보고서 울더라. 하지만 뭐, 크게 신경 쓰지 않았다. 될 대로 돼라! 그런데 엥? 2학기가 끝나갈 무렵 부모님이 갑자기 태세를 바꾸신다.

"너, 그림 그려볼래?"

그러니까 이것은 세대 차이의 문제였다. **미술을 비롯한 예체능 분야는 공부 못하는 애들이나 하는 거라는 선입견.** 화가는 환쟁이, 음악가는 풍각쟁이, 연기자는 광대라며 낮게 보던 시대였던 것이다. 어머니는 오랫동안 입버릇처럼 이야기했다.

"교사 딸이 미술 한다고 하면 사람들이 뭐라고 생각하겠니?"

시간이 흘렀다. 나도 변했고, 내 부모도 변했다. 우리는 서로 신뢰한다. 나는 내가 원하는 다양한 일을 하고 있으며, 결혼은 하지 않았고, 자녀도 없다. 최근 있었던 크고 작은 일에 대해 자유롭게 근황 토크를 나누고, 필요하다면 조언을 구한다. **하지만 이거 해도 되냐며 허락을 구하는 일은 거의 없다.**

물론 부모님은 여전히 나를 걱정하고 염려하며, 때론 그 마음을 말로 표현한다. 누구 씨네 집 애들은 다들 이름만 들으면 아는 회사에 취업했던데, 좋은 사람 만나서 시집 장가갔던데, 애가 둘이라던데 너는 어쩌려고 그러냐. 다들 넓은 길로 가는데, 저대로만 따라가면 편할 텐데 너는 왜 안 그러냐.

하지만 동시에, 내가 나름의 길을 찾아가는 걸 응원하신다. 어느 날은 걱정 가득, 어느 날은 마냥 뿌듯. 부모의 마음도 왔다 갔다 하는 것이다. 모두 감사히 받아들이고 나는 내 길을 가면 된다.

만약 내가 미술을 전공하지 못했다면 어땠을까? 곰곰이 생각해보았는데, 내가 아는 나는 분명히 돌고 돌아서 결국엔 지금 하는 일을 했을 것이다. 더 험하고 더 먼 길을 빙빙 돌아서. 그런데 미술을 전공했다는 것만으로도 상당한 부분을 뚝 잘라먹고 직진할 수 있었다. 부모님도 같은 생각을 하셨는지 어느 날 대화 중에 이런 얘길 꺼내셨다.

"너 하고 싶다는 거, 끝까지 안 된다 했으면 어떻게 됐을까?"

그래도 하긴 했을 거예요. 어쨌든, 감사합니다. 빙빙 돌아도 좋다. 직진도 좋다. 내가 하고 싶은 말은 이거다. 원하는 게 확실한 사람은 생각보다 드물고, 그걸 향해 걸어가는 사람은 더 드물다는 것. 만약 가족이나 연인이 그런 사람이라면, 옆에서 무슨 말을 하든 결국 하고 싶은걸 해낼 거라는 것. 응원해주세요.

한편 가족만큼, 어쩌면 그 이상으로 큰 영향을 미치는 존재가 있다. 연인이다. 한때 나는 내 커리어의 성장을 달가워하지 않는 남자와 연애를 했다. 첫 책의 출판 계약을 했다며 잔뜩 흥분해 이야기했더니 어째 표정이 좋지 않았다. 내 그림과 글이 미디어에 소개되고 방송 출연까지 하게 되니 아예 대놓고 싫어했다. 종종 "네가 대단한 사람이 돼서 날 떠나는 상상을 해"라고 말했다.

그래서, 그 연애의 결말은? 그는 바람을 피우다 걸렸고 "너는 강해, 하지만 얘는 내가 지켜줘야 해"라는 그 작자의 변명에 나는 배를 잡고 웃었다. 이런 대사를 실제로 하는 사람이 있다니!

그때나 지금이나, 나는 그 여자를 원망하지 않는다. 그는 그 여자를 심하게 깎아내렸다. "얘는 정말 별거 아냐. 학벌도, 직업도, 집안도…." 좋아하는 사람을 그런 식으로 말한다는 게 놀라웠고, 그게 애정의 이유라는 것도 놀라웠다. 그리고 깨달았다. 이것은 그릇의 크기 문제다. 이 사람은 나를 담을 그릇이 못 된다.

화가 나고 속상하지만, 자책할 필요가 없는 것이다. 내가 일하느라 바빠서, 혹은 너무 잘나서, 연약하지 않아서 그가 바람을 피운 건가? 멀쩡한 형광등이라도 갈아달랄 걸 그랬나? 그럼 뿌듯해했겠지? 하지만 이건 아니죠. 내 탓이 아니다. 바로 앞에 선명하고 또렷한 고해상도의 원인이 있다. 그저, 이 작자가 나보다 용량이 한참 모자란 작자라서 그렇다.

오래전 일이다. 이후에도 여러 사람을 만나고 다양한 상황을 겪었다. 현재는 좋은 사람과 좋은 관계를 쌓아가고 있다. 20대의 연애와 30대의 연애, 40대의 연애는 다른 듯 비슷하고 비슷한 듯 다르다. 나도 상대도 불완전하며 실수하고 사과하기, 화내고 후회하기를 반복한다.

그래도 달라진 점이 있다. 함께 성장하고 싶다는 마음이 크다는 것이다. 좋은 것을 보면 같이 가보자, 같이 해보자고 서로 옆구리를 찌르며 자극한다. 더 크고 괜찮은 사람이 되고 싶다.

세상엔 다양한 사람이 있다. 우리는 살면서 누구를 만나게 될지 모른다. 너는 대단한 사람이 아니며, 여기서 더 멀리 가는 건 무리라고, 우물 안에 계속 있으라고 말하는 사람도 있다. 그 말에 쉽게 수긍해버리는 것도 슬프지만, 그렇지 않다며 자신을 증명하려 애쓰는 것도 피곤하다.

과연 그런 에너지를 쓸 가치가 있을까? 우리 앞에 놓인 이 '돌'은 디딤돌인가, 걸림돌인가? 내가 눈감고 귀 막고 머물기를, 그 자리에 주저앉고 아래로 침잠하기를 요구하는 상대라면 뒤돌아보지 말고 떠나자.

41

평생의 다이어트에 대하여

평생을 과체중으로 살았다. 어른들은 날씬한 체구의 언니와 나를 비교하며 "네 언니 먹을 것까지 다 빼앗아 먹었지?"라며 농담했다. 웃자고 한 소리지만 같은 말을 295837948번쯤 듣는 어린아이는 상처받는다.

내 부모는 나를 보호하지 못했다. 오히려 모욕하고, 상처 주었다. 어머니는 집에 놀러온 친구들에게 간식을 챙겨주며 "맛있게들 먹고 예희는 못 먹게 해라"라고 항상 말했다. 친구들은 간식을 먹으며 나에게 미안해했고, 나는 울고 싶었다. 고등학생 때까지도 같은 말을 들었다.

나는 나를 싫어하게 되었고, 뭘 먹는 모습을 보이는 게 수치스러운 일이라고 생각하기 시작했다. 그래서 먹지 않았느냐고? 숨어서 먹었다.

동네 빵집에서 맛있는 빵을 사 들고 와 화장실 문을 잠그고 급히 먹은 다음, 포장지는 가방에 숨겼다가 집 밖 쓰레기통에 버렸다. 밖에선 아이스크림도, 캔 음료도 먹고 마시지 않았다. 먹는 모습을 보이면 누군가에게 비난받을 것 같았다. 저거 봐, 저러니 살이 찌지.

과체중 아동이 자라 과체중 청소년이, 과체중 성인이 되었다. 그러는 동안 내가 원하는 건 그저 눈에 띄지 않는 것이었다. 어느 자리에서든 "그 뚱뚱한 애"로 통하고 싶지 않았다. 단체복이라는 '프리사이즈' 티가 내 몸에도 맞길 바랐다. 조심스레 손을 들고, 더 큰 사이즈 없는지 물을 일이 없길 바랐다. 그럼 다들 쳐다볼 거고, 나는 죽고 싶을 만큼 부끄러워질 테니까.

그런데 사실 나는 나서는 걸 좋아한다. 지금도 강연이나 방송 출연 기회가 생기면 저요! 하고 냅다 일어나 덥석 잡는다. 하지만 그런 나를 주저앉히는 데는 긴말이 필요 없었다. "뚱뚱한 년이 나댄다"는 한마디면 충분했다. 사회가 나를 주저앉히고 주눅 들게 했다.

이 사회는 과체중인 사람을 용납하지 않는다. 어떤 방법을 택하든, 자신을 스스로 괴롭히라며 등 떠민다. 온갖 이름이 붙은 다양한 다이어트를 경험했는데, 시대별로 유행하는 건 한 번씩 다 해본 것 같다.

90년대 중반, 단식원 붐이 일었을 땐 어머니에게 등 떠밀려 보름간 입소했다. 3일쯤 지났을 때 엉엉 울며 집에 가고 싶다고 전화했던 기억이 생생하다. 보름 내내 맹물과 이온 음료만 허락되는 곳인데, 냅다 굶으니 체중이 줄기는 한다. 하지만 출소, 아니 퇴소 후엔 금방 회복된다.

풀무원 다이어트와 덴마크 다이어트도 여러 번 반복했다(덴마크엔 가본 적도 없지만). 90년대 말, 자몽을 구하기 쉽지 않을 때라 친구들과 머리를 맞대고 귤이나 낑깡은 안 되는 걸까 고민했다(안 된다고 합니다). 한의원에선 침 맞고 한약을 먹었고, 양의원에선 주사 맞고 양약을 먹었다. 성분이 뭐였을까?

식사량을 줄이면 배가 고프고 힘들고 짜증이 난다. 누가 뭘 먹는 걸 보기만 해도 화가 바짝바짝 날 정도다. 하지만 그때는 내가 그런 줄 몰랐다. 한참 나중에 친구들이 슬쩍 말해줘서 알았다. 너 그때 성질 대단했다고. 그랬구나… 나는 그저, 나에게 잘해주고 싶었다.

날씬해지고 예뻐지면 분명히 아주 좋은 일이 생길 거라고 믿었다. 하지만 몸무게 숫자에 집착하는 건 나를 괴롭히는 행위일 뿐이다. **날씬해지기 전까지는 미완성 상태의 인간이라며, 저기에 고지가 있으니 도착할 때까진 눈 딱 감고 참으라며 나를 채찍질하는 행위.** 고지는 66사이즈였다. 55면 더 좋고.

대학 졸업을 앞두고 여성 의류회사 디자인팀에 입사 지원을 했고, 면접에서 탈락했다. 신입사원은 피팅모델 일도 겸해야 하니, 55사이즈의 '표준' 몸매가 아니면 애초에 안 되는 자리라고 했다. 그렇구나, 나는 표준이 아니구나. 옷을 사러 가도 다르지 않았다. 고객님, 55세요? 66이세요? 77 이상이시면 저희 매장엔 옷이 없어요.

잠에서 깨어 기지개를 쭉 켜고 기분 좋게 하루를 시작할 수 있는 건강한 몸. 나에게 적절한 몸무게와 근육량, 관절 상태를 알고 그걸 유지하기 위해 노력해야 하지만 이 사회는 55, 66이란 숫자와 S, M, L 같은 기호만을 이야기하며 거기에 나를 끼워 맞추라고 한다. 그게 수치스러워 옷을 사자마자 사이즈가 적힌 라벨부터 떼어낸다는 사람도 많다.

빼고 찌고를 반복하다 서른이 되었을 때, 어느 때보다 독하게 식사량을 줄여 30킬로그램을 감량했다. 저녁 6시 이후엔 물도 마시지 않다가, 익숙해지자 5시로 앞당겼다. 그러다 4시, 3시, 2시가 되었다. 잘하고 있는 거라 굳게 믿었다.

주변에선 난리가 났다. 대단해, 많이 빠졌네! 턱이 뾰족해졌어! 급기야 낮 12시에 그날의 마지막 식사를 하고 물을 마셨다. 내가 잘못하는 거라 믿고 싶지 않았고, 믿을 수도 없었다. 당장 몸무게 숫자가 줄어드는데, 이보다 더 좋은 일이 있나.

어느 날은 먹은 것이 잘못되었는지 심하게 체했고, 목구멍에 손가락을 넣어 억지로 토했다. 거울을 보니, 얼마나 힘을 주었는지 눈 주위 실핏줄이 톡톡 터져 작은 빨간색 점이 잔뜩 돋았다. 그래도 기뻤다. 눈물 콧물을 줄줄 흘리며 생각했다.

야, 이건 살로 안 가겠구나!

그리고 그 일을 잊었다고 생각했지만, 며칠 후 밥을 먹고 나서 포만감이 들자 문득 또 토하고 싶어졌다. 세상에서 가장 쉽고 간편한, 바로 눈앞에 있는 다이어트 방법. 얼굴에 가득하던 빨간 점과 핏발 선 눈이 떠올라 고개를 흔들었다. 10년도 더 전의 일이지만 나는 이 순간을 또렷하게 기억한다. 두 번 하지 않아 정말로 다행이야.

어쨌든 30킬로그램이라니, 이 정도까지 살을 뺀 건 처음이라 신이 났다. 몸에 딱 맞는 원피스를 잔뜩 사들여 입었다. 원피스도 하이힐도, 모두 서른이 되어서야 처음으로 입고 신어보았다.

다양한 사이즈, 다양한 디자인의 여성 의류가 있었다면 그걸 입었겠지만, 당시엔 힙합풍 티셔츠와 청바지가 최선이었다.

그 무렵 동생이 결혼했고, 나는 비장의 원피스를 차려입고 예식장에서 손님을 맞이했다. "네 언니 먹을 것까지 다 빼앗아 먹었지?"라는 말로 나에게 상처 주었던 사람들 앞에서, 어때 이제 언니보다 내가 낫지? 라고 생각하며 의기양양하게 가슴을 폈다.

실제로 그런 말을 대놓고 하는 어른도 있었다. 당황했다. 언니와 함께 손님을 맞이하던 중이니 분명히 언니가 상처받을 텐데…. 그 순간, 이게 뭐지? 라는 생각이 들었다. **나는 왜 언니와 나를 비교하며 뿌듯해한 거지?** 그리고 나와 언니가 왜 이런 사람들 앞에서 정육점 고기마냥 대놓고 평가받아야 하지? 왜 경쟁해야 하지?

자매 간만 그런가. 또래 사촌 간에도, 잘 알지도 못하는 부모님 지인의 자녀와도 마찬가지다. 누구네 집 애는 이번에 몇 등 했다더라, 그렇게 예쁘고 늘씬하다더라, 신랑이 그렇게 괜찮다더라. 서로 경쟁하고 미워하게 만든다. 이 사회는 미쳤다. 제정신이 아니다.

그나저나 이상했다. 살을 그만큼이나 뺐으니 당연히 세상이 아름다워 보이고, 자신감이 넘쳐 홀딱 벗고 다니고 싶고(범죄입니다), 뭐 그럴 거 아닙니까? 하지만 나는 그 시기를 온전히 즐기지 못했다. 여전히 한참 모자란다고 생각하며 아쉬워했다.

난 아직 뚱뚱해, 표준이 아니야. 그러니까 나는, 정체불명의 '표준'이라는 게 있다고 믿은 것이다. 매일같이 근사하게 차려입었지만 마음속은 여전히 쭈구리. 어쩌면 그래서 더 신경써서 꾸몄는지도 모른다.

사진 찍힐 일이 생기면 가방으로 배와 옆구리를 어떻게든 가리고, 팔뚝과 볼살이 덜 나오는 자세를 찾아 몸을 뒤틀었다. 찍힌 사진은 물론 사전 검열. 이건 뚱뚱하게 나왔으니 지워줘. 요건 턱이 뾰족하게 나왔으니 합격.

그리고 시간이 흘러흘러 그 어렵게 뺀 살들은 다시 살금살금 집으로 돌아왔다. 이거 봐, 그럴 줄 알았어, 내가 그렇지 뭐…라며 꽤나 울적해졌는데….

얼마 전 페이스북에 접속했다가 깜짝 놀랐다. 이 SNS에는 독특한 기능이 있는데, 몇 년 전 업로드한 사진을 뜬금없이 다시 보여주며 과거의 추억을 상기시키는 것이다. 그리고 이날 나에게 날아온 추억의 사진엔 30대 중반, 그때 그 모습이 담겨 있었다. 정장 원피스와 하이힐, 클러치백 차림. 나도 모르게 입 밖으로 이런 말이 튀어나왔다.

세상에, 나 너무 날씬했는데?

하지만 분명히 이 사진을 찍던 날 나는 내가 뚱뚱하다고 생각했고, 사진에 찍히지 않으려 도망 다녔고, 1킬로그램이라도 더 빼야 한다며 전전긍긍 안달복달하고 있었다. 아니, 이렇게 아름다운데 왜 그랬지?

하고 싶은 말은 이거다. 그때 그 순간은 내 인생 최고의 순간이었다는 것, 그리고 바로 지금 이 순간도 내 인생 최고의 순간이라는 것. 오늘의 내가 내 마음에 들든 들지 않든, 시간이 지난 후엔 나는 분명히 오늘을 그리워하게 될 거란 걸 알았다.

다시 한번 그때의 사진을 들여다본다. 음식 섭취량을 줄여 변비에 시달리던 때, 도움이 될까 해서 아침 공복에 소금물을 한 컵씩 억지로 먹던 때였다. 다행히 진한 화장 덕에 배고픈 티가 가려졌다.

지금도 부모를 비롯한 주변 사람들은 그때가 딱 좋았다며, 다시 다이어트를 하라며 아쉬워한다. 그러나 그들은 내가 겪은 혼란과 고통을 모른다. 당연하다. 눈에 보이는 것만 보는 것이다. 나 역시 마찬가지로 남의 겉모습만 본다.

날씬해지기 전에는 부모의 사랑과 인정을 받지 못할 거라 생각했지만, 이제는 그들의 눈높이와 요구를 내가 충족시켜줄 필요가 없다는 걸 안다. 내가 정한 눈높이도 아니며, 애써 채워줘도 곧 다시 높은 곳으로 이동할 것이다.

물리적으로 독립한 후 서서히 마음도 안정되었지만, 여전히 부모는 나에게 상처를 준다. 반가워하실 거라 기대하며 카카오톡으로 여행지에서 찍은 사진을 보내니 대뜸 살이 더 쪘네, 빠졌네 같은 외모 품평을 한다. 과거엔 속수무책으로 상처받았지만, 지금은 거절하고 거부한다. **그런 대화라면 하지 않겠다고 딱 자른다. 나는 나를 보호해야 한다.**

살이 찌면 쪘다고, 마르면 말랐다고 잔소리하는 사람들은 잊자. 지금의 나, 오늘의 나를 있는 그대로 받아들이고 껴안아 주기 위해선 내 눈에 내 몸이 익숙해지는 게 먼저다. 내가 나를 자꾸 봐야 정이 들고, 자신을 인정하게 된다.

비주얼 롤모델을 정하는 것도 좋다. 나는 플러스 사이즈 모델들의 SNS를 팔로우하며 도움을 많이 받는다. 다양한 의상을 입고 여러 포즈를 취한 사진과 영상에 감탄한다. 이 모델은 그래도 나보단 허리가 가늘어서 좋겠네, 이 사람은 비율이 좋으니까 부럽네, 하며 처음엔 그들의 우월함을 기어이 찾으며 기죽었지만, 계속 보면 서서히 달라진다. 시각적 자극의 효과다.

내 눈에 익숙해지면 내 마음에도 친숙해진다. 그리고 내 몸을 긍정할 수 있게 된다. 한 번에 바뀌진 않지만, 천천히 천천히.

42

내 눈에 예쁜 대로 꾸밀 권리에 대하여

무언가에 확 꽂히는 때가 있다. 배우나 가수 같은 사람일 때도 있고, 특정 음식이나 물건, 취미일 때도 있다. 다양하다. 누구 또는 무엇이 되었든 간에 그 시기엔 세상에서 제일 중요한 일로 느껴진다. 내일 아침에 일어나자마자 그거 해야지! 라는 생각으로 전날 밤부터 두근두근하다. 덕분에 사는 게 즐겁다.

한때 나는 차려입기에 꽂혔다. 마음에 드는 옷과 액세서리를 두르고 화장을 하는 건 언제나 좋지만, 이 시기엔 특히 각 잡힌 정장을 마치 갑옷처럼 둘렀다. 독립하기 전, 부모님 집에 살면서 작업실로 출퇴근하던 때다.

내일은 이렇게 입겠다며 자기 전엔 항상 옷과 가방, 액세서리를 방바닥에 쫙 펼쳐놓았다. 아침엔 허둥지둥하다 만만하게 손이 가는 뻔한 옷을 입게 되기 쉬우니 미리 준비하는 것이다. 출근길이래 봤자 지하철 서너 정거장, 그리고 역에서부터 10분쯤 걸으면 끝이지만 그 잠깐 사이에 잔뜩 힘을 주고 걷는 게 그렇게 재미있었다. 10센티미터 하이힐에 작은 클러치를 들고 또각또각, 시바의 여왕이 된 듯 행진하며 속으로 생각했다. 이것들아 나를 봐라! 죽이지!

이 시기에 주로 입던 옷은 몸에 딱 맞는 원피스였는데, 스판기가 전혀 없어 지하철에 자리가 나도 어지간하면 앉지 않았다. 엉덩이 솔기가 북 뜯어질까봐 걱정돼서 그랬다. 아니, 농담이 아니라니까요.

끝까지 도도함을 유지하며(도도새인가) 오피스텔 문을 열고 들어가 현관에서 하이힐을 벗으면, 곡소리가 으어어어 절로 나온다. 곧바로 브라 후크를 푸니 아침 먹은 게 쑥 내려간다. 단단한 푸시업 브라라 가슴 아래에 뻘겋게 와이어 자국이 난다. 두어 번 벅벅 긁은 다음, 계절에 맞는 추리닝을 걸치면 출근 완료. 열심히 일하다 퇴근 시간이 되면 다시 브라부터 장착한다.

이것은 30대의 추억이다. 먹는 양을 확 줄여 체중을 감량하느라 몸도 마음도 너덜너덜해졌지만, 그전까진 입지 못했던 다양한 옷을 요것조것 입는 재미에 위안받았다. 꾸미고 차려입는 게 좋았던 이유는 누가 시켜서 하는 게 아니었기 때문이고, 평가를 받을 일도 없었기 때문이다.

만약 업무 규정상 꾸며야 했거나 누군가 내 옷차림에 대해 어떠네 저떠네 말을 얹었다면 즐겁기는커녕 오히려 스트레스를 받았을 것이다. 그건 즐거운 취미가 아니라, 의무적인 꾸밈 노동에 불과하다.

나는 꾸미고 치장하는 게 좋다. 내가 아름다워 보이는 게 좋다. **아름다움의 기준은 내 눈, 내 취향이다.** 그때나 지금이나 내가 좋아하는 스타일과 컬러와 패턴을 선택한다. 종종 "남자들은 그런 옷 안 좋아해"라든가 "그렇게 입으면 신랑이 뭐라고 안 해?" 같은 소리를 듣지만(신랑 없는데요) 그런 것까지 제가 마음 써줄 필요는 없고요, 제 기분이 가장 중요합니다. 나는 내 장점을 돋보이게 하는 차림이 좋고, 그 장점은 내가 꼽았다.

– 나는 원래 멋진데, 오늘은 좀 더 힘을 줘서 꾸며보겠어!
– 내 있는 그대로의 모습은 꽝이니, 항상 빡세게 꾸며야 해!

둘은 완전히 다른 얘기다. 나는 전자의 사람이고 싶다. 하지만 남의 시선을 신경 쓰지 않는 건 정말이지 어렵다. 마음이 조금만 약해지면 어느새 후자가 돼버린다. 당장 인터넷에 접속하면 남친이 좋아하는 데이트룩이니, 여신룩이니, 남자들이 꼽은 베스트·워스트 패션 10 같은 기사들이 주르륵 떠 마음을 어지럽힌다.

근사한 백발 여성이 되고 싶지만 당장은 새치 염색을 한다. 뜨거운 햇살과 파란 하늘을 즐기며 여행하면서도 귀국 후엔 피부과에 가서 레이저 시술받을 궁리를 한다.

신체는 정직하게 나이를 먹어가는데, 마음은 그보다 젊어 자꾸만 갈등한다. 맷집을 키우는 수밖에 없겠지. 맞서 싸우기도 하고, 차단하기도 하면서.

치앙마이를 거쳐 포르투로, 마드리드로 이동해 생활하며 많은 것을 보고, 많은 생각을 한다. 이곳에서 브라는 선택 사항이다. 입고 싶으면 입고, 불편하다 싶으면 벗는다. 어차피 편한 브라란 노브라뿐이다.

사방으로 쭉쭉 늘어나는 레깅스에 티셔츠 차림으로 어디든 간다. 동네를 산책하고, 카페에 가고, 요가 수업을 듣고, 백화점을 한 바퀴 돌아 집까지 쭉 걸어가는 내내 엉덩이 라인이니 Y존이니(정육점도 아니고, 여성의 몸을 잘도 세분화하는군) 하는 것들을 고스란히 드러낸 채다. 내 엉덩이가 위로 착 올라붙어서도, 종아리가 길고 가늘어서도 아니다. 그저 이 순간, 이 복장이 편해서 입는다.

한국에선 비슷한 차림으로 동네 헬스장에 갔다가 "남자들 보라고 입구 왔지?"라는 한 아주머니의 말에 당황했고, 아파트 단지의 배드민턴 동호회에선 복장 규정이 엄격한 운동이라며 잔소리를 들었다. 그 말을 한 사람은 등산복을 곱게 차려입고 있었지만….

노브라든 레깅스든, 외국에선 자유롭게 입고 다닐 수 있는 이유는 여기엔 이미 나 같은 사람이 많아서다. 이 도시들에 도착했을 때 금세 알았다. 여기는 괜찮구나. 나도 네가 괜찮고, 너도 내가 괜찮구나. 그러니 나 역시 나에게 관대해져도 된다는 걸 알았다.

필요하다면 언제든 푸시업 브라와 타이트한 원피스를 입을 것이다. 그리고 자유롭고 싶은 날엔 가장 편한 복장을 할 것이다. 나는 내가 원하는 방식으로 내 몸을 편하고 아름답게 꾸밀 것이다. 몸이 편해지면 마음도 곧 뒤따를 것이다.

43

내가 나를 대접해주는 기쁨에 대하여

애프터눈 티를 좋아한다. 한국에서든 외국에서든 애프터눈 티 얘기만 들으면 나도 모르게 몸이 그쪽으로 기운다. 거기가 어디라고요?

가장 기본적인 영국식 스타일도 좋고, 한과와 떡을 응용한 음식을 곁들인 한국식 애프터눈 티도 멋지다. 홍콩에서 맛본 것도 만만치 않게 근사했는데, 정교하게 잘 만든 몇 층짜리 나무 상자에 짭짤한 딤섬과 달콤한 월병을 담은 것이었다. 스리랑카 콜롬보의 한 호텔에선 지역 특산물인 야자 당밀과 코코넛 밀크, 말린 생선을 넣은 매콤달콤하고 쿰쿰한 티푸드를 먹었다.

애프터눈 티 세트를 주문하고 기다리는 사이, 오늘은 또 어떤 음식이 어떤 자태로 등장할지 기대하게 된다. 2단 접시에 음식을 꾸역꾸역 담아주는 곳도 있지만, 이왕이면 3단 접시가 좋다. 강호의 도의가 땅에 쿵 떨어져 데굴데굴 구르기 전엔 역시 3단이다. 그래야 폼 나기 때문이다.

물론 홍차를 담은 티포트와 찻잔 모두 예뻐야 한다. 예쁜 게 좋다. 오늘을 위해 관자놀이의 기미와 눈 밑 다크서클에도 컨실러를 꼼꼼히 발랐다.

혼자 여행할 땐 애프터눈 티 역시 혼자 먹고 마시지만, 한국에선 함께하는 친구가 있다. 나의 애프터눈 티 파트너 역시 프리랜서다. 나는 집 겸 사무실에서 혼자 일하고, 심리 치료 전문가인 그는 정해진 날에 전문 기관으로 출근한다. 나의 마감과 마감 사이, 그의 출근과 출근 사이 한 줄기 빛처럼 반짝이는 날을 확 잡아 만난다. 두어 달에 한 번꼴로, 둘 다 피같은 자체 월차를 사용한다.

아름다운 3단 접시와 반짝이는 홍차 세트가 등장하면 휴대폰 사진을 찍는데, 일단 정면 샷과 측면 샷은 당연하고 3단 접시를 이리저리 돌려 가며 가능한 한 모든 각도에서 찍는다. 접시가 세 장이니 누구 하나 소외당하지 않도록 골고루 관심을 주어야 한다. 따로 나온 잼과 버터, 클로티드 크림도 물론 찰칵.

먹을 것을 다 찍었으면 이번엔 인간들 차례다. "한잔 따라 봐!" 여리여리한 홍찻잔에 번쩍이는 찻잎 거름망을 척 걸쳐놓은 후, 붉은빛의 홍차를 쪼르륵 따라보라 주문하며 연속 촬영을 한다. 음~ 잘 나왔다, 이번엔 나! 제대로 찍어줘!

드넓은 어깨를 도르르 말아 움츠려 가냘픈 실루엣을 만들고(라고 믿는다), 새끼손가락은 45도로 추어올린 후 나머지 손가락으로만 바들바들 떨며 티포트를 들어 올려(더럽게 무겁다) 찻잔에 홍차를 따른다. 찍었어? 눈 감지 않았어? 턱 두 개 나온 거 아니지? 서로의 사진을 엄중히 검열하고 나서야 음식에 돌진한다. 아, 재밌다 재밌어!

좋은 것, 예쁜 것은 왜 좋을까? 예쁘다는 기준은 사람마다 다르다. 섬세한 레이스, 다양한 기법을 사용한 자수, 윤기 자르르 흐르는 질 좋은 가죽, 마블링 죽여주는 쇠고기, 번쩍번쩍 광을 낸 크롬 재질의 표면, 만두소가 다 비칠 듯한 투명한 만두피. 누구나 각자 확 꽂히는 포인트가 있다.

눈으로 보고 코로 냄새 맡으며, 손으로 쓰다듬고 입술을 대어본다. 귀하고 사랑스럽다. 딱히 필수품은 아닐지 모르지만, 없어도 사는 데 지장 없는 것들이지만, 누군가는 예쁜 쓰레기라고 할지도 모르지만… **내가 행복하다. 실용성 따위는 개나 주라지. 내 기분을 좋게 만들어준다는 사실만으로도 충분히**

가치 있고 감사하다.

이 사랑스럽고 예쁜 것들은 대부분 누군가의 창작품이다. 소재를 고르고 골라 정성 가득 들여 만든 것. 굽고 빚고 짜고 갈고 자르고 꿰매고 교배한 것. 덕분에 우리의 마음이 풍요로워진다. 나는 애프터눈 티의 영양학적 가치 따위는 모른다. 칼로리가 탄수화물이 지방이 당분이 그리고 뭐니 뭐니 해도 가성비가, 라며 훈수를 두는 사람도 있다. 아 그렇군요, 그런데 제 기분이 참 좋아진답니다.

더불어 나는 의류 브랜드 자라ZARA에도 많은 빚을 졌다. 그 화려한 옷들을 신나게 골라 탈의실에 들어가 하나씩 입어보기만 해도 순간적으로 기분이 확 좋아진다. 물론 이런 칠면조 깃털 같은 옷보다는 어디에든 받쳐 입기 좋은 기본 아이템을 사는 게 실용적이긴 하겠죠.

하지만 화려한 옷을 입으면 행복하다. 달콤한 것이 당길 때 설탕을 한 숟갈 퍼먹어도 되지만, 그게 곱고 예쁜 마카롱 같은 기쁨을 주진 못한다.

해야만 하는 일들, 필수적인 일을 하느라 매일 바쁘고 지루하며 재미없고 피곤하지만, 그래도 예쁜 걸 즐길 수 있는 마음의 여유가 있어서 기쁘다. 다행이다. **나를 행복하게 해주는 게 아직 남아 있다는 건 내가 완전히 소진되지 않았다는 의미다.**

만약 무엇에도 마음이 움직이지 않는다면, 그때는 진지하게 전문가의 도움을 구해야 한다. 나는 한때 그런 시기를 겪었고, 적절한 의학적 도움을 받아 어렵게 헤쳐 나갈 수 있었다.

애프터눈 티의 날엔 여러모로 신경을 쓴다. 똑 떨어지는 각 잡힌 원피스를 입고 모자를 쓴다. 평소보다 5만 배쯤 정성 들여 화장하고, 그에 어울리는 매니큐어를 바르거나 네일 스티커를 붙인다. 큰 가방 대신 작은 클러치에 최선을 다해 소지품을 욱여넣는다.

이런 날은 말투도 왠지 나긋나긋 우아해지고 손놀림마저 달라진다. 아 글쎄, 새끼손가락을 쳐들고 홍차를 따른다니까요. 물론 허리도 꼿꼿하게 펴고, 영혼을 다 바쳐 무릎을 착 붙이고 앉는다. 평소엔 한입에 끝낼 샌드위치를 괜히 세 번에 나눠 먹는다(소화가 잘되겠군).

이날 찍은 사진 속엔 웬 '레이디'가 한 분 계신다. 티타임 후에 어딜 가든, 마트에 고등어를 사러 가든, 한껏 꾸민 차림 그대로라 계속 그 우아함을 유지한다. **내가 귀한 사람, 대접받을 가치 있는 사람이 된 기분이 든다.**

이런 경험은 소중하다. 조금은 어색하기도 하지만, 익숙해지면 내 것이 된다. 바쁘고 팍팍하게 살지만, 그 속에 파묻혀 버석버석 말라버리지 않겠다는 다짐. 잠시 숨을 돌리고 맛난 것, 예쁜 것, 좋은 것을 즐기겠다는 다짐. 나에게 잘해주는 내가 좋다. 그리고 더 잘해주고 싶다. … 네, 더 먹겠다는 소리입니다.

근데 애프터눈 티 후에는 왜 꼭 떡볶이가 당기는지 모르겠어요. 쫄면도 좋고….

YEAHEE

에필로그

먹고사는 고민에 대하여

저는 막 커피 한잔을 뜨끈뜨끈하게 타서 노트북 앞에 앉았습니다. 여러분은 요즘 무엇을 고민하시나요? 저의 최근 화두는 '지속가능성' 되겠습니다…라고 쓰다 보니 왠지 말이 거창한데, 뭘 어떻게 해야 꾸준히 잘 먹고살 수 있을지 고민한다는 것이다.

그저 그런 상태로 쭉 버티는 게 아니라, 어느 정도의 노력과 투자로 꽤 괜찮고 만족스러운 상태를 만든 후 그걸 오래 지속해나가고 싶다는 이야기. 엄청나게 굵고 짧은 것과 아주 가늘고 긴 것이라는 양극단 대신, 적당한 굵기와 길이를 지닌 걸 택하고 싶다는 뜻이기도 하다. 말이 좀 야한 것 같은데 기분 탓이겠죠. 여하튼 나는 모 아니면 도 대신, 개나 걸을 노리는 것이다.

극단적인 결심은 지속가능성이 뚝 떨어진다. 일주일에 7일씩 중국어 학원 새벽반에 출석하겠다는 결심은 근사하다. 하루에 샐러드 한 그릇만 먹고 네 시간씩 운동하겠다는 다짐은 굉장하다. 하지만 그걸 과연 언제까지 지속할 수 있을까 생각해보면, 어이구야 고개를 절레절레 젓게 된다.

물론 가까운 미래에 중요한 일을 앞둔 상황이라면, 그러니까 'D-day'가 딱 정해져 있다면 얘기가 좀 다르긴 하다. 앞에서 말한 '굵고 짧은 것'의 대표적인 예가 바로 D-day다.

결혼식을 2주 앞두고 식단을 극단적으로 조절하며 생전 안 하던 운동까지 한 결과 10킬로그램을 감량했다고 치자. 혹은 코앞으로 다가온 시험을 위해 수면 시간을 절반으로 줄여가며 벼락치기로 외국어 단어를 500백 개쯤 외웠다고 치자.

그리고 영광의 그날을 찬란하게 불태운 후, 바지 단추든 브라 후크든 몽땅 풀어놓고 신나게 먹기 시작하면 체중은 아마 곧 예전 수준으로 회복될 것이다. 시험 종료와 동시에 책을 딱 덮고 다시는 펴보지 않는다면, 단어 역시 대부분 휘발되어 훨훨 날아갈 것이다.

애초에 단기 목표였으니 그걸로 충분히 가치 있다. 하지만 장기적으로 지속가능한 것을 추구한다면 접근 방법이 달라야 한다.

한 살 한 살 나이를 먹으면서 뭐가 나에게 맞고 뭐가 잘 맞지 않는지, 뭘 할 때 몸과 맘이 편하고 뭘 할 때 불편하고 힘든지 꽤 알게 되었다. **이 말은 '지속가능성sustainability'의 '가능성possibility'을 어느 정도 예측할 수 있게 되었다는 소리다.**

크고 작은 일상의 도전 앞에서 손가락을 꼽아보며 과연 내가 할 수 있을까 가늠한다. 맞아, 예전에도 요거랑 비슷한 뭔가를 하다가 말아먹은 적이 있어. 에이, 사이즈 나오네. 안 되겠네. 안 해! 이런 식으로, 해보기도 전에 시뮬레이션을 요리조리 빙글빙글 돌리게 된다. 엇비슷한 실패를 반복하지 않기 위한 나름의 안전장치다.

하지만 안전장치는 때론 발목을 꽉 잡아버려 무엇에도 도전하지 못하게 만든다. **옷을 고를 때 실패 확률이 낮다면, 어쩌면 지지리 재미없는 아이템만 사들여서일지도 모른다.** 상상도 못 했던 스타일과 생각도 안 해본 컬러가 의외로 찰떡같이 어울릴 수도 있는데 시도하지 않는 것이다.

자신을 객관적으로 보는 건 참 어렵다. 친구에게 딱이다 싶은 옷을 발견해 탈의실에 들어가서 좀 입고 나와봐, 아니면 위에 그냥 걸쳐보기라도 해봐, 턱밑에라도 좀 대봐봐라고 옆에서 아무리 침 튀기며 권해도 애초에 당사자 머릿속에 '노란색은 나한테 안 어울려'라는 생각이 콱 박혀 있으면 땡이다.

환경설정을 클릭해 옵션의 폭을 조절해야 하는데 그걸 고집스레 거부하는 것이다. 지속가능성을 시뮬레이션하는 것도 마찬가지. 내가 해본 것, 내가 아는 것, 내 주변에서 보고 들은 것에 국한해 시뮬레이션하면 백날 해봤자 결국 같은 결과만 나온다.

별것 아닌 사소한 건데도 고것 한번 시도하는 게 그렇게 어려울 때가 있다. 펄이 섞인 섀도는 눈이 퉁퉁 부어 보인다고 근엄하게 선언한 후 손도 대지 않는다든가, 빨간 립스틱은 과하다며 죽자 사자 낮은 채도의 베이지 톤만 고집한다든가 하는 식이다.

새빨간 게 부담스러우면 연한 장밋빛 립스틱은 어떠냐며 권해보지만, 당사자가 싫다니 할 수 없다. 타인인 내 눈에는 분명 잘 어울릴 게 훤히 보이는데도 어쩔 수 없다. 저놈의 베이지 립스틱이 사랑하는 친구 얼굴을 갓 반죽한 따끈한 시멘트색으로 만들어버리는데도 도리가 없다(눈물).

나에게도 분명히 그런 답답한 부분이 있을 것이다. 나만 모르는, 남들 눈에는 보이는 아쉬운 부분. 그렇게 생각하니 몹시 궁금해진다. 뭐지? 뭘까? 아 답답해!

좋다. 그럼 이 답답함을 때려 부수기 위해 무엇에든 무조건 뛰어드는 게 맞는 걸까? '인간은 미지의 행복보다 익숙한 불행을 선택하는 경향이 있다.' 불안해질 때면 나는 이 문장을 자주 떠올린다. 마음속 깊이 새겨둔, 무척 좋아하는 말이다.

하지만 그렇다고 해서 내가 가진 모든 시간과 에너지를 미지의 행복을 찾는 데 올인해야 할까? 그 옛날, 대항해시대를 맞이한 포르투갈의 탐험가들처럼 배를 몰고 무작정 먼 바다로 모험을 떠나야 하나? 황금과 귀한 향신료를 그득히 싣고 돌아오면 팔자를 고치는 거고, 도중에 폭풍우든 용이든 뭐든 만나서 죽으면 끝인 거고?

생각해보니 그 유명한 페르디난드 마젤란은 필리핀 어딘가에서 칼 맞고 죽었다. 바스코 다 가마는 인도 어드메에서 말라리아에 걸려 죽었고…. 죽은 후 영웅 대접을 받아봤자 상처뿐인 영광이다. 나는 살아서 맛있는 걸 먹고 싶다.

중요한 것은 '균형'이다. 지속가능한 무언가를 찾기 위해선 계산기를 두드려가며 기대 수익을 시뮬레이션하고 몸을 사리는 것도 중요하고, 에잇 하며 과감히 도전하는 것도 중요하다. 둘 중 어떤 자세가 더 낫다는 건 없다.

각각의 비중을 어떻게 하느냐가 진짜 문제다. 2대 8? 5대 5? 아니면 1대 9? 어떤 가르마가 나에게 딱인지, 좌측 가르마가 좋을지 우측 가르마가 좋을지 하나씩 찾아가야 한다. 일단 찾은 후엔 주기적으로 점검하며 바꿔줄 필요도 있고.

그렇게 나만의 균형을 찾아 새로운 시도를 하는 사이사이, 다시 계산기를 타닥타닥 두드려 중간 상황을 파악해본다. 어디 보자, 지금까지 플러스가 얼마고 마이너스가 얼마니까 다 해서 얼마라는 숫자가 나온다.

때론 숫자에 마음이 흔들린다. 애걔, 딸랑 이거야? 하지만 경험은 숫자로만 표현하기 애매하고, 그 애매한 걸 남은 몰라도 나는 느낀다. 내 안에 뭔가 새로운 게 들어왔다는 걸 느끼고, 언제가 되었든 간에 그걸 뽑아 쓸 수 있다는 걸 안다.

안전하게 현상유지만 하느라 도전도, 시도도 하지 않았다면 나중에 후회할지 모른다. 그땐 젊었는데 일단 해볼걸 그랬네, 이제 와서 생각하니 아쉽네라고.

그나저나 어쩌다 이놈의 지속가능성에 대해 고민하게 되었냐고요? 그야 오래오래 해먹고 싶어서죠. 하던 대로만 하면 도태되니까요. 이거다 싶은 나만의 스타일도 시간이 지나면 결국 질린다. 그림이든 글이든 사진이든, 뭐든 다 그렇다. 내 눈에만 질리는 게 아니라 클라이언트의 눈에도, 소비자의 눈에도 마찬가지다. 약발이 듣지 않는다. 수명이 끝난 것이다.

새롭고 다른 것, 의외의 것을 찾아야 한다. 새로운 10년, 20년을 바라봐야 한다. 돈 벌어서 비싼 케이크 사 먹으려면 열심히 뛰어야지요!

KI신서 7936

지속가능한 반백수 생활을 위하여

1판 1쇄 발행 2019년 1월 10일
1판 5쇄 발행 2021년 1월 18일

지은이 신예희
펴낸이 김영곤
펴낸곳 ㈜북이십일 21세기북스

출판사업본부장 정지은
영업팀 한충희 김한성 이광호 오서영
제작팀 이영민 권경민

출판등록 2000년 5월 6일 제406-2003-061호
주소 (10881) 경기도 파주시 회동길 201(문발동)
대표전화 031-955-2100 **팩스** 031-955-2151 이메일 book21@book21.co.kr

ISBN 978-89-509-7883-9 (03810)